长篇小说

识字班

孙艳梅

著

山东人民出版社·济南

国家一级出版社 全国百佳图书出版单位

图书在版编目（CIP）数据

识字班 / 孙艳梅著. -- 济南 : 山东人民出版社,
2025. 8. -- ISBN 978-7-209-15722-3

Ⅰ. Ⅰ247.5

中国国家版本馆 CIP 数据核字第 20255MN615 号

识字班
SHIZIBAN

孙艳梅　著

主管单位　山东出版传媒股份有限公司
出版发行　山东人民出版社
出 版 人　田晓玉
社　　址　济南市市中区舜耕路517号
邮　　编　250003
电　　话　总编室 (0531) 82098914
　　　　　市场部 (0531) 82098027
网　　址　http://www.sd-book.com.cn
印　　装　山东华立印务有限公司
经　　销　新华书店

规　　格　16开 (169mm×239mm)
印　　张　16.5
字　　数　240千字
版　　次　2025年8月第1版
印　　次　2025年8月第1次
ISBN 978-7-209-15722-3
定　　价　45.00元
　　　　　如有印装质量问题，请与出版社总编室联系调换。

目 录

第一章 ————————————————

一九四〇年

杏　花

杏花正躲在她的屋子里纳一双鞋垫儿。

秋日的阳光叩开窗棂照进屋里，照在简单朴实的家什上，照在杏花甜蜜的脸上。杏花坐在小马扎上，一手拿针，一手握鞋垫儿，每一针都穿透厚厚的布料。有时候，她需要把针在乌黑油亮的头发里蹭一下。

这双鞋垫儿白底红线，针脚细密，与给爹娘纳的鞋垫儿不一样，与给弟弟纳的鞋垫儿也不一样。怎么不一样呢？这就是杏花的秘密了。杏花给爹娘和弟弟纳的鞋垫儿没有绣花，这双鞋垫儿却绣着一枝子开得热热闹闹的杏花，旁边还有几只橘黄色的小蜜蜂在嗡嗡地闹腾，一幅动人的乡村小景就要从针线间跃然而出了。

纳鞋垫儿可是一件费时费力的活儿。要先找来家里废旧的破布，洗净晒干后，剪下结实能用的部分做铺衬，再用熬得恰到好处的面糊糊当糨子，将一层一层的铺衬粘在一起。杏花平日里给家人做鞋垫儿也就铺三四层，这回格外用心了些，上上下下足足铺了六层。

杏花把铺衬光明正大地放在太阳底下晒着，家里人都知道杏花要给家里人做鞋垫儿了。尤其是弟弟铁蛋，一个劲儿地围着铺衬打转。他最喜欢二姐杏花做的鞋垫儿了，穿在脚上暖乎乎的，像踩在软绵绵的云朵里。

等铺衬晒干，就要对照着鞋样子把它们剪齐整。爹娘和铁蛋的鞋样子都攒在杏花的箩筐里，可那个人的鞋样子哪里找呢？这可难不倒聪明的杏花，她去邻居家找二妮玩耍，眼睛四下一扫，就看到了窗户台上晒着一双男人的布鞋。她四下察看，见院子里没人，便迅速捡起地上的一根麦秸，拿起窗台上的鞋，比照着量好，掐下多余的部分，藏进了怀里，一连串动作神不知鬼不觉，仿佛什么都没发生过。

有了这根麦秸当鞋样子，剩下的可就难不倒杏花了。庄里的闺女个个都会纳鞋垫儿做布鞋，杏花可是庄里出名的巧妹子，她做的鞋最板正，纳的鞋垫儿最密实。

她还是庄里出名的俊女子，白生生的脸儿，齐整整的牙，水汪汪的杏眼会说话，油光水滑的大辫子在腰间甩来甩去，走到哪里都会让人夸个不停。庄里人都说，杏花是"年三十晚上烧香，庄里头一份儿"。

此时，杏花坐在小马扎上，脑门上、鼻尖上都沁出了细密的汗珠儿，纳鞋垫儿的手也汗津津的。她瞅一眼身旁箩筐里那根长长的麦秸，忍不住把嘴捂上，哧哧的笑声从指缝里跑了出来。

杏花不知道自己是什么时候起意给他纳双鞋垫儿的。其实，她最先起意的是给他做一双布鞋：青帮，白底，圆口，小针脚。可是鞋子穿上脚，碰到别人问谁做的时候，他可怎么回答呢？她最了解庄里的婶子大娘了，她们的嘴没边没沿的，最会戏弄人了。杏花可不想让他为难，思来想去，最后决定给他纳双鞋垫儿。鞋垫儿垫在鞋里别人看不到，却连着他们的心。

捂嘴笑过的杏花抬头望望窗外，又有些焦急，这都立秋一段日子了，天渐渐凉了，该穿布鞋了，爹娘和铁蛋的鞋垫儿已经纳完，唯独他的那双还有几只嗡嗡飞舞的小蜜蜂没有绣好。得抓紧了呀！

进入九月，院子里比屋里凉快多了，尤其早上的小秋风一吹惬意得很。可是杏花不敢把鞋垫儿拿到院子里去赶工。她怕一出屋，隐秘的心事就会暴露在太阳底下。

弟弟铁蛋最先发现了杏花的秘密。铁蛋十二岁，比杏花小四岁。本来杏花和铁蛋之间还有一个兄弟，谁知那个兄弟六岁时得病死了，铁蛋就成了林家的独苗。"二姐，你做的鞋垫儿，肯定不合咱爹的脚，你做的比咱爹的鞋大那么多。""大了，脚舒坦。"铁蛋看着鞋垫儿数小蜜蜂："鞋垫儿能吸汗不就行了吗？绣上花儿，垫在鞋里也看不见，白瞎工夫。"杏花不耐烦地撵他："起开，别在这儿瞎叨叨。猴孩子，懂啥？"

娘可没有弟弟铁蛋那么好糊弄。若被娘看见，一定会引起她的疑心。杏花只能趁着空闲的时候，偷偷地躲在屋子里绣几针。这时候，杏花娘在院子里纺线，见她闷在屋子里，就喊："杏花，到外头来纳吧。风凉，还亮堂。"杏花只管在屋子里答应着。娘再三喊着，实在拗不过娘的催促，杏花只好把绣着杏花的鞋垫儿小心地塞进被窝里，极不情愿地拿起另一双给家人用的鞋底走了出去。

坐在院子里的石榴树下，阳光透过稀疏的叶子斑驳地洒在脸上，微风轻拂，杏花舒服地闭上了眼睛。可是惬意之后的她心里更焦急了。秋收之后，还要秋耕秋种，洗洗浆浆，推磨纺线……家里的事儿总有很多，不忙里偷闲，他啥时候能垫上她亲手纳的鞋垫儿呀？有了心事的杏花如坐针毡，趁娘不注意，又跑到她的小西屋里的炕上了。

杏花一边绣着鞋垫儿上的小蜜蜂，一边偷偷地想着把鞋垫儿送给他的情景。杏花仿佛看到他把鞋垫儿垫进鞋里大吃一惊的样子，那鞋垫不大不小、正正好，紧贴着脚板暖着心。以后无论他走得多远，她的心和他的心都紧紧地连在一起。

二　妮

杏花边绣着鞋垫儿边想着她的他，恨不得把所有的柔情蜜意都绣进针脚里，丝毫没察觉身后早已站着一个和她年龄相仿的闺女。闺女一声不吭，只管笑眯眯地瞧着。眼见杏花迟迟没发现自己，闺女终于憋不住了，大喊道："让俺看看，你这是给谁纳的鞋垫儿？还绣着花儿……"杏花眼一花，手中的鞋垫儿被身后的闺女抢了过去。

抢鞋垫儿的闺女叫二妮，比杏花小半岁，眼睛炯炯有神，婉约恬静，梳一根独角辫子，也是一个清秀俊俏的女子。她们两家就隔着一道院墙，姊妹俩自小玩到大，感情好得如同一个人。一天不在一起，两人就像掉了魂儿。杏花见鞋垫儿被抢，脸上一红，顾不得穿鞋，光着脚跳下炕去追："死二妮，快给俺……"二妮扬起鞋垫儿，笑嘻嘻地打趣："哟，谁这么有福气，能垫上俺们杏花亲手纳的鞋垫儿？"

其实，她早就知道杏花的心事了。那天杏花在她家窗台前用麦秸比量她哥梁文田的布鞋时，她正在锅屋（做饭的地方）里，全瞅在眼里了。二妮心里乐得不行，杏花喜欢她哥，她哥更是一见不到杏花就魂不守舍。每回杏花来她家，她哥都借故在旁晃悠，想看不敢看，想说又不知说啥，傻乎乎的样子让人忍俊不禁。自打知道杏花的心事后，二妮不仅不拆穿，还时不时地撮合他俩，给他们制造独处的机会。

两人笑闹了一阵子。杏花本就爽朗，只是提起心上人的事，难免露出小女孩般的羞涩。她见二妮挎了个菜篮子，就说："好啦，好啦，不闹了，你来找俺啥事啊？"二妮一拍脑门儿，说："差点儿把正事忘了！俺家地里那些地瓜、芋头差不多都熟透了，这不寻思着叫上你一起去挖点儿，烙煎饼的时候烤着吃，可香了！"

秋天是收获的季节，地里到处都是好东西。饱满的玉米，弯腰的高粱，憨态可掬的地瓜，一嘟噜一嘟噜的花生，一眼望去，让人舒心得很。可是庄户人的日子讲究个长远，饭桌上仍然是清汤寡水。杏花和二妮正是十五六岁的年纪，嘴馋得很，就爱趁烙煎饼的时候往鏊子窝里撂几个地瓜或芋头。等煎饼烙完了，这些也就烤熟了，咬上一口，和白面一样香。杏花把鞋垫儿往被子里一塞，不等提上鞋，就往外走："还等啥？俺去拿镢头，咱这就去刨！"林大娘在院子里纺线，见她俩匆匆忙忙地往外走，连声喊道："现如今兵荒马乱的，你们快去快回呀！"两个闺女答应着，出了门。

此时的沭水村，天空蓝得像水洗了似的，闲适的白云悠悠地飘着，田野和山岭五彩斑斓的。太阳不再炎热迫人，照得大地格外明净。两根大辫子在腰间甩来甩去的杏花和梳一根独角辫的二妮，更给静谧的乡村增添了几分灵动。两人是小脚，袅袅婷婷地走着，引得路人驻足观望。

沭水村有二百多户人家，一千来口人，在临东县算是中等略微偏大的村庄。庄子不小，却只有一条东西向的黄土大街，南北向的街短得很，十字路口有一株老柿子树。庄子的四周筑着两米多高的围子墙，最厚的地方有一米，用来防土匪侵扰，墙里有狭长的通道连着各条胡同。南北各开一扇大门，极其沉重，需要几个壮劳力合着劲儿才能打开或关上，大门上还装着三道整根木头做成的门闩和一根百年老木棒做的顶门棍。门楼子依墙而建，方便夜里巡守。从上方看，门楼子就像一个洗衣服的木盆，把整个庄牢牢地围在里面。围墙外面还有一条深沟，是当年取土筑墙时挖出来的，也为村庄增加了一道防护。

沭水村三面环山，娘娘山、大鸡山、蝎子山……正北面那座最高，却无名，老百姓干脆就叫它"大山"。老百姓给山取名简单而直接，像啥就叫啥，实在看不出像啥的，就唤作"东山""西山""左山""右山"……土里土气的名字，并不妨碍粗犷的山石与苍翠幽深的林木交相辉映，自有一种旷世的质朴和坦荡。庄西面有一条河，叫沭河，岸上遍布麻柳、杞柳之类，适合编制筐、提篮、簸箕等家什。沭河也是猴孩子的乐园，沭水村的男人，哪个小时候没在河里逮过鱼、摸过虾呢？

可不知从什么时候起，河西多了很多铁丝网和碉堡，飞机在头顶盘旋，时不时撂下炸弹，很多人因此死伤。庄里人这才晓得，日军来了。日军招了大批伪军当爪牙，不停地"扫荡"、抓壮丁、抢粮食，闹得人心惶惶。之后，八路军来了。以沭河为界，东边是八路军的根据地，西边由日、伪军控制，沭水村恰巧坐落在中间。

对于在偏僻山村里长大的闺女们来说，日军也好，八路军也罢，都从未亲眼见过。所以这些消息怎么能抵挡住一个地瓜的诱惑呢？怎么能抵挡住两个闺女像鸟儿一样要展翅飞出去的心呢？

定 亲

　　路上，杏花和二妮车轱辘似的话头不断飘出来。大多数时候是杏花在唠，二妮在听。两人裹着小脚，走了许久还没到二妮家的地头，有些泄气了。二妮提议道："要不咱们先到河边歇会儿脚？"自然是二妮提议什么，杏花就赞成什么。

　　河边，阳光把波光粼粼的水面照得灿烂。一条小船悠悠地漂在河中央，船上站着一个弓腰打鱼的青年。他皮肤黝黑，透着古铜色，脊背挺拔，脸庞清瘦，剑眉飞扬，一旁还跟着几只野鸭，像蒲扇一样不安分地游弋着。"快看，俺哥！俺哥！"二妮眼尖，兴奋地指着青年，然后用手围成喇叭状，扯着嗓子喊了起来，"哥，哥——"杏花顺着二妮的手指望去，那可不正是自己心心念念的文田哥吗？

　　船上的梁文田听见了二妮的喊叫，开始收网，网里有一条金黄色尾巴的大鱼挣扎着露出水面。二妮转头对杏花乐滋滋地说："俺哥逮到的鱼好大啊！"

　　阳光照在梁文田的身上，显得他更加洒脱俊美。但见梁文田收好渔网，划着桨，眨眼工夫就把船靠到岸边，双腿一撑，抱着那条大鱼跳上岸来。

　　二妮赶忙伸出菜篮子，想接那条大鱼，谁知梁文田手腕一翻，把鱼扔进了杏花菜篮子里，惹得二妮噘起了嘴。鱼在菜篮子里乱扑腾，梁文田顺手薅了一把野草，提起鱼，穿了鱼的腮，重新放进杏花的菜篮子里。他偷偷地、火辣辣地瞟了杏花一眼，正好杏花也在偷偷地瞅他，四目相对，心如鹿撞，杏花顿时羞红了脸，嘴边却漾出一抹幸福的笑意。

　　二妮看着情投意合的一对，又吃醋又高兴。吃醋的是哥哥只顾着杏花，仿佛没她这个妹妹；高兴的是最疼自己的哥哥和自己最好的姊妹情投意合。

她故意跺脚嚷道："哥，从小你就偏向杏花，俺再也不理你啦！"

说完，二妮提着菜篮子跑开了。她佯装生气，其实是给两人制造相处的机会。不过这却让杏花回过神来，她赶紧提起盛着大鱼的菜篮子追赶二妮，可哪儿还追得上？二妮早溜得没了影儿。大鱼在菜篮子里乱蹦，杏花只得低头摁一下鱼，抬头抿嘴笑一下，心里甜丝丝的。

一路挎着菜篮子往家走，杏花还没进门儿就嚷嚷："娘，娘，有鱼吃了！"林大娘正蹲在锅屋里烧火，探出头笑着说："都定下婆家的人了，还这么闹腾。"

杏花进屋，一抬眼，便见桌子上放着一个红布包袱，旁边还有四包用麻纸捆得方方正正的点心。铁蛋也跟着进来了，一个劲儿地怂恿杏花："快打开尝尝，馋死俺了！"杏花嗔怪地说："这回咋这么听话，没先偷吃呢？""咱娘说，这个点心必须由你亲自打开。"杏花疑惑地问："咱家还有这么阔的亲戚？"铁蛋朝她挤眉弄眼地说："俺姐夫家当然阔呀！"杏花撕开一块麻纸，随口问："咱大姐回来了？"铁蛋迫不及待地抓了一块点心塞进嘴里，含糊不清地答："俺二姐夫。"杏花一时有点儿转不过弯来，不解地看向弟弟。铁蛋又说："二姐夫，二姐夫不就是你男人吗？"姐弟俩围着桌子转圈，杏花喝道："臭铁蛋，你瞎说啥？"铁蛋趁机又抓了一块点心，边往外跑边喊："咱大姑给你做媒，爹娘应下了，给你找到婆家啦！"

杏花听到这突如其来的消息，一下子怔住了，不再追赶铁蛋，笑容渐渐僵在脸上。这时候，林大娘提着锅铲走进来说："如今日本鬼子驻在河西岸，逮住女人就糟蹋，俺和你爹寻思着，趁早给你找个婆家。你大姑给说了一个，东唐庄的小货郎，叫唐富贵，常来咱庄卖货，你也认得。这总比嫁给素不相识的强，对不对？"

东唐庄的小货郎，杏花还真不陌生。他个头不高，可也不算矮，笑眯眯的小眼睛时不时地闪着精明的光。他平时戴着席夹子，晴天遮阳，雨天挡雨。扁担两头各挂一个柳筐，里面针、线、顶针、镜子、梳子、头绳、花线、洋火（火柴）、火药纸、百子炮……一应俱全。有些筐里没有的，也能让他下次捎来。他手持一个像茶碗那么大的拨浪鼓，一摇起来，庄里的大闺女、小媳妇、婶子大娘就都围上来了，或买或砍价，还哄他说给他找个俊媳妇，为了能优惠可是什么法子都能使出来。小货郎转动着豆粒般的眼珠，无奈地笑着："行，行，扣零头，给你扣零头。"杏花一般是把平日里梳掉的长发留着，换上几根针或一把线。上次小货郎给了她几根针之后，还多给了一个顶针，让杏花欢喜了好几天。原来是"没安好心"呀！

此时，林大娘又瞅了一眼墙角的半袋子白面，满意地咂咂嘴："别说，小货郎家送的这白面，没掺麸子没掺糠，倒挺实在的。"林大娘说着就又回锅屋忙活去了。

那时候的山村，婚姻都是父母之命、媒妁之言，自由恋爱只会让人戳脊梁骨。爹娘压根儿没问过杏花的意思，就收下了定礼。杏花纵有千万个不愿意，也无力抗争，她甚至不敢告诉她娘，她喜欢梁文田。

看看菜篮子里还在跳动的大鱼，再看看角落的半袋子白面，杏花心里一阵空落落的，失魂落魄地回到了小西屋，拿出尚未绣完的鞋垫儿，扑在炕上嘤嘤地哭了起来。

梁文田

这一天，隔壁的梁家又是另一番景象。傍晚时分，梁文田的爹梁老汉坐在炕桌前，吧嗒吧嗒地抽着烟锅子，梁大娘和大妮忙活着把一锅糊豆、一摞煎饼、一盘土豆丝和一碟辣疙瘩咸菜一一往炕上端。大妮边摆放碗筷边嘟囔："都到饭点了，二妮也不知道跑哪里去了。"梁大娘说："不用等她，她饿了自然会回来。"

大妮把油灯点着，冲着院子喊："弟弟，吃饭了。"外面应了一声，接着灯影晃动，屋里一暗，一个高大的身影进来了。梁文田跨进屋，挨着炕沿坐下，欲言又止，不看爹也不看娘，只管盯着炕上的饭菜。梁大娘看出来了，他这是有心事。家里有一个老规矩就是男劳力先动第一筷子，这时梁老汉的一袋烟还没抽完，梁大娘拿过旁边的一件旧裇子补起来。她只管低头补衣裳，自己拉扯大的孩子自己了解，儿子憋不住了就会开口。

谁知梁文田闷了半天也不吭声，仿佛话粘到了嘴上，倒弄得梁大娘很诧异。"大妮，你去锅屋烧壶开水。"支走大妮，梁大娘说道，"说吧，有啥话想跟俺和你爹说？"梁文田仿佛还没做好准备，被梁大娘这么一催，倒像受了惊似的，不过还是吞吞吐吐地开了口："爹，娘，俺……俺想和你们商量个事，俺想……想……想娶杏花。"话一落地，他像卸下了千斤大石头一样，长舒了一口气。

梁大娘听了此话，真是难以置信，儿子这就长大了？她取下糊墙纸上别着的针，用针尖挑了挑油灯的灯芯，豆大的火苗猛地蹿了一蹿，屋里亮堂了不少。梁老汉在旁边说道："挑那么高，费油。"梁大娘懒得理他，只把油灯往儿子跟前推："你刚才说啥？"梁文田像豁出去似的重复了一遍："俺想娶杏花。"

就着亮堂的灯光，梁大娘凑到儿子的面前瞅了又瞅，忍不住笑了。笑是欣慰，也是满意。梁老汉身为一家之主，平时话不多，这时开了口："娃儿大了，该说媳妇了。"梁大娘一边笑一边说："好，好。杏花是俺看着长大的，好闺女。明天俺就托媒人去说亲。大妮婆家送来的一匹布还没舍得用，正好派上用场。"梁大娘一直代表着梁老汉发言，梁大娘说的话就是梁老汉的态度，一时倒弄得梁文田不好意思起来。

正说着，二妮回来了，俊俏的小脸儿憋得通红，看样子是带着一股气而来，脚下的风一下子把油灯吹灭了。二妮也不管，一屁股坐在炕上。梁大娘很纳闷儿，二丫头向来性格沉稳，心有主见，一般事情是不会让她动气的，赶紧问："这又是谁惹着你了？"

二妮仍旧绷着脸不说话，梁文田以为妹妹还在为头晌他把鱼放进杏花菜篮子里而生气。他正心情大好，就凑过来笑嘻嘻地准备哄她。谁知二妮一撇嘴："还托啥媒人？晚了三春了，人家杏花已经定亲了。"梁文田愣了："不可能，白天咋没听她提起？"二妮叹了口气："唉！俺刚从杏花家过来，她正趴在炕上哭呢。"

屋子里一下子安静得能听见针掉在地上的声音。过了好一会儿，梁大娘长叹一声："既然杏花说下亲事了，咱也就算了吧。儿啊，你别难受，世上好闺女多的是，娘给你说个比她强的。"她一边安慰着儿子，一边摸摸索索地寻找洋火。等梁大娘好不容易把油灯再次点亮，炕上早没了梁文田的人影。

见儿子跑了，梁老汉话多了起来，他埋怨梁大娘，说日本鬼子来了，见着男人就抓走，见着女人就糟蹋，很多人家的闺女都提前出嫁了，有的男人没在家，闺女就抱着大公鸡拜天地，或者由小姑子顶替男人拜天地。最后他总结了一句："人家杏花她娘可比你考虑得周全多了。"梁大娘放下洋火，小声辩解："这不，想等着大妮出了门子，咱再给文田和二妮张罗，一个个来嘛。"听到爹娘拌嘴，二妮不耐烦地岔开话题："庄里有人说瞧见日本鬼子了，说他们比较矮，还罗圈腿。"梁大娘说："那样的家伙，咱庄里随便一个壮劳力不就能撂倒他们？""三个壮劳力也不好拾掇他们一个，"梁老汉抽完最后一口烟锅子说道，"娘儿们就是见识短，他们有洋马、洋狗，还有刺刀和枪。你们忘了北大官庄李长江是怎么死的了吗？"

想起那件血淋淋的事，一家子都沉默不语。北大官庄的李长江，家里有辆洋车，像旋风一样快，一使劲儿都能骑到天上去，人送外号"李洋车"。春天，日军去他们庄"扫荡"，他骑着洋车逃跑，谁知才跑了一里地就被日本兵追上用刺刀刺死了。梁老汉掐灭了烟锅子，说："反正遇到鬼子，咱们一定要躲得远远的。"说完，他把烟锅子装进袋里，开始吃饭。一家之主动了筷子，其他人也跟着抄碗的抄碗，喝粥的喝粥。只是那天的晚饭由于梁文田不在家，所有人都吃得索然无味。

徐 闯

吃过饭，二妮一直惦记着哥哥梁文田，她知道哥哥对杏花的感情，唯恐他一时想不开做出傻事来。可是哥哥既没在自己屋子里，也没在门口那块大石头上坐着。爹、娘、大妮忙活了一天，纷纷困乏地回屋歇息了，二妮不放心哥哥，就说："你们先睡吧，俺给俺哥留门，他回来俺再睡。"

于是，二妮坐在外屋土炕上，借着昏黄的灯光纳鞋底。可是左等右等，都没见哥哥回来，不知不觉中就趴在炕桌上睡着了。

只听大门"吱呀"一声，二妮被惊醒了，揉着惺忪的眼睛，赶紧迎上前去："哥，你一晚上跑哪儿去了？害得俺担心死了。"

梁文田把手指竖在嘴上，"嘘"了一声："今天太晚了，明儿再跟你讲俺遇见的稀罕事。"秋天的月亮，亮堂堂地照在梁文田的脸上，他看起来不仅不沮丧、不痛苦，反倒眼睛闪闪发亮。二妮看着梁文田，傻呆呆地愣在原地。

不过二妮见哥哥安然归来，也就放心地回屋睡觉去了。天麻麻亮的时候，梁老汉和梁大娘起了身，早睡早起，是庄户人的习惯。梁老汉扛着锄头下了地，梁大娘因惦记儿子，先到梁文田屋里瞧了瞧，然后去叫醒二妮："你哥一夜没回来吗？"二妮躺在炕上，闭着眼睛迷迷糊糊地回应："回来了啊。俺等俺哥回来，才去睡的。"梁大娘说："俺刚去看过，你哥没在炕上。"闻听此言，二妮一下子睁开了眼睛，不敢相信地急匆匆跑到梁文田的屋子里。炕上果真空荡荡的。二妮脑海里回想着哥哥昨晚那副神采奕奕的样子，总觉得哪里不对劲儿，可一时又说不上来，只能喃喃地说道："俺明明看见他回来了呀……"

当一家子都在纳闷梁文田去了哪里的时候，梁文田正快步走在去赵大进家的路上。他心里有一团火，在熊熊燃烧。这些年来，他从来没有如此激动过、兴奋过。这团火，甚至盖住了他对杏花的那一团火。

昨天，当梁文田得知杏花定亲的那一刹那，他难受极了。心爱的女人定亲了，他哪还有心思吃饭呢？他坐在门口的大石头上，吹着凉风，痛苦如同藤蔓，紧紧地缠绕着他的心。

正当他坐在家门口的大石头上大口大口地喘着粗气的时候，庄东头的赵二进迎面走来。赵家兄弟三个，分别叫赵大进、赵二进、赵三进，彼此之间相差不到两岁。他们三个虽是同一个娘生的，性情却各不相同。老大胆大心细，老二乖觉精干，老三倔强勇敢。三个人还有一个妹妹，叫巧妹，虽是小闺女，可常年跟着三个哥哥混，是个上墙爬屋的顽皮角色。"半大小子，吃死老子"，他家里穷得叮当响。日子虽过不到人前头，但赵家见识却不短。爹娘砸锅卖铁让赵大进上学，期望他挣个好前程。谁知屋漏偏逢连夜雨，赵大进高小毕业那年，他娘生病死了，家里实在供不起了，只好下了学。兄妹四个，除了爹，还有个爷爷，一大家子饥一顿饱一顿地过日子。

其实，他们的娘死后，赵爷爷想让赵老汉续弦，可是赵老汉认为没有哪个女人愿意上门当四个孩子的后娘。死了老婆的赵老汉很快学会了摊煎饼、煮饭、炒菜这些活儿，难关一个一个地闯，日子一天一天地熬。

因赵二进和梁文田同岁，两人的共同语言自然就多些，彼此也更亲密些。梁文田是梁家的独子，家里好吃的、好喝的都先紧着他。梁文田时常拿家里好吃的，分给赵二进；赵二进听到啥稀罕事，也第一时间和梁文田分享。

赵二进显然是专门来找梁文田的。因为他见了梁文田就停下了脚步："在这儿发啥呆？走，上俺家去，听徐闯给咱们讲外面的大事。"梁文田心中正烦恼着，不怎么想动："徐闯？俺咋没听说过？""他是俺哥高小时的同学。他俩一块考上安东卫小学，俺哥后来家里没钱就回来了，人家又考上县立中学，算是出过大门，见过大世面的。今天他突然来俺家找俺哥，说是走亲戚路过咱庄。他满嘴都是新词，全是咱没听过的……"梁文田被赵二进三说两说说动了心，站起身，跟着去了。

进了赵家，侧屋里已经坐了七个小青年。除了正中间那个面容有棱有角、看起来稳重老练的陌生青年，其余六个，梁文田都认识，都是沐水村里的。梁文田猜想那个陌生青年就是徐闯。见梁文田来，徐闯微微点头示意，继续说道："现在抗日救亡的浪潮高涨，平型关、台儿庄这些大捷都证明日军并非不可战胜。毛主席在《论持久战》里批驳了亡国论和速胜论。国家兴亡，匹夫有责。只要咱团结一心，最后胜利一定是我们的……"

徐闯的声音铿锵有力，仿佛一场熊熊燃烧的大火，点燃了在座的青年。这大火，不属于个人情爱，而是一份广阔高远的责任与激昂。

青年抗日先锋队

那晚，梁文田第一次意识到，自己这些年仿佛是"行尸走肉（徐闯语）"，徐闯提到的"国家兴亡，匹夫有责""抗日则生，不抗日则死""只有共产党才能救中国""《中国共产党抗日救国十大纲领》"，让他感到新鲜，让他热血沸腾，让他恨不得立刻冲出去干一番大事业，让他觉得男人就得活出个铮铮模样才行。其间，赵三进端来一盆烤熟的地瓜，几个人边吃边聊，直到三更天才意犹未尽地散去。

梁文田回到家，推门声惊醒了守在外屋的二妮。梁文田的眼睛闪着希望的光，他很想给妹妹讲讲这夜的见闻，可满满一脑子，又不知从何说起。等回到自己的屋子里，本来一沾枕头就能入睡的他，此刻却兴奋得毫无睡意。家人香甜的鼾声从旁边屋子传来，他耳边回荡的却都是徐闯那些让人耳目一新的话语。

他也不知道自己这一晚有没有睡着，好像只迷迷糊糊眯了一会儿眼。天还未大亮，爹娘都没起身，他却再也躺不住了。他想把心里那团火找人说一说。梁文田想到了赵二进，昨天晚上他也是激动得摩拳擦掌。梁文田甚至等不到天明了，他一个鲤鱼打挺，抬腿就往庄东头的赵家赶。

赵家的大门竟然敞开着，赵大进和赵二进正坐在院子里的磨盘上。他俩也和梁文田一样睡不着吗？梁文田走进去问："徐闯呢？"赵大进叹了口气说："连夜走了，他很忙。"梁文田也跟着在磨盘上坐下。赵大进说："俺正和二进商量，咱们也不能让徐闯白白地给点着了这把火。要不，咱们几个人成立个青年抗日先锋队（简称'青抗先'）吧。"这句话一下子说到梁文田的心坎上了，梁文田赞叹道："要说你就是有文化，有文化的人就是思想先进啊。"赵大进接着又道："俺哪有那水平？徐闯提议的。"

沐水村的青年们心底的那股想干点什么的劲儿已经彻底被徐闯鼓动起来了。他们一拍即合，立刻成立了青年抗日先锋队，赵大进任队长。没多久，又有其他青年加入进来，于是队伍增加到十个人。直到后来，梁文田才听说，徐闯其实是共产党员，那次，他要到鲁中党校学习，路过沐水村住进赵家，顺带给梁文田他们进行了抗日宣传工作。

谁料青抗先组建之后磕磕绊绊的，很不顺利。十个人夜间巡逻时，经常精神抖擞、壮志满怀地出去，缩着脖子被冻回来。已到深秋，夜晚的寒冷渗透到了每一个角落。梁文田偷偷地从家里背出来一捆衣服。他爷爷刚去世没多久，留下的老皮袄和旧棉袍正好派上用场。那段日子，青抗先的队员们穿着长短不一、颜色杂乱的肥厚衣物，用根草绳束在腰上，模样让庄里人忍不住取笑。庄里人还给他们起了个外号——破衣队。

赵大进劝他的队员们不要理会别人的冷嘲热讽。他带着他们练习立正、稍息、跑步走，有模有样的。可是，别人的说三道四可以不理会，有一点却绕不过去：光有热情没有武器，怎么抗日？十个人里头，只有赵大进有一杆土枪，还是家里打猎用的。不过，赵大进不愧为队长，他说："俺有办法。"他的办法就是带领队员们到庄老七家里去"起"枪。

庄氏一族，仿佛天生长了八百个心眼子。他们生财有道，临东县出了好几个有名的大财主。光沐水村就有两个：一个叫庄菊生，外号"庄老六"，靠开酒坊发家；一个叫庄西生，外号"庄老七"，靠开油坊致富。他俩虽不如临东县那几个大财主堆金积玉、家财万贯，但也是富得流油，三分之一的庄户人都在租种他们的土地。赵大进之所以去庄老七家没去庄老六家，是因为前一段时间，他看到庄老七的家仆在野外试枪。麻雀飞起来十分灵活，"倏"的一下冲到房顶，再"倏"的一下飞到树枝，可"啪"的一声，一只麻雀就被庄老七的家仆打落在地。这让赵大进眼热得很，当时他就想自己也有这么一支枪就好了。

可庄老七根本不想理会这伙乳臭未干的小青年，他从柴火堆里抽出一根草茎，边剔牙边往外走。赵大进跟在他后面，跟他讲抗战的道理，最后这个肥头大耳的家伙停下脚步，咧着大嘴奸诈地笑了："抗日是好事，可我没听说过你们这一部分。孩子毛儿还没蜕净，就来我头上敲竹杠？"赵大进啪的一声把后背的猎枪拽到前面，对准了庄老七。"有——种！"谁知庄老七拉着长腔喝了一声彩，然后拍拍胸膛说，"来，冲这里打，看看你的枪咋样。"

赵大进看着他身后几个全副武装的家仆，正虎视眈眈地盯着他，知道硬拼不过，只好撂下狠话，带着青抗先队员们输人不输阵地空手而归。踢踢踏踏走到半道，赵大进看着这群穿着长长短短旧衣裳的队员们，忽然停下脚步说："没有枪，一时干不过这些狗财主。现在先散了吧，以后等俺的号令再集合。"赵大进的语气里满是烦闷。

梁文田回家后一直没等到赵大进再次号令集合的消息，于是跑去问赵二进，赵二进说他哥已经出门找共产党的部队了。一时群龙无首，这支十个人的青年抗日先锋队就这么作罢了。

队伍虽然解散了，可是那一段时间练习立正、稍息、跑步走的场景，那一段时间的热血与豪情，就像刀子在石头上凿出的痕迹，深深地刻在梁文田的记忆里，怎么也磨不掉。

怪　事

　　两场秋雨过后，沭水村黄叶纷飞，平地而起的冷风卷着落叶，在地上打着旋儿，哗啦啦地往前滚动。这天早上，杏花正郁郁寡欢地坐在家里纺线，二妮突然闯进来，兴奋地嚷道："你咋还坐得住？咱庄出了个怪事，整个庄的人都跑去看热闹了！"杏花诧异地抬起头："什么怪事？"二妮神神秘秘地说："咱庄大山上出了一棵摇钱树。苹果树上不结苹果，结钞票，快跟俺去瞧瞧稀罕！"杏花半信半疑，但到底耐不住好奇心，放下线轴子道："真有这事？那得去瞧瞧！"

　　沭水村北面的大山上，满山的红苹果挂满枝头，香甜扑鼻。可是其中的一棵苹果树，一夜之间结满了钞票。一传十，十传百，方圆几十里的老百姓都成群结队地去瞧这个千载难有的景儿。拖亲带眷的，领儿抱女的……杏花和二妮一路上碰到的都是去大山那里瞅稀罕的。可惜她俩裹着小脚，使劲跑也跑不快。

　　老百姓到那儿一看，果然是真的。那棵苹果树上绑满了花花绿绿的北海票（当时流通的纸钞），山风一吹，哗啦啦作响。一个外号叫"何仙姑"的女人，正跪在地上念念有词。她神情肃穆，对围得里三层外三层的老百姓说："昨夜何仙姑托梦给俺，说吕洞宾和一众仙家路过此地，吃了咱庄户人的苹果，可神仙怎么能白吃呢？这不就绑上钱了嘛。"

　　何仙姑是沭水村有名的"人物"。她本是庄里的一个普通农妇，有一年突发怪病，口吐白沫，倒地打滚，苏醒后就自称"何仙姑"附体，在家设了灵台，供上何仙姑塑像。自那以后，她替人占卜、驱邪、看病。起初，大家半信半疑，谁知她竟然治好了不少病人，从此，她开始享受庄里人的尊敬和爱戴。庄里议事，没有女人的份，唯独何仙姑是个例外。红事，要让她给青年男女合帖；白事，要让她"走阴差"，她"能耐"大得很。自从她神仙上身之后，庄里庄外都喊她"何仙姑"，渐渐地方圆十里无人不知无人不晓，甚至她丈夫都被庄户人称作"何仙姑她男人"。

眼下，何仙姑既然都这么说了，那肯定就是真的了：除了神仙，还会有谁把钱绑在苹果树上呢？大伙儿纷纷跪在树前磕头，口中念念叨叨起来。正当热闹时，一个看上去敦厚、实诚的中年人从远处走过来，他是庄里公认的老实人林忠厚。他一边快步挤进人群，一边高声道："乡亲们，要说世上真有神仙的话，那神仙就是八路军……"

"苹果树上结钞票"的真相原来是这样的：前一天深夜，抗大一分校的民运工作团途经此地，怕打扰老百姓休息，就宿营在大山里。他们行军一整天，渴得嗓子冒烟，偏偏身边一个个熟透的苹果在枝头摇头晃脑，香气直往鼻子里面钻，让人难忍。若伸手摘下一个，那种酸酸甜甜肯定能从嗓子眼儿渗透到心尖尖。可他们有一个原则：不拿老百姓的一针一线。谁知有几个伤病员发高烧，他们想购买树上的苹果给伤病员解渴，可半夜去哪里找乡亲们呢？团长想了个办法，把自己的津贴用布条子系在树上。

原来这不是神仙显灵，而是八路军遵守纪律，为给伤病员解渴，才出了这么个稀奇事儿。乡亲们听完，有人忍俊不禁，也有人一脸恍然，看着那随风翻动的纸币，心里对八路军生出几分敬佩。

辛之华

辛之华是抗大一分校民运工作团的一员，也是那夜宿营大山的女兵之一。她和其中几个战士的任务是，进驻沭水村，发动群众开展抗日救国活动。虽然露湿寒冷，她一夜没睡好，可是第二天打起背包，仍旧精神抖擞。一想到她的理想——建设共产主义社会，她就浑身都是劲儿。

队伍收拾完行装，唱着歌儿进了庄。有的战士拿着红纸黑字的标语，有的战士扛着刷子，把"打倒日本帝国主义""国家兴亡，匹夫有责""反对压迫妇女"的口号刷在庄里的墙上。辛之华正忙着，一位老汉走来，好奇地问："你们这是写的啥呀？"辛之华响亮地答："打倒日本侵略者，不当亡国奴。"老汉眯着眼睛瞅了瞅："哟，你们写的字真像朵花，这一刷，俺家墙都好看了。"

刷完墙，辛之华和一个女兵借来乡亲家的一张桌子，支在十字街头的那棵老柿子树下，桌子旁的"妇女识字班报名处"几个大字在阳光下醒目显眼。她俩的具体工作是开展妇女识字班这样的文化扫盲运动，提升民众的文化素质。前来围观的老百姓络绎不绝，得知了她们的目的，都啧啧地觉得不可思议："这个八路军，和别的军不一样，不只打日本鬼子，还教女人识字。"

虽然引起了乡亲们的热议，可这天她们的工作成效为"零"。刚开始，辛之华和女兵信心满满地坐在树下静等，心想：这么难得的好机会，女人们不应该摩肩接踵排队报名吗？最后，她俩失望地发现，别说报名了，连过来咨询的都没有。女兵忍不住跟辛之华抱怨："这庄子看着挺大，怎么这么封建？女人还是大门不出二门不迈。"辛之华安慰同伴："所以咱们才更要开辟新路嘛。咱不在这儿傻等了，挨家挨户上门动员，变被动为主动。"

她俩首先到第一排巷子，挨家挨户地敲门。其实，沭水村老百姓家白天的大门一般都是敞开的，可辛之华还是有礼貌地去敲门："有人在吗？"只见屋里探出一个闺女的脑袋，是梁家的大女儿大妮。大妮说："没人。"辛之华笑道："你不是吗？"大妮一脸理所当然地反问："俺爹和俺弟都不在家，家里哪有人？"辛之华忍住笑，说道："妹妹，明天去报名识字班吧？"大妮眨巴眨巴眼睛说："识字有啥用？""识字妇女得解放啊。"辛之华回答。大妮歪着头问："解放是啥东西？俺得帮俺娘干活儿，俺家里的活儿实在太多了。"大妮已经知道了辛之华和女兵的来意，便转身回屋，不再搭理她们。

辛之华和女兵悻悻地退了出去。走出梁家，隔壁人家锁着门。辛之华并没有沮丧，又到另一家动员。这家母女俩正在推磨。辛之华问："明天让这个妹妹报名进识字班吧？"闺女低头不说话，母亲开了口："识个字是怪好，可是闺女家家的抛头露面，将来恐怕连个婆家都说不着，还是不报了吧。"

她们一路敲了几户，可都是反对的，理由还五花八门：有的爹娘觉得识字没用，有的怕耽误家里的活计干不过来，还有的认为闺女家抛头露面丢人现眼……辛之华对同伴说："看得出来，有些姑娘还是很想进步的。"女兵说："爹娘太保守，拦着，那不也学不成吗？"

两人边说边往前走，这时候，远远地看到一户人家的门口，有三个孩子向她们这个方向张望着，一个男孩两个女孩，个头一个比一个矮。见她们靠近，三个孩子撒开粗短的小腿，哧溜一下钻进了大门。辛之华和女兵也跟着他们进了院。

这户人家的院子里，斧头、刨子、锛、锯、凿子、墨斗、弯尺等木匠活用的家什摆了一地。院里还坐着一个男孩，貌似比其他三个都大，皮肤黝黑，肚皮滚圆，没精打采的样子。一个年轻的梳着发髻的媳妇正在编柳筐，二十六七岁的样子，虽然衣服脏污，蓬头垢面，可掩不住宽阔的额头，两只眼睛像星星一闪一闪的。没有人知道她的名字，她嫁过来的时候，庄里人喊她"木匠屋里的"，生了儿子之后，庄里人喊她"牛子娘"。那媳妇看见她俩说："俺报名识字。"她抬头说着话儿，手里的活儿却没落下，柳条在她手上灵巧地上下翻飞。"好利索的女子！"辛之华内心一声喝彩，扭头和女兵交换了一个会心的眼神。"零"的突破不是吗？

辛之华的担心一扫而空，随之愉快地打量起四周，发现这家院子里的石榴树与别家的不一样，别家的满树都是咧嘴笑的石榴，她家却只有高枝上藏着四个石榴在探头探脑，生怕被摘下来似的。辛之华忍不住好奇地询问："你家四个孩子，石榴也结四个呀？"媳妇大笑起来："不是的，本来也很多的，只有这四个孩子够不着。"她们正说着，趴在磨台上的其中一个男孩冲辛之华喊起来："摘石榴，摘石榴，俺拉屎，你提溜！"媳妇猛地站起来，像老鹰抓小鸡一样扑了过去。辛之华只觉眼前一花，那个小男孩就被媳妇提溜了过来。她重新坐回原来的马扎上，把男孩夹在双腿间，擦了擦他脏兮兮的小脸说："不能这么和姐姐们说话。"磨台上的两个女孩蹦下来，围在了媳妇身边，其中一个伸手说："娘，也抱抱俺。"媳妇就把她圈进腿里，也擦了擦她脏兮兮的小脸。"娘说啦，这句话，只能对奶奶说。"女孩转头对怀里的男孩说，又仰脸看向娘问，"为啥只能对奶奶说？"站着的女孩说："因为奶奶打娘。""姐姐没欺负娘，所以不能这样说。"媳妇点点头，拍了拍两个小孩的屁股，"去给姐姐们搬两个马扎去。"辛之华和女兵见状，连连摆手："不坐了，不坐了，我们再上其他家看看。"

媳妇边送她俩边说："俺明天就去报名……"话还没说完，一个怒气冲冲的老妇人从屋里冲出来，手里提着一把扫帚，对着媳妇劈头盖脸地就打："你这是要去学识字，还是要出去养汉，让你这么大的野心，俺打死你这个养汉头子……"

辛之华和女兵赶紧劝阻："你干吗无缘无故地打人？"那婆婆轻蔑地瞥了她俩一眼说："俺的儿媳妇，俺想骂就骂，想打就打。"辛之华说："你儿媳妇也不能说打就打啊……"趁辛之华和女兵拦着老妇人，牛子娘丢下柳条，躲进里屋不再露面。

后来，辛之华和牛子娘熟悉之后，问牛子娘，为啥那时她一提起"石榴"，孩子就说"摘石榴，摘石榴，俺拉屎，你提溜"？牛子娘不好意思地低下了头，少顷抬起头来说："没啥意思。"见辛之华的眼睛里充满疑问，牛子娘胸脯一挺，一副一人做事一人当的决然表情："真没啥意思，是俺教孩子们的，就是为了恶应（恶心）俺婆婆，谁叫她打俺呢。"原来，她婆婆经常打她，有一次，她见她婆婆站在树下摘石榴，灵机一动，就偷偷地趴在孩子耳边教了小牛子一句话，于是小牛子就冲着奶奶大喊："摘石榴，摘石榴，俺拉屎，你提溜。"这句粗俗的毫无道理的顺口溜，果然冒犯了她婆婆尊严。"小牛子，你说啥？"她婆婆大喝一声，气得石榴也不摘了，提着扫帚就要收拾她的大孙子。她的大孙子可不怕她，围着磨台和奶奶转圈，还时不时地冲她做个鬼脸。那天，她婆婆的气急败坏让牛子娘畅快不已。从那以后，牛子娘只要一挨打，就编排一些顺口溜，教给她的四个孩子。比如，"奶奶你真美，鹰钩鼻子蛤蟆嘴，老鼠眼睛罗圈腿"。孩子们并不知道牛子娘的出气心理，这些顺口溜简直是他们快乐的源泉，只管跟在奶奶后面喊得欢畅。

辛之华了解了来龙去脉之后，说："这是脏话，是一种很不好的行为，你不能教孩子这些。"牛子娘不以为然地说："骂着玩儿，不是多大的事儿。""你不要不当回事，"辛之华认真地说，"说脏话是一个坏习惯，习惯成自然。坏习惯一旦养成很难改掉，将来你的孩子会变得粗鲁、没有教养。"牛子娘想了想，说："倒也是，本来这些糙话，俺只让孩子对着他们奶奶说，可那天你一说石榴，孩子的脏话就从嘴里溜出来了。真是习惯成自然啊，俺以后不教孩子说这些脏话了。"

当然，这些都是后话。

当时的辛之华狼狈地走出来，再往前走就到了庄西北角，那里坐落着一户雕梁画栋的宅子，一看就是大户人家，只是门楼紧闭。辛之华敲门，一个家丁模样的人出来把她们让了进去。院子里，一个穿长袍马褂的中年人正在逗弄笼中的鸟儿，旁边有一个十六七岁的闺女正在绣花。她穿着藕色旗袍，眼睛宛如盈盈秋水，鼻子小巧挺直，透着温柔雅致，只是脸色白得像纸，一副羸弱的样子，身后还有一个粗使丫鬟在伺候着。辛之华心想这家应该挺开明，就笑着开口："能让这位姑娘去参加识字班吗？"

这户正是庄老六家，那个坐在阳光下绣花的闺女叫庄枣，是庄老六的独生女儿。庄老六看向女儿，问："你还需要去识字班识字吗？""但听爹爹安排。"庄枣笑了笑。辛之华发现她不说话的时候很端庄，一笑起来眼睛弯成月牙儿。庄老六给笼中的鸟儿喂了几粒小米，说："你已识得《女诫》《内训》，若还想识字，我找个私塾先生教你。抛头露面的，不成体统。""是。"庄枣继续低头绣花。"为父都是为你好。""是。"

庄老六不同意女儿去识字班，一个原因是他认为女儿已经读了很多书，再去识字班大可不必。其实，他更在意的是另一层原因。前阵子，民运工作团在临东县举行了百余人的乡绅名流抗日动员大会，庄老六捐了防土匪保家宅的五支枪：一支左轮手枪、一支匣子枪和三支步枪。他本觉得自己为抗日做出的义举，足以拔得头筹，可没料到刘家庄的财主刘逸安捐了七支枪，比他多了两支。两人原本只是点头之交，这回倒英雄所见略同。

刘逸安特地去沭水村拜访了庄老六，得知庄老六有一个待字闺中的小女，就有意要与庄老六结为儿女亲家。刘逸安的儿子叫刘中松，庄老六回访的时候见过，穿着有四个布袋的立翻领中山装，像一棵挺拔的小松树，傲然直立。门当户对，郎才女貌，庄老六满意得很。听说刘逸安那个老东西可是个挑剔的主儿，他怕庄枣抛头露面，坏了这桩好姻缘。

梁文秋

这一整天，辛之华和女兵在沭水村跑了不少家，可无人报名妇女识字班。掌灯时分，她们正垂头丧气地收拾东西，却有很多老百姓拥过来，热情地邀请她们去自己家吃住。庄里人已经从林忠厚嘴里得知，这群穿着军装、绑腿利落的闺女、小伙子是八路军。其实，老早就有走南闯北有见识的人说八路军对庄户人好，不拿群众一针一线，可是沭水村里老实巴交的老百姓只耳闻没目睹过，总是不信。他们庄又不是没来过"队伍"，每次过"队伍"，抢米抢面，逮鸡牵羊，打人骂人，弄不好还吃枪子儿。家家户户都像被强盗洗劫了似的，好久缓不过气来。可这支队伍真的不一样啊，满庄的人都真真切切地见识到了。庄户人是天底下最实在、心里最敞亮的，谁对他们好，他们就想对谁好。

庄户人挎着菜篮子，一边掏出菜篮子里的鸡蛋、花生啥的往辛之华他们怀里塞，一边挎着他们的胳膊，拉拉扯扯地要把他们往家里领。乡亲们的实诚令辛之华心中顿生暖意，白天的沮丧一扫而空，她们在心里为自己打气："心急吃不了热豆腐，这才刚第一天，急什么？"

林大娘和梁大娘争相拉着辛之华的手，都想让她去自己家。这时候，一个干部模样的人开口道："辛之华是团里的'一支笔'，很多戏都需要她写，需要一个单独的房间。"听了这话，林大娘有些犯难地松了手，梁大娘则喜上眉梢地说："俺家南屋，刚腾出空儿。"就这样，辛之华被"抢"去了梁家。

晚上，辛之华正在灯影下看书，一个梳着独角辫子的少女羞答答地趴在门框上，望着她。辛之华招呼她进来："今天我敲过你家的门，怎么没见你呀。"女孩进屋，目光落在辛之华的书上："俺今天走姥姥家，快天黑才回来。"辛之华留意到她裹着小脚，就问："你走路去的？"女孩摇摇头："俺爹用独轮子车推着俺去的，俺裹了脚，走不动。"

辛之华看着她那双小得像麻雀一样的脚，心疼地问："走不动，你为啥不放脚呢？""放脚？俺娘不得打死俺咪。""裹脚疼吗？""疼，钻心地疼咪。""那为啥还裹呢？""女的不都裹脚吗？俺奶奶，俺娘，俺姐，都裹。""你看，我就不裹，不裹脚走路飞快。""你不一样咪，你是八路军咪。""可俺也是女的咪，走一天路也不累咪。"辛之华学着她说话，女孩抿着嘴笑了。辛之华发现这个女孩的特点，不问不答，就又问："你不想走一天路都不累吗？"女孩含蓄地点头："想，做梦都想。"

辛之华心里一阵酸楚，攥了攥拳头，更坚定了一个念头：不仅要教女孩们识字，还要解放她们的双脚，让全庄姑娘的身心都获得解放！她问："你叫什么名字？""二妮。""大名叫什么？"二妮惊讶地瞅了辛之华一眼："女的哪有大名？俺没有，俺姐也没有。不过俺哥有，是俺爹请老私塾起的。"

辛之华一下子从炕上跳了下来，小桌子上的油灯火苗跟着晃了几晃，眼看着就要熄灭。辛之华可不管这些，她着急地说："谁说女的不能有大名？女的不仅能有，还能跟男人一样办大事。"二妮先是麻利地上前用双手捧住火苗，火苗顽强地挺了过来，照得屋子更亮了，这才有空说话："俺不行。"

辛之华暗自道：这个小姑娘虽然不多言多语，却很有眼力见。她缓了缓语气说："都行的，不过先得识字。我给你起个大名好不好？"二妮眸中迸出惊喜的光芒："当然好了。俺是'文'字辈，俺哥叫梁文田。"

辛之华沉吟了一下："你文静得像秋天，就叫梁文秋吧。"说着，她拿起纸笔在油灯下把"梁文秋"三个字工工整整地写了出来。崭新的梁文秋虔诚地接过纸，凑近灯左看、右看、歪着头看："原来俺的名字长这个样啊。"辛之华问她："你愿意学识字吗？""愿意，愿意，愿意。"她一连说了三个愿意，声音里都透着激动。

辛之华欣慰地说："那明儿去报名吧。""好。其实俺姐大妮也想报名识字班呢，可她冬天就出门子了，俺娘不让她报。"听着梁文秋的话，辛之华心里五味杂陈。

林红苗

正说着，一个穿着红褂子的闺女拿着煎饼走了进来，她的两条黑亮的大辫子在腰间晃来晃去。辛之华忍不住在心里赞叹：在这个偏僻的山村，还有比电影演员还好看的女子。辛之华还没说话，那个闺女先开了口："女八路军，今天俺看见你了。你和另外的女八路军提着桶，在墙上噌噌噌地刷标语，像穆桂英一样，真威风！"

"本来今天俺娘想抢你上俺家住的，可听说你得写戏，得单独住。刚好二妮爷爷没了，腾出一间屋子，就被二妮家抢了先。俺娘抢了一个男八路军，那人不理俺，他只跟俺爹聊。"红褂子闺女把嘴里的煎饼咽下去，继续叽叽咕咕地说，"俺这还没吃完饭就跑来看你。你长得可真俊，俺也要把辫子铰了，留洋头，像你一样。"

辛之华心里暗自道："好爽朗的闺女！""好——"她趁闺女又咬煎饼的工夫，赶紧插话，"你剪发，你娘同意吗？"

这句话再一次打开了红褂子闺女的话匣子："俺娘还给俺裹了脚呢，可俺每天晚上偷偷地放开。她白天给俺裹上，俺晚上偷偷拆开。俺娘说俺长着一双大脚，连个婆家都找不着。哼，找不着就找不着。俺敢放，二妮就不敢。她可着急找婆家呢——"坐在旁边的二妮慢悠悠地接了一句："到底是谁着急找婆家？东唐庄的那是谁啊？"这红褂子闺女本来说话像沭河的水一样滔滔不绝，被二妮这一句四两拨千斤，噎得涨红了脸，说不出话来。她伸手就去挠二妮的胳肢窝："哪壶不开提哪壶，让你提，让你提……"

"不提了，不提了……"两个闺女闹了一阵子，等安静下来，红褂子闺女的眼圈竟然有些泛红。辛之华心里纳罕，二妮忙介绍道："她叫杏花，俺两家邻墙。她比俺大半岁，是俺最好的姊妹。"

杏花情绪平复后，又恢复了爽朗模样："女八路军，俺方才在门口可都听见你给二妮起大名了，你也给俺起个大名好不好？""行啊，你姓啥？""俺姓林。"辛之华也学着杏花的口气说："你姓林，你看你长得也真俊，说话、办事风风火火的，多像一团红红的小火苗啊，就叫林红苗，怎么样？"

"林红苗，林红苗……"杏花低声念着，抬起头来说，"这个名字俺喜欢。明儿个，俺也要报识字班，学文化！""好，明天你俩都报名。"辛之华想起白天无人报名的窘境，不免有点儿担忧："如果你爹娘不同意怎么办？"刚有了大名的林红苗扬了扬下巴说："就像裹脚一样，跟俺爹娘斗争呗。"

林红苗和梁文秋走后，辛之华吹灭了煤油灯，临睡觉忽然想起一件事：林红苗爽朗活泼，梁文秋沉静稳重，各有各的优点，谁更适合当识字班队长呢？明月幽幽地照在她的炕头，她辗转到深夜，也还是难以取舍，最后想出一个法子：明天谁先报名，谁就当识字班队长。

一九四〇年深秋的这一天晚上，外面的月光像往年的秋天一样，温柔如水地洒在沭水村的大地上，深秋的小虫也像往年的这个时候一样在旮旯里欢快地叫着，可有两个少女却不像往年一样平静。当林红苗、梁文秋这样的名字安在她们头上的一刹那，她们感到新奇、陌生、悸动、欣喜、忐忑。她们感觉腰杆忽然直起来了，虽然这种感觉还不很清晰，但有一点能肯定的是，她们从此以后不再像她们的奶奶、她们的娘一样，面目模糊地过完一生，而是顶着自己的名字在世上昂首阔步。

大　妮

天刚亮，辛之华就起床了。她跟梁老汉、梁大娘起得一样早，一出屋就开始清扫院子，梁大娘夺了好几次扫帚都夺不过来。她把院子里的落叶和垃圾清到外面时，看见旁边一家的女兵也正在把垃圾往外清理。此时，住在林家的男兵把两桶水倒进水缸，还有一个男兵挑着水大步流星地走在土路上。老人们窃窃私语：自打有这个庄以来，就没这么干净过！

吃过早饭，辛之华要忙她的革命工作了。临出门时，她回头交代二妮："梁文秋，记得叫上林红苗，一起去报名参加识字班啊。"二妮答应着，梁大娘问："谁是梁文秋？谁是林红苗？"二妮很自豪地说："俺叫梁文秋，杏花叫林红苗。"站在一旁的大妮有些羡慕，她感觉有了大名的二妮和以前不一样了。

梁文秋没想到她的报名出了点小意外。她本来已经做通了她娘的思想工作，谁知大妮临时起意也想参加识字班。大妮跟梁大娘据理力争："娘，你让俺也报名吧。俺冬天就出门子了，到时候有公公婆婆管着，想识字就难了。"梁大娘皱着眉头说："不是不让你去，只是你俩都去识字，家里的煎饼谁帮着烙？饭谁帮着做？""二妮也不小了，你不能光偏向着二妮。俺不管，反正俺也要去识字。""你大，应该让着你妹妹。""别的事，俺可以让，唯独识字俺不让。""反正你俩只能去一个。""那就俺去。"梁文秋插嘴说："俺更要去。"

大妮和梁文秋正为此互不相让的时候，林红苗来了，她准备和梁文秋结伴去报名。梁文秋摆摆手，说："你先去吧，俺等一等俺姐，她也想学。"林红苗脚步顿了顿，叮嘱道："那俺先走了，你们也抓紧去报名呀。"

大妮和二妮都想报名识字班，手心、手背都是肉，这让梁大娘犯了难。她无奈，只好去外面捡了两根麦秸，在其中一根麦秸上悄悄地做了手脚。"大妮，娘对不住你！谁叫你为大，能干活儿呢……"她默默地念叨着，回到屋里，把两根麦秸分别攥在两只手里，"既然你俩都想去，那就抓阄儿，谁拿到长的，谁就去。听天由命吧。"

大妮眼圈一红，说："要不，俺不去了，让二妮去吧。"梁文秋拦住了姐姐，说："咱俩必须都去，看俺的。"

大妮、二妮各挑了一根。梁大娘在麦秸上做了手脚，心里自然有数，连哪根长哪根短都没看，就开了口："大妮，你的短，你只好在家帮娘……"话音未落，二妮抢先说："娘，俺姐的不短啊。"阳光下，大妮和二妮手中的麦秸竟然一样长。

梁大娘傻眼了。

其实，二妮早就看穿了梁大娘的计谋，她知道梁大娘使诈：若自己挑到长的，娘就顺水推舟让自己去；若自己挑到短的，娘就悄悄地把长麦秸掐短，反正自己挑到的总是比姐姐的长。二妮要做的就是，悄悄地把自己的那根掐短一些。这个没有一点难度，大妮、二妮高兴得快要蹦起来了。"一样长，咱们都能报名了！"

两人手拉手刚走到大门口，就和迎面而来的梁老汉撞了个满怀。梁老汉侍弄完庄稼，回家吃晨饭。梁老汉面无表情地问："你俩干啥去？""报名识字班。""识啥字？女娃识字有啥用？回去！"大妮、二妮和梁老汉僵持在门口，梁老汉继续教训道："大妮，你冬天就出门子了，还到处乱跑，咱家咋跟你婆家交代？二妮，你也老大不小了，昨儿你姥姥还想给你说婆家，看哪家敢娶你。"

大妮不敢看梁老汉严厉的目光，蔫蔫地低下了头。二妮却挺直了腰背，迎着梁老汉的目光说："俺不嫁人，俺要识字。"梁老汉把肩上的锄头往地上一杵，吼道："看谁敢迈出这个门槛，俺就打断谁的腿。"大妮呆怔了一会儿，委屈地走进了院子。二妮却一咬牙，勇敢地迈出了门槛，说："打断俺的腿，俺也要去识字。"其实，命运有时就掌握在自己的手里。这一道低低的门槛，让一家两姐妹做出了各自的选择，从此命运天差地别。

王凤枝

　　就在大妮、二妮为命运抗争的时候，林红苗已经来到了报名处，她第一个报了名。辛之华很自然地说："你当识字班队长吧。"林红苗一脸兴奋地问："识字班队长，是不是就像戏里的穆桂英挂帅似的？""差不多，差不多。"辛之华笑道，"文秋呢？她怎么没来？""她大姐也想报名，俩人正跟家里斗争呢，估计一会儿就到了。"

　　林红苗等了一会儿，也没见有第二个人来报名。"俺不能当光杆司令，俺去动员她们。"林红苗急了，正要动身，一个穿着蓝布大襟褂子、挽着发髻的媳妇来到了报名处。林红苗一见她，赶紧招呼："牛子娘，这边！这边！"那媳妇说她要报名识字，辛之华认出她就是昨天那个编柳筐的能干女人，很高兴地问："你叫什么名字？"那媳妇说："俺在这庄里没有名儿，俺娘家姓王，娘家人喊俺枝子。"辛之华思忖一下，说："叫王凤枝吧，凤凰的'凤'，枝头的'枝'，飞到枝头变凤凰。"

　　沭水村里又有一个女人被安上了大名。当牛子娘变成王凤枝的一刹那，她感到天一下子高了，树一下子绿了，自己浮躁的心一下子平静下来，生命仿佛从此有了意义。这真是一件神奇的事情啊！

　　林红苗吃惊地问："王凤枝，你报名识字，你婆婆不打你吗？""不就是打吗？又打不死俺，反正俺横竖是要识字的。""好！你报名最有说服力了，咱们一起去动员其他人。"她俩手挽手刚要走，梁文秋忙忙慌慌地跑来了。她的独角辫子都跑乱了，她插到两人中间，问："俺来得不晚吧？"林红苗打趣道："晚，晚了，都排到第三喽。"

林红苗、王凤枝和梁文秋结伴挨家挨户去动员。可即使王凤枝现身说法，也只动员了五个闺女报名识字班。辛之华又给她们一一起了大名。当大名安在她们头上的时候，她们觉得腰杆挺直了不少。名字真是点石成金般神奇！在庄里转了一圈之后，她们又回到了报名处。林红苗气得直跺脚："丢死人咧，咱沭水村也算是大庄，竟然只有八个人报名，这些老顽固！"辛之华劝慰道："不急，我还有别的法子。"

这一番折腾，天已过晌，姐妹们都饿了，各自回家吃饭。

花开几朵，各表一枝，先来说说林红苗。她到家时，爹娘已经吃完饭了，稀饭、煎饼、咸菜都扣在桌子上，林红苗一一掀开，看见其中一个碗里竟然卧着一枚水煮的鸡蛋。平日里，家里可不舍得吃鸡蛋，因为得留着赶集卖了，称盐打油。林红苗美美地剥着蛋壳，铁蛋凑过来说："咱娘说，你就好好识字吧，你摊上了好时候。咱娘还说女的能识字，是值得记一辈子的事。"林红苗鼻子有些发酸，又很幸福，她把鸡蛋掰成两半："来，咱俩一起记着。"铁蛋摆摆手，说："沾你的光，咱娘煮了两个，俺的已经吃了，咱娘还让俺向你学习呢。"

再来说说梁文秋。她回到家，桌上已收拾得干干净净，哥哥梁文田在旁边瞅着她，笑嘻嘻地说："咱爹生气了，撂下狠话，说刷锅喂狗，也不给你吃。"梁文秋才不怕呢，她进了锅屋，掀开锅盖，果然锅里还有糊豆，柳篮里也有煎饼。她盛了糊豆，拿了张煎饼，搬了个小凳子到院子里，像跟她爹示威似的有滋有味地吃起来。大妮从院子的地里拔了棵葱，递给了梁文秋："你好好识字，识了教俺。"梁文秋冲大妮吐了一下舌头，毫不客气地将葱卷进煎饼里。梁大娘在旁边说："吃煎饼还卷大葱，二妮你识字识出功劳了。"梁文秋也不说话，脸皮厚厚的，边吃边乐。梁老汉坐在旁边的阴凉地里抽着烟袋子，虽然依然黑着脸，可是他并没打断梁文秋的腿，不是吗？

最后来说说王凤枝。她就没那么好运了。她回家刚坐下拿起煎饼，就被她婆婆一把夺走。她婆婆眉毛一竖，瞪着眼骂道："识字能识饱，还吃饭干啥？别吃了！"随后，她婆婆手中的扫帚劈头盖脸地向她挥来。那天，王凤枝是在饥肠辘辘中度过的。

巧　妹

识字班的教室是庄里一间废弃的房子，石头砌墙，屋里垒了一排排土坯，权当课桌。院子里有一棵粗大的梧桐树，秋风一吹，哗啦啦作响。虽然梧桐叶落了很多，但还是枝繁叶茂的。东墙有一棵石榴树，石榴都被摘光了，只剩下像老人的手一样粗糙枯瘦的枝干。教室很简陋，可姐妹们已经很知足了。

林红苗和梁文秋迫不及待地想上课，天天去教室打扫卫生。在擦窗棂上的灰尘时，她俩恍若看到了自己坐在教室里学文化的幸福样子。她俩那几天说得最多的话就是：你说识字难吧？你说咱们能学会吗？肯定难学，你没看古戏里的书生，天天抱着书本。不过，哪儿有生下来就会的，咱们只要好好学，没有学不会的。两个人互相鼓着劲儿，盼着快点开学。可是辛之华说识字班的姐妹太少，要想办法，再动员几个人。她要写一出戏，让乡亲都知道识字的好处。可这个法子管用吗？

林红苗和梁文秋正一边打扫着教室的卫生，一边拉着呱儿时，王凤枝来了。林红苗疑惑地问："你怎么来了？还没开学呢。""俺来看看有啥要干的。""这里有俺和文秋就足够了，你快走吧，回去晚了，你婆婆又该打你了。"王凤枝毫不在乎地说："腿长在俺身上，俺想上哪儿就上哪儿。反正不乱跑，那个老妖婆也经常找理由打俺。不管咋样，俺都要挨打，还不如想上哪儿就上哪儿，又打不死。"梁文秋不再劝说，直接说："行，那咱俩去提桶水，湿湿地面。让咱们的队长守着，看还有没有来报名的。"

两人刚走，果真有来报名的。她剪着短头发，个头不高，浑身上下脏兮兮的，唯有一双大眼睛黑白分明，滴溜溜地转，透着聪慧机灵。幸亏一个庄的彼此都认识，要不然光看外表还以为是个男孩子呢。她是赵家三兄弟的小妹，名叫巧妹。别看她叫"巧妹"，可偏偏不喜欢做针线活儿。巧妹的娘早亡，她成天跟鼻涕虫一样黏着三个哥哥，爬树、游泳、打陀螺……经常带着一帮猴孩子上蹿下跳，所有男孩子玩的东西，她无所不会，无所不精，是庄里有名的孩子王。

　　林红苗开口问："巧妹，你来干啥？""俺来报名识字。""你还没扫尿高呢，应该去报儿童团。"巧妹立马反驳："俺不小了，俺都十四岁了。俺也要识字、学文化。"在林红苗眼里，学文化是一件多么神圣的事情啊。她见巧妹个头矮小，蓬头垢面，就有些嫌弃地说："识字班里的人，不光学文化，还要干很多事儿的。像做军衣、军鞋这些针线活儿，你会吗？"这一下戳到了巧妹的软肋。林红苗见她语塞，又说："俺看，还是儿童团适合你。"巧妹从鼻子里哼了一声说："你就瞧不起人！俺不会，可以学，谁也不是天生什么都会的。"

　　可识字班队长这么说，就等于把她拒之门外了。巧妹气咻咻地折身走到院子里，猛然听到一阵喞啾的声音，抬头一看，是梧桐树上的鸟儿在叫，巧妹可找到出气筒了。她指着鸟儿高声叫道："俺积极响应号召来报名，竟让俺报儿童团，连你们也想欺负俺，看俺不上去捣了你们的窝！"说完，竟然像猴儿一样噌噌几下就爬上了树。林红苗闻声出来，站在树下看着直摇头："这么个淘气包，可怎么要！"

　　当巧妹爬上了树，树上的鸟儿自然早已飞走了。她骑在树杈上环视四周，灵机一动："哼！你们不要俺，俺还不会偷学吗？"巧妹对自己的妙计十分得意，气也消了，出溜一下滑下了树，冲林红苗做了个鬼脸："你以为不让俺报名识字班，俺就学不成了吗？走着瞧！"说完，一溜烟跑走了。

开　学

辛之华的小戏写好了，戏名叫《病故一人》，讲的是：这家的闺女想上识字班，母亲不同意。不久，家里收到一封信，是在外经商的父子写来的。信里写着"病故一人"，母女俩收到信后哭得死去活来。后来经过四处打听才知道，父子俩把"并雇一人"写成"病故一人"。母女俩这才意识到学文化的重要性，闺女因此高高兴兴地上了识字班。

辛之华问姐妹们："咱们一起演这场戏怎么样？你们演会更真实。"林红苗说行，梁文秋也说行，王凤枝为难地说："俺还是不演了。俺倒不是不敢演，俺是怕正演着，俺婆婆上台来打俺，砸了场子。"辛之华接着问："你们平时唱戏吗？"梁文秋和王凤枝摇摇头，梁文秋指着林红苗说："她唱，她唱。"辛之华问："你会唱啥？"林红苗说："俺会用拉魂腔唱《梁山伯与祝英台》。"辛之华纳闷地问："拉魂腔？"

"拉魂腔在俺们这里可时兴了。庄里还传着这样的话，'女人听唱拉魂腔，面饼贴到锅台上；男人听唱拉魂腔，丢了媳妇忘了娘'。"林红苗指着梁文秋等几个姐妹说，"其实她们都会唱几句的。"王凤枝也说："从东庄，到西庄，要听还是拉魂腔。"辛之华饶有兴趣地问："那你们谁来唱上一段？"姐妹们都推着林红苗，让她来。林红苗也不客气，张嘴就唱："那个太阳出来了，打山上走下一对学生来，前面走的是梁山伯，后面走的是祝英台——"林红苗唱完，辛之华笑弯了腰，说："唱腔绝伦，明快活泼。不错，不错。你跟谁学的？"林红苗得意地说："戏班子经常来俺庄演出，俺听了几回就会了。""好，《病故一人》的某些部分就用拉魂腔唱。"辛之华按照她们的性格分配了角色，林红苗饰演女儿，梁文秋饰演母亲，她自己饰演女干部。

辛之华不愧为"一支笔",她回去把《病故一人》修改了一下,戏里加了很多沂蒙山土话,还煞费苦心地增添了几段拉魂腔唱词。她饰演的女干部,也在戏里说沂蒙山土话。排练的时候她跟着姐妹们学说"噶肉(割肉)""称盐(买盐)""打油(买油)""截布(买布)""合显(大哭)"等乡间俚语。她刚开始说得磕磕绊绊,逗得林红苗她们笑个不停,可是她很快就把临东县土话说得很地道了,大家都很佩服她的适应能力。经过辛之华手把手的排练,这出小戏演得大受欢迎。尤其林红苗扮演的闺女俊美俏丽,举手投足间韵味十足。戏的最后,她用拉魂腔唱了一段:

婶子大娘姐妹们,大家快来上冬学,读书识字不花钱,这个机会莫错过,快来上冬学。

小闺女别瞎说,手硬嘴笨心眼儿拙,知识不能侥幸得,全靠自己用心学,自己用心学。

今天学,明天学,一天学上三五个,天长日久学得多,写信算账难不着,一点儿难不着。

学会了好处多,什么事情都会做,谁也不敢欺侮咱,庄户人快来识字班,快来识字班。

这段唱腔引得满堂喝彩,辛之华拍手称赞道:"红苗,你真是一个演戏的好料子。"

戏演完的第二天,就有八个闺女报名了识字班。

最后,识字班增加到二十人。其中四人是林红苗"软硬兼施"请来的。那时,辛之华眼见戏也演了,好话也说尽了,但还是有几个"顽固分子"不肯让自己的闺女进识字班。"俺庄里人俺了解,不光要跟他们来文的,还要跟他们来武的。"林红苗带着几个姐妹刮风似的冲进人家院子里,板着脸说:"你家的闺女必须去上学,去也得去,不去也得去,和摊派粮食是一个道理!"林红苗作风强硬,吓得跟在后面的梁文秋不敢作声,其他人也直往后缩。不过,这样很有成效,很快庄里的大部分闺女就都报名登记了。

终于开学了。她们利用中午时间上课,一直上到下午两点。她们管自己的班叫"明校",因为庄里的男青年利用晚上在庄里的小学堂里识字的班,叫"灯校"。本来准备在屋子里上课的,可是姐妹们嫌屋里昏暗,院子亮堂,辛之华便遂了她们的意,这让树上猴着的一个闺女喜出望外。

众所周知,猴着的就是巧妹。巧妹早早躲在树上,看姐妹们一个个进了屋,屋子里什么情况都看不见,她觉得躲到树上真是白瞎了工夫。正懊恼之际,只见她们一个个搬着板凳、马扎走出了屋子。辛之华把小黑板挂在东墙的石榴树上,开始对着花名册点名。因为在报名的时候,辛之华就已经给她们起好了大名,她说,喊到自己大名的时候,要答"到";上课期间若上"茅房",要举手,不准说"尿尿",要说"解手"。姐妹们互相看看,又羞涩又觉得新鲜。

哪个闺女答完"到",辛之华就发给哪个闺女一个小本子。姐妹们听到喊自己大名的时候,有的答"到"答得又脆又响,有的迟疑半天才想起是自己的新名字。等喊到"于庆芳"的时候,没人答应。辛之华很疑惑,可她对这些闺女也不熟悉,就继续往下念。等把所有的名字都念完,一个老实巴交的闺女站起来说:"辛老师,你没喊俺。"辛之华知道了,她就叫"于庆芳"。原来她竟然忘了自己的大名叫什么。辛之华重新喊:"于庆芳。"于庆芳这回脆生生地答:"到。"

点完名,辛之华说:"我已经把你们的大名提前写到本子上了,从此这个大名要跟随你们一辈子。你们要爱惜它,不要给你们的名字丢脸。"石榴树下的姐妹,仿佛拥有了一股神秘的力量,喜悦欣然。只有树上的巧妹委屈死了,她还没有大名呢,也没有写着她大名的专属小本子。她想大声说"辛老师,你还没喊俺的大名",可又怕露了馅儿,连偷学都学不成,只好从心里暗暗给自己打气。看谁将来识字多!

辛之华旁边的小凳子上,有一个手抄本,封面上写着"妇女临时课本"。那是她为识字班动手做的,里面还有她画的插图,形象生动,通俗易懂。辛之华拿起手抄本，给姐妹们讲识字的好处："这里面有两千个字，只要认真学，三四个月，也就是到过年的时候，就能读书看报，认识路条（抗战时期，各个庄开的通行证，以防汉奸混入庄里搞破坏）。今天，我先教你们认识你们的大名。"

闺女们都一副很有信心的样子，有的甚至暗暗攥起了拳头。连树上偷学的巧妹都暗暗发誓：俺一定要率先认识这两千个字。

识　字

我们先来说说识字班队长的识字过程。那天放学回到家中，林红苗瞪着写有自己名字的小本子，越瞪越糊涂，越瞪越不明所以。这怎么行呢？她可是威风凛凛的穆桂英，但要打的敌人是这些不认识的字，怎么降服这些字呢？天不怕地不怕的林红苗，第一次感觉遇到了对手。读千遍，不如写一遍。林红苗找来树枝，在地上一遍一遍地划拉，嘴里念念有词："林，木和木不要离那么远；苗，草字头要在头顶上，不能飞上天……"林红苗、林红苗、林红苗……写了一大串。直到太阳落山了，她才赶紧挽起袖子，到锅屋烧火做饭。可看到炉膛里的火，她又想起老师说的话——红苗，红红的火苗。她直接用木炭枝子在地上比画起来，直到闻着一股煳味。

晚饭的时候，林红苗低眉顺眼地端上炒煳了的饭菜，全家都皱起了眉头。铁蛋说："二姐，你连饭都做不好，将来到姐夫家，会被他家人打死的。"林红苗大声喊："他敢。你以为你姐就是吃素的吗？他家敢打俺，俺就斗争。"林大娘叹了一口气说："唉！斗争，会挨更多的打，公公打，婆婆打，丈夫还打。""咱女的地位这么低，什么时候才是头啊。""熬吧，直到媳妇熬成婆，就熬出头了。""咱家就由着俺挨打不管吗？""嫁出去的闺女，泼出去的水，你是那家的人了，咱家管不着了。""那好办，他们若是拿手打俺，俺就拿棍子还；他们若是拿棍子打俺，俺就用刀还，横的总归怕不要命的。"林大娘又叹了口气说："唉！不吃些亏，是学不乖的。"铁蛋插嘴说："二姐，俺敢说，你做饭这个水平，脾气还这么瞎，不出一年，你就会被俺姐夫家打死。"林红苗追着弟弟铁蛋说："那俺先打死你，你这个碎嘴子。"

再来说说梁文秋的识字过程。她不能像林红苗那样，回家后只管学文化。她知道，她能进学堂，是牺牲大妮不上学换来的。放学后，她懂事地赶紧帮着家里剁鸡食、喂猪，做这做那，直到吃过饭才开始学文化。坐在豆油灯下，她在本子上把自己的名字一笔一画抄得大大的。拿惯菜刀的手，拿起笔来，抖抖索索的。最后虽也抄成了，但字歪歪扭扭的，像一群小鸭子走路。她继续对着这群歪歪扭扭的小鸭子，用手指照着描。梁老汉心疼地过来说，光点着灯，太费油。她答应着，可是一吹灭油灯，那三个已经会写的字也跟着陷入了黑暗，她又不会写了。一想到林红苗肯定已经会写了，她就很焦急，忍不住又偷偷点起灯。她描着描着，睡意袭来，脑袋渐渐向一边歪去，忽然身子一抖，便把自己惊醒，反复几次后趴在灯下睡着了。

梁文秋觉得自己好像睡着了还在写字，早上醒来，第一件事就是闭着眼睛在自己的肚皮上划拉。划拉着划拉着，她发现自己竟然会写自己的名字了，一下子从炕上蹦了起来。出了屋，她赶忙帮家里剁猪草，谁知梁文田一见她，就笑得前仰后合。梁大娘和大妮赶过来也瞅着她笑。梁文秋被笑得莫名其妙，梁大娘边笑边说："赶紧去照照镜子吧，像狗啃了似的。"原来，她前面的齐眉穗被油灯烧去了一块。

现在该说说躲在树上的那个小闺女巧妹了。等所有的人全都走后，她才惆怅地下了树。她先围着院子转了一圈，仿佛辛之华老师讲课的声音还在耳边萦绕。又进了屋子，坐在了正中间的土凳子上，两手交叉，腰板挺得笔直，恍若看到了自己正幸福无比地待在一群跟着老师学文化的闺女中间。

她没直接回家，而是去了庄里识字最多的老私塾家。老私塾年近古稀，古板严肃，经常说一些大家听不懂的斯文话。他在庄里的私塾任课，教的学生是庄氏两家和其他几家生活条件不错的子弟，还有附近村庄里的孩子。身为人师，他一直对巧妹的顽劣看不惯，整天对着她说，女子应该这样应该那样，之乎者也的。往往老私塾还没讲完，巧妹就跑开了，气得老私塾在后面连连说"孺子不可教也"。这回，巧妹乖巧地上门，做出了谦卑温顺的样子，还给老私塾的孙子带去了他心心念念的弹弓，喜得老私塾不仅用毛笔给她写了"赵巧妹"三个字，还写了林红苗、梁文秋、王凤枝、于庆芳等人的名字。老私塾边写边问这些人是谁，巧妹说："别问了，你写就是了。"巧妹有她骄傲的小心思，她不仅要认识自己的名字，还要认识所有人的名字，让她们门缝里看人！

其实，赵大进就有文化，巧妹为啥舍近求远？因为她不想让哥哥们知道她"上学未遂"的事情。凭他们的暴脾气，还不得为了她大闹识字班？最终，巧妹抱着一摞写了字的麻纸，心满意足地回家了。

当天，巧妹扒拉着手指头算了算，自己一口气认识了十二个字，会写了三个字，估计已经超过了识字班里其他的姐妹，内心比吃了一块大肥肉还美。这还不算，她又翻出了她娘留下的笸箩，在里面找出了针和线。那个瞧不起人的识字班队长不是说，她们不仅要识字，还要做军衣、军鞋吗？她巧妹也不差，她要绣一个漂漂亮亮的荷包，一个比林红苗绣得还好的荷包。可是，说起来容易做起来难，拿针比拿笔还难啊，巧妹没绣几针，手就被扎出了血。

跳 汪

识字班里，多数是未婚姑娘，只有几个小媳妇，其中一个就是王凤枝。

王凤枝从小就被卖到地主家当丫鬟，后来卖给李木匠当童养媳，饿肚子、住柴火房是从小到大常有的事。直到她给李家陆陆续续生了俩儿子俩闺女，日子才好过些，可还是三天两头地挨打受骂。不过，在那时的农村里，丈夫打老婆，婆婆打儿媳，都是家常便饭、理所当然的事，甚至还会觉得打倒的媳妇揉倒的面，只有棍棒伺候，才能调教出合格的媳妇。谁知王凤枝一身反骨，她婆婆一天到晚必做的一件事就是拿着扫帚，看她哪里不合适，随时随地给她来几下子。"哐哐哐"，本来个子不算矮的王凤枝一下子矮了半截。王凤枝不敢还手，挨了打就跑，可跑了又没地方去，只好再回来。

第一天去上课前，王凤枝怕被她婆婆发现，做饭刷锅表现得特别积极，她婆婆放松了警惕。吃过晌饭，她婆婆带着四个孩子睡起了午觉，王凤枝趁机悄悄地溜了出去。等她婆婆醒来，想去找她的时候，她已经下课回家了。

挨打后的她，也会被罚不准吃饭。一直以来，王凤枝抵制饥饿的法子就是睡觉，睡着了就不知道饿了。别说，这个法子倒是行之有效，所以她婆婆一直没能驯服她。只是这回肚子饿得咕咕叫的王凤枝，要学习文化，就不能睡着。她一遍遍地警告自己：别睡觉，别睡觉……谁知她对着纸上的名字看了几遍，难以忍受饥肠辘辘，不得已吹灭油灯，躺在了四个孩子身边。

第二天晌午，林红苗、梁文秋不仅认识了自己的名字，还学会了写自己的名字，得到了辛之华的表扬。王凤枝和另外的姐妹仅仅认识了自己的名字，也得到了辛之华的表扬。树上的巧妹悄悄地举起了手："辛老师，还有俺，还有俺。"

辛之华对她们强调："烫嘴的糊豆不是一口喝完的，不要心急，慢慢来。"可是要强的王凤枝悔恨死了，她暗恨自己昨夜怎么就睡着了呢？自己这一睡不要紧，被这些积极分子甩了半条街。不行，她一定迎头赶上，坚决不能再当落后分子了。

辛之华用小木棍做的教杆，敲了敲石榴树上挂的小黑板说："昨天姐妹们都认识了自己的名字，确切地说，还不算正式上课，今天咱们来学习第一课：女人也是人。"

她讲起几天前挨家挨户动员，一个姐妹竟然说家里没人的时候，一个闺女插言道："从古到今，女人就不是人。"另一个闺女也说："没有人把咱们女人当人看。"与此同时，辛之华在黑板上写下"女人也是人"五个大字，尤其在写最后一个字的时候，放慢了速度，一撇一捺，写得特别认真。写毕，她转过头来，很动情地说："姐妹们，记住，首先我们要把自己当人，男人能做的事情，咱们女人照样能做。"

王凤枝看着小黑板上的字，肚子不争气地乱叫起来。这才刚开始上课，王凤枝真恨自己没出息。忽然，一个提着扫帚的老妇人冲进了院子。姐妹们只觉眼一花，扫帚已经冲王凤枝劈头盖脸地打了过去。辛之华等人赶紧劝阻，披头散发的王凤枝拨开众人的包围圈，跑了。王凤枝婆婆理直气壮地说："俺家的媳妇，俺想打就打，媳妇就该做饭洗衣看孩子，哪有她这么大野心的！"

不一会儿，有人在外面喊，牛子娘跳汪了。教室的西面有一个不大不小的汪塘。待众人跑过去的时候，庄里人已经把王凤枝救上来了。她肚大如鼓，趴在庄老七家的牛背上，不时从嘴里冒出一股儿脏水。脏水控完了，王凤枝也苏醒了过来。庄老七对王凤枝婆婆说："我的牛救活了你儿媳妇，怎么着也得用一篮子鸡蛋感谢我吧？"王凤枝婆婆心疼得直龇牙，省吃俭用攒了一篮子鸡蛋就这么白瞎了。

掌灯时分，王凤枝丈夫李木匠回来了，她婆婆挑拨说："今天你小娘能的，都会跳汪了，咱李家的脸可叫她丢尽了。"李木匠被自己的娘挑拨得火冒三丈，冲进里屋，看见王凤枝像个小瘟鸡似的蔫蔫地躺在床上，更是火上浇油。他连拖带拽地把她弄到院子里，不由分说就把她的头往水缸里摁，一边摁一边咬牙切齿地说："你不是想寻死吗？这回让你寻个够，寻个够……"最后，木匠爹把旱烟袋子一磕，威严地发了话："行了，再弄，就真死了。"李木匠这才收了手。

没想到，仅仅隔了一天，王凤枝就来上课了。看着姐妹们担心的眼神，她脸上却带着飞蛾扑火的决绝，轻描淡写地说："俺说过，他们又打不死俺。俺跟他们说了，这识字班俺是上定了。老妖婆若敢上教室里闹，俺就再次死给她看。她不心疼俺，也会心疼她家的鸡蛋。"

小黑板上写着：我中华/在东亚/人民多/土地大/我们拼命保卫它。林红苗举手反映，这次要认识的字太多了，看了这个就会忘了那个。辛之华灵机一动："姐妹们背下来，回家一个一个地对照，问题不就解决了吗？"那节课，辛之华读一句，识字班读一句。直到下课，王凤枝婆婆也没出现，看样子也是真怕王凤枝再寻死。

辛之华很快发现，把要学的内容编成朗朗上口的顺口溜，反倒很有效果。于是，辛之华教姐妹再学新课的时候，黑板上这样写道：有钱的人，出钱救国；有力的人，出力救国。

这些闺女、媳妇都过了识字的最佳年龄，常常是辛之华前头教，她们后头忘。林红苗很沮丧地说："辛老师，要不你别费心教了，教了俺们也记不住。""就因为记不住，我才一遍遍地教呀。时间长了，慢慢地就会记住的。记不住，再不想学，那才彻底毁喽。"辛之华说着刚学会的沂蒙山区土话，姐妹们哄堂大笑。

不久，辛之华就惊喜地发现，其实这些女子真的很聪慧。像有一次，王凤枝把"凤枝"写成了"风枝"。辛之华讲："风和凤，一个是刮风的风，一个是凤凰的凤，不一样的事。""枝，俺会写，就是树枝子的枝。俺写枝的时候，想着树枝，俺就能写出来。可是这大风和凤凰，俺都没见过，俺就想不起来怎么区分。"一个姐妹插话道："凤凰，大家都没见过，可是大风整天刮，你没见过吗？"王凤枝说："树叶动，俺知道刮风了，可俺没见过风长啥样。你见过风长啥样吗？"那个姐妹一时语塞。

辛之华开始讲凤凰涅槃的故事，凤凰只有经历烈火的煎熬和痛苦的考验，才能获得重生。又一个姐妹插嘴说："这个故事是骗人的。这世界上真有凤凰吗？俺们没见过。没见过的，就说明没有。"辛之华暗暗思量，正琢磨着怎么说服这个姐妹时，林红苗发言了："你这话不对，像凤枝说的，俺们没见过风长啥样，可树叶动，俺们就知道风来了，你能说这世界上没有风吗？"辛之华暗叫惭愧，这些反驳的话，她都没想起来，真不能小瞧她们哇。辛之华说："凤凰在火中重生。你们识字，其实也是凤凰涅槃。"王凤枝忽然大叫："俺能区分开风和凤了。"

后来，识字班姐妹一个个成长为新时代的知识女性。有人说，沭水村水好，出了一小窝凤凰。林红苗却认为，自己幸亏在人生的道路上，遇到了辛之华老师。她一个字一个字地教，一遍又一遍地教，像在石头上钻眼一样，让她从目不识丁的女人翻身做了自己的主人。

黑热病

这天上课，辛之华教姐妹们唱了一首《识字班班歌》：

识字班，真模范，
俺到课堂去上学。
一直上到下两点，
回到家里快纺线。

人人识字人人好，
妇女身份得提高。
能看书来能看报，
也能看那北海票。

有的妇女不识字，
两眼瞪着干着急。
看书识字懂道理，
想起过去干生气。

可王凤枝没来上课，辛之华很担心，决定等放学后去看看她又出了什么事。

原来，王凤枝九岁的大儿子小牛子得了一种怪病，皮肤发黑，人越来越瘦，肚子却胀得老大，躺在床上奄奄一息。王凤枝婆婆吓坏了，赶紧去找神婆子何仙姑。神婆子闭上眼睛，掐指一算，说是因为王凤枝四处乱跑，身上带回了乌鸦精，附在小牛子身上引起的。王凤枝婆婆很疑惑那个蹄子为啥没事，神婆子闭着眼说她八字硬。王凤枝婆婆回想起这些年王凤枝跳汪上吊，来回折腾，却毫发未损，可不就是八字硬吗？神婆子猛地睁眼看了王凤枝婆婆一下："乌鸦精最喜欢吃烂肉，再不治，你孙子恐怕没命了。"这一句吓得王凤枝婆婆一迭声地说："治，治……"

神婆子让王凤枝婆婆晚上备好香烛，好让"何仙姑"上身驱除乌鸦精。王凤枝婆婆留下些许钱财，千恩万谢才回家。王凤枝婆婆到家，见王凤枝放学归来，想起神婆子的话，当即挥舞扫帚对着她就是一阵痛打。这回，王凤枝尽管冤屈，可为了儿子的病能治好，竟然没反抗，结结实实地挨了一顿打。

而神婆子见王凤枝婆婆走后，便下了神坛，拿起她留下的钱财，数了数，很不满："木匠之家，出手忒小气。"她吩咐她丈夫配些草药，尽是大黄、牵牛子等泻药，又有一味黄连，掺和其中。她丈夫经常帮着她抓药，时间长了粗通些药理，知黄连是止泻的草药，就有些不解："既泻，黄连不该用。"神婆子得意地说："连你都懂，俺岂能不懂？这家子过得殷实，得让他有个反复，多出点血才是。""都是乡里乡亲的，这样做不太合适吧？"神婆子厉声道："你知道咱们这三间大屋是怎么盖起来的吗？"

等到晚上，王凤枝家里摆好祭桌、香烛。神婆子来了，点起香火，顿时满屋烟雾缭绕。神婆子让王凤枝公公和丈夫避开，理由是乌鸦精乃纯阴之物，他们的纯阳之体会惊动了它，屋里只留下王凤枝婆婆、王凤枝、小牛子和她四人。神婆子点燃一盏油灯，交代王凤枝婆婆，让她守住，别让其熄灭，否则她孙子小命不保。这吓得王凤枝婆婆一连声道："放心，放心……"王凤枝则抱着儿子坐在炕上，神婆子跪在香火前的蒲团上，嘴里念念有词。

少顷，但听神婆子大喊一声："哪里走！"她仿佛在做一件很费体力的活儿，不一会儿，豆大的汗珠不断地顺着她的额头和鬓角流下来。

屋子里，烟雾越来越浓，小牛子被呛得咳嗽起来。王凤枝心疼儿子，忍不住拿起旁边的蒲扇，轻轻给小牛子驱起烟来。神婆子"哎呀"大叫一声，当即倒地。吓得王凤枝和她婆婆赶紧上前查看，神婆子躺在地上，指责王凤枝："都是你坏了大事。"王凤枝和她婆婆都愣住了。她婆婆这回也为王凤枝说情："这个蹄子半分也没敢动弹。"

神婆子像被抽走了筋似的，有气无力地说："你们凡人哪懂得其中玄机！'何仙姑'正在小牛子体内与乌鸦精大战，乌鸦精哪里是'何仙姑'的对手啊，转身就跑。'何仙姑'去追，眼看就要追上了，谁知来了一阵妖风，助阵于乌鸦精。乌鸦精随即乘风逃之夭夭，一切功夫全白费了。"

王凤枝吓得赶忙把手中的蒲扇扔了出去。神婆子说："乌鸦精虽跑了，可也受了重伤，小牛子身体会好些。"王凤枝婆婆扶神婆子坐在炕头，神婆子没精打采地用手托着头，只说自己每次"何仙姑"上身，都会体力大损，像生了一场大病似的。王凤枝婆婆赶紧又奉上了些钱财。"只得等俺养养体力，改日再让'何仙姑'上身了。"神婆子留下几包草药，扬长而去。小牛子喝了草药，泻得厉害，却也出了不少汗，脸色看着好了一点儿。王凤枝婆婆愈发觉得神婆子灵验，气得又痛打了王凤枝一顿。

辛之华和识字班姐妹到李木匠家探望王凤枝时，王凤枝婆婆正在院子里给怀里蔫头耷脑的小牛子喂饭，另外三个孩子追着一只公鸡跑。林红苗问王凤枝咋没去上学，王凤枝婆婆翻了个白眼没理她。辛之华也问了一句，王凤枝婆婆不耐烦地朝西屋一指："一下午没出屋了，在里面生蛆呢。"

姐妹们顺着王凤枝婆婆手指的方向，走到王凤枝屋里。刚到窗户前，林红苗就看见王凤枝在屋子里上吊了，吓得大叫起来。辛之华她们赶紧冲进去把她抱下来。王凤枝坐在地上哭道："都怪俺，俺带来了乌鸦精，又用蒲扇帮了那乌鸦精，俺不该活在这世上啊。"辛之华扶她到炕上，说："神婆子那一套是骗人的，别信她的鬼话。"

王凤枝婆婆抱着小牛子，不知啥时候跟了过来，说："要是世上没有乌鸦精，那你说俺大孙子这是怎么回事？"林红苗摇头说："封建迷信害死人。"王凤枝婆婆气得瞪了她一眼。辛之华认真瞧了瞧小牛子黑黑的皮肤、干瘦的身体和鼓起的肚子，说："不能再耽误了，咱们送他去八路军医院看看。"

那天，辛之华她们轮流抱着小牛子，赶到了驻扎在柳沟村的山东纵队二旅临时医院。军医一看就说小牛子得的是黑热病，是被一种叫白蛉子的虫子叮咬导致的，用药就能根治。果然，小牛子打针服药一天后，黑皮肤就稍微褪淡一些，又过了几天，小牛子活蹦乱跳地加入了追赶他家公鸡的队伍。

王凤枝婆婆带了两篮子鸡蛋去找辛之华，一篮子给辛之华吃，另一篮子请她转交给救她孙子的八路军大夫。这是她最隆重的感谢方式了。辛之华趁机说："不用客气，只是你从此别再打凤枝了。"王凤枝婆婆羞愧地说："好，好，都听八路军的。""以后不要再阻拦凤枝上学了。"王凤枝婆婆又羞愧地说："好，好，都听八路军的。"

过了不久，军医来了一趟沭水村，给老百姓上了一堂卫生课。军医告诉大家：勤晒被褥，勤灭虱子。虱子不光吸血，咬得人痒痒，还会传播斑疹等疾病；吃饭之前和上完茅房后都要洗手。军医还教老百姓怎么预防疥疮，怎么杀臭虫，还给长头疮的小孩子涂紫药水，给有湿气腿的老人抹药膏。那天，穿着白大褂的军医坐在院子里的阳光下，四周围满了人。大家那爱戴的眼神，让梁文秋心中一动。

放足、剪发

阳光正好，沭水村的识字班像往常一样聚在院子里学习新课。辛之华早已在小黑板上写下了今天要学的新字：邻家有女已放足/走向学堂去读书。"妇女解放，不仅要学文化，还要放足……"辛之华话还没说完，一向安静的课堂竟像烧开的水一样沸腾起来。

"俺三岁那年，俺娘就给俺裹了脚。""俺裹脚那会儿，天天疼得睡不着觉。""俺刚裹脚那会儿，满脚都肿烂流脓，好多天下不了炕。""小脚一双，眼泪能盛一缸。""为什么非让咱们裹得尖尖的、小小的？"……

尘封在心底的不平与苦痛，像炒豆子一样噼里啪啦地往外冒。姐妹们你一言，我一语，辛之华好几次欲往下压，都没压下这滔滔痛诉。辛之华干脆把课本一抛，走到姐妹们跟前，高声说："咱们比一比谁的脚美吧。"她脱下自己的鞋子，露出一双自然舒展的大脚，但见秋天的阳光如细碎的金子，照得她的脚白皙透亮。"你们看，不裹脚多自在！"姐妹们猛然见辛之华在众目睽睽之下露出自己的脚，大惊失色。这在偏僻的乡村可是惊世骇俗的事情呀！

一向泼辣的林红苗率先勇敢地脱下鞋袜，一圈一圈地解开那缠得死紧的裹脚布。然后，把她的脚暴露在明亮的天地间。她心疼地看着自己蜷曲的脚指头，一脸嫌弃地把那长长的裹脚布，往旁边使劲一摞。紧接着，梁文秋、王凤枝等人也学着林红苗的样子，一圈一圈地解开裹脚布，把让人痛恨的长长裹脚布往旁边使劲一摞。更多的姐妹也下定决心，解开沉重的枷锁，让自己的脚暴露在天地间。

她们一开始还有些不好意思，暴露在外面的脚畏缩着，像一只刚出壳的小鸡仔。林红苗和王凤枝的脚还好看一些，裹得很不合格，一看就是偷偷抗争过。其他姐妹的，那都是一双双什么样的脚啊？！那脚只剩一个翘起的大脚趾，其余四个从中折断，弯向一边，脚背肿胀，脚跟臃肿，像小小的油灯盏。有的姐妹想起自己当年裹脚受的苦和罪，忍不住哭了起来。

没有了裹脚布的束缚，她们的鞋是穿不上了。林红苗趿拉着鞋，跑去隔壁借来一盒洋火，将长长的裹脚布揉成一团，一把火烧了。姐妹们怔怔地看着裹脚布在熊熊的火焰中扭动着、挣扎着，似乎并不甘心就此退出历史舞台，心中畅快无比。辛之华光着脚，像小鹿一样轻盈地跳到前面："姐妹们，别难过了，从今往后，我们的脚真正解放了，我教姐妹们唱一首《大脚乐》。"大家止住了哭声，重新坐好，跟着辛之华唱了起来：

> 大嫂脚大走路快，
> 二嫂脚小摇摇摆。
> 大嫂耕田又种菜，
> 种的白菜挑上街；
> 二嫂啥都做不来，
> 跪在河边洗脚带，
> 臭得大家都走开。

姐妹们认真地跟着唱，《大脚乐》里的二嫂不就是自己昔日的写照吗？有的姐妹唱着唱着，眼泪就模糊了双眼，想想如今终于和《大脚乐》里的大嫂一样，和男人一样有一双大脚板子了，不用再蹒跚地走路了，又都破涕为笑了。那天，她们哭一阵，笑一阵，用泪水洗刷内心的伤痛，用笑容感受身心解放的快乐，所有的痛苦终将过去，这份幸福来得多么不容易啊。

辛之华誓把妇女解放进行到底。又过了几天，她号召识字班姐妹剪发。不用说，林红苗仍然是第一个响应的。林红苗伸手接过辛之华随身带来的剪刀，拽过自己的辫子，咔嚓咔嚓一阵，两条长到屁股的长辫子瞬间化为齐耳短发。众姐妹惊得瞪圆了眼睛，拍手笑道："天哪！红苗，你看着可真像个清爽的学生！"林红苗用手拨拉了几下耳边的碎发，扬起下巴说："真利索。"

王凤枝紧跟着想第二个响应。林红苗迟疑道："凤枝，你要想清楚了，你婆婆会打你的。""俺要剪。"王凤枝脸上带着一股倔强，说罢，解开发髻，也是快刀斩乱麻般咔嚓咔嚓一阵，长发散落，齐耳短发迎风飘扬。

谁料，一向思想走在前头的梁文秋，这回却没有积极响应。她犹豫地说："俺觉得大辫子蛮好看的啊。"她的头发浓密，像黑缎子，她舍不得剪。

辛之华说："剪发，剪的不仅仅是头发，还有旧的思想，只有从形式到内里都彻底解放，才能真正抬起头来。"梁文秋依旧犹豫，始终下不了狠心。其他姐妹见梁文秋如此，也跟着说回家再思量思量。

话说林红苗顶着一头短发英姿飒爽地回到家，林大娘不仅没说啥，反倒露出羡慕的眼神。林老汉却左看右看都不顺眼，可毕竟是自家闺女，仅仅数落了几句就算了。而王凤枝晃着一头新剪的短发回家，就没那么容易过关。她婆婆远远看见一个头顶二道毛子似的短发女人进了家门，眯起眼睛，身子往前探着，使劲瞅了半天，才认出这个"怪物"竟然是自己的儿媳妇。她气不打一处来，小脚点点地走到旮旯里，找出那个早已落满灰尘的扫帚，嘴里念叨着：真是"三天不打，上房揭瓦"啊！她刚拿起扫帚，王凤枝也不知哪里来的勇气，不紧不慢地说："你打吧，你现在怎么对俺，俺将来就怎么对你。你去看看庄南头的刘老嬷嬷，当年她整天打媳妇，现在老了，她儿媳妇不给她饭吃……"她婆婆愣在了原地，举起的扫帚既无法落下，也没脸收回。

王凤枝说的刘老嬷嬷，是庄里出了名的"现世报"。她当年脾气暴虐，天天打年轻的儿媳妇。后来老头子去世了，她跟着儿子一家过日子。儿媳妇心情好的时候，就用破碗装一些剩菜剩饭送给她吃；心情不好了，不仅让她饿肚子，还跟撵鸡一样追着她打。有一次，刘老嬷嬷当着众人的面，哭着喊着给儿媳妇磕头，儿媳妇也扑通一声跪下与刘老嬷嬷对磕。儿媳妇哭着对众人说："你们不知道当年她打俺，下手那个狠呀。俺九岁就来这家当童养媳，她打了俺四十年，俺这才还了几年，账还完还早呢。"刘老嬷嬷和儿媳妇如同种瓜得瓜、种豆得豆一样，真是种什么因得什么果。庄里人可怜见的，偶尔送点吃的、用的给刘老嬷嬷。后来，她竟然连声招呼也不会打了，跟她说话，也是一脸木然，整个人糊涂了。

王凤枝婆婆手中的扫帚终归没落下去，气哼哼地扔下一句"你这蹄子反天了"，扭头就走了。王凤枝剪了头，不仅没挨打，还赢了势。她思忖：以前挨了那么多打，整天寻死上吊，怎么没想到用这个法子斗争呢？

日军来了

那几天，放脚和剪发，让树下的姐妹哭了又乐，乐了又哭，却让树上的巧妹天天像看戏文一样。她没有缠过脚，头发短得像小子，自然感受不到那种痛彻心扉的痛苦，只觉得特别好笑，有时都笑得差点儿跌下树。

放脚、剪发之后，辛之华继续教姐妹们识字。这天，巧妹骑在树杈上听课，无意中往远处一瞥，就看到了一伙穿着黄土般衣裳的队伍，正呼呼隆隆地逼近沐水村。他们有的骑着高头大马，有的端着明晃晃的刺刀，足足上百口子。巧妹经常听哥哥说起日军，心头猛地一紧，一下子从树上哧溜下来，大喊："鬼子来了，快跑啊！"

正在唱歌的姐妹们，猛然见树上蹦下来一个小闺女，大吃一惊。巧妹顾不得解释，像受惊的小母鸡儿，挥舞着双手，继续大喊："鬼子来了，快跑啊！……"姐妹们脸色顿时大变，场面顿时乱成一锅粥。大家早就听说过日军的残暴，家里人也一直千叮咛万嘱咐："若鬼子来了，赶紧往山里跑。"已经放脚的姐妹，脚步明显快了不少。她们出了院子，往大山方向跑去。

巧妹却朝相反方向狂奔，被林红苗眼疾手快地一把拽住："巧妹，跑反了，别往庄里去。""俺去庄里报信。"她挣脱了林红苗，像一只拼命鸣叫的雀儿，沿路狂呼："鬼子来了！鬼子来了！……"

宁静的沐水村在惊呼声中炸了锅。正在地里忙活的带着锄头，在屋里的背起一口袋粮食，在院子里的钻到鸡窝抓起鸡，在门外的跑到树旁解开拴着的羊，反正大家看见啥就带啥，庄里处处都是慌乱。一个盘着发髻的大娘急慌慌地跑出来，巧妹拦住她，让她赶紧往山上跑。她焦急地说："不行，俺孙子狗蛋子还在私塾里呢。"巧妹说："你先上山，俺跑得快，俺去报信！"

私塾坐落在沐水村西边，三间屋的民房，院墙是高粱秸编制的篱笆。东边柳树上挂着一口老铁钟，西边是用秸秆遮掩的土茅房，其余是一片光秃秃的空地。教室里的布置和识字班的教室类似，简陋的土坯垒成课桌，凳子是学生各自从家里带的，有凳子、木椅、马扎等，五花八门的。不同的是，正中央挂了孔子画像，孔子画像下挂着一块黑板。学生有三十来个，老私塾给他们教课，主要是学国文、算术、书法。等到巧妹跑到学校，她的心猛然一揪，只见日、伪军像秋天的枯草一样，满满地站了一院子。

孤寡老人敲响了挂在柳树上的老铁钟，有的孩子吓哭了。巧妹溜着边儿找到了老私塾。"别慌，据我所知，再残忍的军队也不会滥杀学生。"他捋着银丝胡子安慰她，顿了顿，又说，"前阵子，八路军吃了苹果，还把钱绑在树上呢。"这番话让巧妹怦怦乱跳的心稍微平复了些。

日军哇啦哇啦地招呼那个哭着的学生过来拿糖吃。学生不敢靠近，伪军一脸谄笑地说："吃吧吃吧，日本糖可甜了。"还有一个日军哇啦哇啦地向孩子们炫耀子弹壳，似乎想留下好印象。老私塾指挥着孩子排队，准备提前放学。一切都看似平和，巧妹放下心了。

可不知怎么回事，她就是很想上茅房。正在茅房蹲着时，巧妹听到外面砰砰两声枪响。她慌乱地提上裤子跑了出来，只见学生们哭喊着，像小鸡、小鸭一样满院子乱窜。老私塾蹲在墙角，袖管里正往外流着血。他的旁边有一个学生倒在地上，小小的脑袋被打开了花，鲜血流了一地，身边散落着几块花花绿绿的日本糖。

日、伪军已经不知去向。

巧妹抓住一个学生问怎么回事，学生哆嗦着说："高小一年级的……梁佑顺……被打死了……"停了一会儿，又说，"他们让他吃糖……他不吃……鬼子直接……抬起枪，给了他……一枪……"

泥地里的血蜿蜒流动，慢慢洇了比锅框子还大的一摊。孤寡老人铲来草木灰，盖住了那摊血。老私塾在不远处疼得龇牙咧嘴，他挽起袖子，右胳膊在汩汩冒血。那学生又告诉巧妹："先生……给鬼子……讲道理，也被……

打了一枪……"老私塾义愤填膺地说："他们是畜生，不配叫人！"

那天，日军把沐水村洗劫一空，见粮就抢，见牲口就牵，连房顶的麦秸也不放过，几个来不及逃跑的壮劳力也被抓走了。直到几天后，大家才知道日军的目的：抓民夫，修公路。

那天，庄里传来一个妇女声嘶力竭的哭喊声："儿啊，你回家啊，回家啊……"庄里人按捺不住悲伤，掉起了眼泪。那天，老私塾坐在家里，右胳膊用白布包扎着，他老伴儿给他做了一碗红豆汤补血。他用那只没受伤的手，猛地一掌把碗掀翻，指着地上惊恐地说："血，那么一摊血啊……"那天，庄里的狗趴在小孩的坟前，一动不动。悲恸、怨愤与无奈，像浓雾般笼罩着沐水村，久久不散。

切蛇计

许多天来，天不怕地不怕的巧妹一想起那个白天发生的事情就想上茅房，她第一次知道了什么是恐惧。一天晚上，巧妹躺在炕上，耳边又回荡着那两声枪响，还有老私塾的撕心怒吼，翻来覆去，无法入眠。忽然，院子里咕咚一声，像有什么重物落地。巧妹猛地睁开眼睛，趴在窗户上，就着月光往外看，竟然是她那久未露面的大哥赵大进翻墙进了院。赵家晚上该插门插门，该睡觉睡觉，他们回家都翻墙，省去了让家里人开门的麻烦。巧妹跑出屋的时候，赵二进、赵三进已经站在大哥面前了。赵大进吩咐赵二进，把青抗先的队员们都叫到家里来，他有个"切蛇计"要行动。赵二进抬脚就走，赵大进嘱咐道："动静小点，别惊动了爷爷和爹。"巧妹把头探到三个哥哥中间，一团疑问硌得慌："啥叫'切蛇计'？"赵三进斜睨着她："这是男人的事，你个丫头片子不懂。"

不多时，青抗先的队员们陆续赶到赵家，满满当当地站了一屋子。巧妹最烦别人喊她"丫头片子"了，就像一只乌龟一样伸长脖子，一个劲儿地往前凑，赵大进使劲把她往后扒拉，安排她出去放哨。巧妹鼓着腮帮子退了出去，可她是一个多有心眼儿的人啊！她躲在门口偷听。虽然青抗先的队员们声音很小，但"今夜里""炸公路"等词不断传出，还是让她听了个八九不离十。原来，赵大进去寻找部队，正好碰到山东纵队为配合百团大战进驻临东县，主攻大店、碑廓等敌人据点，赵大进就参了军。这次，赵大进是带着任务回来的。

过了一阵儿，青抗先的队员们从屋里鱼贯而出，三两作伴回家了。赵大进拍拍巧妹肩膀："行了，警戒结束，赶紧去睡吧。"巧妹佯装很乖地回屋了，实际上却卧在炕上，耳朵像兔子一样竖着。可是外面一直静悄悄的，心里不免疑惑起来：难道自己判断错了吗？正在巧妹暗自嘀咕的时候，院子里传来了窸窣声。她遂一骨碌爬起来，趴在窗户上往外瞧，只见三个哥哥从黑暗的角落里，拿出几个黑咕隆咚的东西，背在身上，出了院子。

巧妹赶紧抓起那把防身的匕首，猫着腰，尾随其后。一路上，她瞧见梁文田等人在十字路口的柿子树下和三个哥哥会合之后，互相递了个眼色，就一齐朝北边大山走去。大山矗立在台潍公路旁边，而他们翻越大山，肯定是去执行那所谓的"切蛇计"了。这时候，赵大进忽然发现了一个黑影，低声喝道："谁？"巧妹赶紧回答："是俺，是俺。"赵大进恼怒地低声说："俺们有行动，你跟着干吗？""多一个人，多一份力量嘛。"赵大进知道，妹妹人小胆大，倒从来没给他们添过麻烦，只是这回不同往常。不过，他也知道妹妹的脾气，撵是撵不走的，就卸了一个黑漆漆的家伙给巧妹背上，说："小心，这是地雷。"

月光漫照，他们的身影在山间的树木中若隐若现。行了大半夜，赵大进说白天他已经踩好了点，挥手让大家趴下。大家居高临下，只见狭长的台潍公路在月色中延伸到远处。赵大进又给巧妹布置了放哨的任务，其余人猫着腰向前挪去。巧妹趴在山头上瞪大了眼睛，瞪到月亮都隐去了，瞪到星星都掉落了，瞪到天空像被摘去果子的枝头那样空荡荡的了，赵大进他们才弓着身子折回。赵大进对巧妹一挥手："撤。"巧妹纳闷地问："这就切完了？"他们走到半山腰，忽然听见身后接二连三地传来轰隆隆的爆炸声，众人欢呼："切蛇计，成功了！"赵大进也大笑："炸毁公路就是斩断毒蛇之身，此计甚妙。"

赵大进没有回家，直接回了部队。巧妹跟着折腾了一夜，回到家里一觉睡到正午，才被外面一阵乱七八糟的吆喝声惊醒。她赶紧穿上衣服往外跑，只见赵家庄伪据点的汉奸赵化斋带着一伙伪军来到了沭水村。他们对着几个围观的老百姓嚷嚷："皇军怀疑沭水村有八路军，谁家藏着，赶紧交出来，否则血洗全庄。"

赵化斋他们一户一户地搜，这时的辛之华正在梁家写戏，想躲藏已经来不及了，梁大娘赶紧把一个假发髻给她盘到头上。刚拾掇好，伪军就涌进了院子。梁大娘带着辛之华迎了出来。赵化斋穿着黑缎子袄，头戴礼帽，一屁股坐到院中的小凳上问："老嬷嬷，你家藏八路军了没有？"梁大娘慌不迭地说："不敢啊！俺们天生就是这个庄的老百姓，这是俺俩闺女。"一个嘴里镶着铜牙的汉奸，用枪托子一下子把梁大娘捣在地上："少废话，不说实话，立刻枪毙你！"

辛之华赶紧扶起梁大娘："你们干啥打俺娘？俺天生就是这个庄的老百姓……"一口地道的沂蒙山区土话，暂时打消了汉奸的猜疑，可赵化斋却骤然起身，绕到辛之华身后，一把把她的发髻扯了下来。

其他汉奸顿时用枪指着辛之华大喊，梁大娘上前哀求："她是俺闺女，真是俺闺女，俺庄里的闺女都喜欢学洋学生，剪着玩。俺就怕被你们说成八路军，才给她戴了个假发髻。"赵化斋闻言嘿嘿冷笑："好啊，那把你庄里剪头发的闺女都叫来，我要一一瞅瞅。"话音刚落，林红苗进来了，王凤枝进来了。稍后，梁文秋进来了，识字班姐妹都进来了，她们都是一头利落的短发。这个汉奸当然不知道，就在刚才，门外的姐妹们为了打消他的疑心，一个一个都拿起剪子，把自己的头发铰了。梁文秋更干脆，直接一手拽过自己的独角辫子，一手横起剪子，咔嚓一声铰掉了。为了救辛老师，自己心爱的长发又算什么呢？

赵化斋狐疑地看看短发的辛之华，又狐疑地看看顶着一头短发的识字班姐妹。这时，林大娘左手抓着一只鸡，右手提着一篮子鸡蛋，快步从隔壁走来。"行行好，老总们，俺们都是老百姓。"她一直走到赵化斋面前，又指着林红苗说，"她是俺闺女，丫头不懂事，哪有那么多女八路军啊，这只鸡和这些鸡蛋给老总们补补身子……"镶着铜牙的汉奸劈手夺过鸡和鸡蛋，赵化斋冲汉奸们一挥手："走，去下一家搜！"

很快，台潍公路被炸毁的消息就传到了庄里。大家得知是梁文田他们青抗先干的，拍手称快之余，对这支青年组织刮目相看。梁文田则趁机号召全庄的青年都加入青抗先。

最称心的莫过于巧妹了，她眉飞色舞地给大家讲"切蛇计"的故事，并添油加醋地描述那天夜里的声声轰响，仿佛自己也亲手埋了地雷。见林红苗凑上前来，她装作没看见，但讲得更加起劲、更加生动了。

林红苗激动得脸上泛着红晕，梁文田可是英雄中的一员呢。"切蛇计"的故事一传十，十传百，最后竟成了神乎其神的传奇。不知怎么回事，林红苗就觉得这些英雄的故事和自己有关系，好像是在讲她自己的壮举。

赵荞麦

识字班又开学了。这天，石榴树上悬挂的小黑板，用粉笔工整地写着三行字：男女老少/组成抗日民族统一战线/一起打倒日本帝国主义。空气里还有着秋日的清凉，一群姐妹早已围坐在院子里。辛之华轻轻敲了敲黑板，刚要开讲，巧妹就大摇大摆地走进来了。她扫视一圈，直奔梧桐树而去，作势要往树上爬。辛之华喊住她："你要干啥？"巧妹眼睛瞟了瞟林红苗，嘴里哼道："识字班不要俺，俺在树上学。""俺哪有说不要你，只是说你个头那么小，你就气呼呼地爬树上了。"林红苗笑着说，并拉起巧妹的手，"好啦，别生姐姐的气了。"辛之华笑着搭腔："只要爱识字，每个人都要。"巧妹赞叹道："老师就是比那队长水平高！"她还在跟林红苗记仇呢。林红苗倒不计较，伸出手说："欢迎加入识字班。"她的爽朗大方，反而把巧妹弄得不好意思起来，她小声说："可俺还没有大名呢。"

辛之华略一思忖，莞尔一笑，说："你叫巧妹，这两个字就不错，只是有些孩子气，大名就叫赵荞麦吧。"巧妹皱着鼻子，对她的大名不甚满意："她们都有个崭新的名字，俺怎么还叫巧妹？""这个荞麦，可不是那个巧妹。"辛之华找出纸，把"巧妹"和"荞麦"分别写在纸上。崭新的赵荞麦点点头，又提要求了："她们都有写着自己名字的本子，俺没有。"姐妹们顿时乐开了花，笑道："看来咱们开学第一天，赵荞麦就在树上了。"

辛之华找出一个本子，板板正正地写上"赵荞麦"三个字，边写边说："落下的课，回头我慢慢给你补。"赵荞麦晃着脑袋，骄傲地摆摆手："俺一点儿都没落下，她们会的俺都会。"林红苗一听，就让她写下新名字做证明。待赵荞麦一笔一画写完，林红苗诧异地说："咦？倒没写成像鸡爪刨的。"见赵荞麦得意之色又起，就补了一句："可你瞧瞧这'荞'字，头顶上的草帽子，都跑到天上了。""这个字，俺第一次写，写得不好。"赵荞麦挠着头笑，然后不服气地说，"俺在树上也听辛老师说过，你写的'苗'字，头顶上的草帽子也在天上飞。"众人又大乐，辛之华也忍不住抿嘴乐，心想：这个姑娘，真是人小鬼大，活脱脱就是一个心眼儿包啊。辛之华用教杆轻轻敲打着小黑板说："现在上课。今天咱们新学的字是：男女老少/组成抗日民族统一战线/一起打倒日本帝国主义。"笑闹声霎时敛去，姐妹们神情变得肃穆起来。日军入庄的阴影，让她们生出为抗日出一份力的决心。

赵荞麦一进识字班，立马就为辛之华解决了一桩让她头疼不已的难题，那就是姐妹们上课迟到的事情。

识字班规定在晌午上课，可因为没有钟表，大家到教室总是有早有晚，每次都稀稀拉拉的。后来者常常请求辛之华把刚讲过的再讲一遍，而早来者就反对："干吗不早来？"晚来者虽然心虚，嘴上却不示弱："不晚呀，偏你积极。"大家口角不断，弄得辛之华很头疼。

其实，也不能都怨晚来者。沭水村的老百姓都是看着太阳位置估摸时间的。鸡一叫，天还黑蒙蒙的，男人就起床扛着镢头下地耕作，女人则在家里推磨、烙煎饼、做饭，力气小的女人会叫上家里的孩子一块帮着推磨。路上熙熙攘攘的，都是往地里走的男劳力，彼此之间像一只布谷鸟见了另一只布谷鸟一样亲切："也下湖（下地）去？"等到太阳升到山头的树梢，侍弄庄稼的男人回家吃晨饭。干农活儿需要力气，晨饭要吃得扎实，煎饼、锅饼啥的，扛饿。吃过晨饭，男人继续下湖，女人则在家里拾掇拾掇。太阳顶着头时，那就是天晌了。庄户人的晌饭一般在地头上解决，喝口凉水，对付口自己带的干粮，吃罢，再在地头歇一会儿。庄户人没有那么多讲究，只有农忙时节，家里人才会把饭菜用担子挑到地头。天擦黑影，庄户人收工回家。晚饭就简单了，以稀的为主。他们认为，都要睡觉了，吃那么好干吗？女人若是做丰盛了，还会挨男人揍，也会被别人认为是好吃懒做。好日子就是在嘴头里省出来的。地瓜秧，掺些大豆面，做出一大锅糊豆，摆上腌制的辣疙瘩咸菜，全家一人一只碗，呼噜呼噜，喝得热乎乎的。会过日子的女人，熬得糊豆都能照出人影来。晚上这顿饭虽然以喝糊豆为主，可是男人却吃得很有仪式感，吃饭之前得喝杯地瓜烧或者吃个烟锅子。吃过饭，乏了，睡觉。这一天也就结束了。一天又一天，一年又一年，一辈又一辈……

看太阳估摸时间，总会有偏差。那天，早到者和晚到者又拌了几句嘴，赵荞麦忽然灵光一闪，想起自己当孩子王的时候，集结手下那帮猴孩子靠的是一只泥哨。哨声一响，就是号令。无论在吃饭还是在睡觉，听到哨声都要立即跑到规定的地方集合。她想：为何不给每人发一只泥哨呢？

泥　哨

　　可是那几日，东唐庄的小货郎总是不来。不过即使来了，赵荞麦也没有钱买泥哨。赵荞麦等不及了，她一心想为识字班做点事情，让那个笑话她"个头没有扫帚高"的识字班队长瞧瞧她的本事。曾经，她刚开始加入庄里的"泥猴帮"时，那伙"小魔头"不也认为她是女的而不想和她玩吗？最后还不是都乖乖地对她俯首帖耳？于是，她决定自己动手做泥哨。泥哨，不就是用泥做的吗？

　　赵荞麦先去沭河挖泥。这对于她来说，不仅不是难事，还是拿手好戏。沭河边上的泥土质好，有黏性。当年，她常常和猴孩子们在沭河边，把河里的泥挖出来，做成饭碗状，高高举起，用力向地上翻扣，轰然一响，泥巴就会打出一个炮眼儿。其实这个游戏没多大意思，可那帮不可一世的男孩子却乐此不疲，甚至鼻涕都快流到嘴边了都顾不上擦。他们比赛看谁摔得响，赵荞麦总是摔得最响的那个。她就是想让他们见识见识，女孩不比男孩差。

　　泥哨，她也制作过。她不仅会制作泥哨，还会制作泥树、泥人、泥房子……得用心，得用脑。只有她想不到的，没有她做不到的。

　　除了沭河里的水已经冰凉，别的没有难度，赵荞麦用几根长短不一的光滑去皮的木棍儿、一把锋利的小刀，又摔，又揉，又捏，又凿孔，又打磨，又晾晒，一气呵成。做好之后，一吹，还怪响。可赵荞麦瞅着这堆灰不拉几、样子粗糙的泥哨，暗自思忖：识字班姐妹可不像那帮浑小子好糊弄，还要弄得好看些才能让她们刮目相看。她问庄枣要了一些花花绿绿的颜料，涂抹到泥哨上，谁知绿色的青蛙哨、黄色的卧虎哨、五彩斑斓的大鸡哨……统统被涂抹得像个小丑。这些和小货郎卖的泥哨相比，简直差个十万八千里！

这个小打击若能让她气馁，那赵荞麦就不叫赵荞麦了。她脑筋一转，何不跑一趟东唐庄，见识一下人家正宗的泥哨是怎么上色的呢？东唐庄离沐水村不远，到庄里一打听就能知道小货郎家。不过，赵荞麦寻思小货郎不一定会传给她这门"绝技"，最好的办法还是要偷学。赵荞麦四下一瞅，门口一侧的那棵梧桐树就入了她的眼。

这回，赵荞麦可没有那么幸运了。她爬上树，刚往小货郎家瞅了一眼，就被唐富贵发现了。他冲着赵荞麦喊："你个小孩，快下来！下来！"等到赵荞麦灰溜溜地下了树，小货郎看她眼生，问她是哪庄的。赵荞麦讪讪地说是沐水村的，唐富贵眼睛一下就亮了："沐水村？那你认识杏花吗？也就是林红苗。"

赵荞麦是多鬼精的人啊，本来她爬树被逮，颇灰头土脸的，闻听此言，立即昂首挺胸起来："红苗姐姐，俺当然熟啦。她是俺们识字班的队长，是俺们识字班里最好看的，方圆十里，不对，方圆千里最好看的。"

那天的结果是，唐富贵不仅手把手教她怎么给泥哨涂颜料，还赠给她十几个花花绿绿的哨子。唐富贵的泥哨可是方圆千里很出名的，技巧保密着呢。第二天，赵荞麦神气活现地给识字班姐妹每人发了一只泥哨。"这个法子好！荞麦，你是咱识字班的军师啊。你怎么想到吹哨子的？"林红苗挑了一只青蛙形状的哨子，跷起大拇指，啧啧称赞着："俺看你做的泥哨，不亚于外面卖的呢。"赵荞麦心情大好，不过她怕林红苗尴尬，没敢说出事实真相，只说："一般般啦。"辛之华喜欢那个大公鸡泥哨，爱不释手，直说那是艺术品。自此，每到晌饭后，识字班队长林红苗就满庄吹哨子，上课再也没有迟到的了。

可不要小瞧这几只泥哨，它们后来可起了大作用。不久后，庄里向识字班学习，给庄里每人发了一只泥哨。原先庄里有急事都是敲锣通知，可是锣大，又不方便随身携带，总要先跑回家找锣，常常因此误事。这回，这些都不叫事了。尤其后来日军来"扫荡"的时候，只听尖锐的哨子声此起彼伏，传遍全庄。庄里为了防范日军突然进庄，还听从上级安排，进行了两手准备：在最高的大山顶上竖了一棵假树，庄里人称它为"抗日树"。假树一倒，就说明日军来了。后来林红苗才知道，沭河以西的各个交通要道，都有专门传送情报的交通站，随时注意着敌人据点的动向，一旦敌人出动袭扰，一个山头接一个山头的抗日树就会倒下，让大家提前做好准备。

赵荞麦给识字班解决了迟到的难题，身为队长的林红苗哪能甘心落后？她与梁文秋进山挖了白土，掺上榆树皮面，做成了土粉笔。王凤枝则从家里拿来几个瓦盆，砸成瓦片当写字板。大家用土粉笔在瓦片上写字，进步飞快。当然了，王凤枝婆婆见家里的瓦盆几乎全军覆没，暴跳如雷。她婆婆虽然不敢再打她，可是一通乱骂，自是免不了的。

庄　枣

树上的叶子越来越少，地上的枯叶越来越多，识字班从院子里搬进了屋子里。这天，识字班来了一位不速之客，竟然是庄里的"名门望族"庄老六。"我想给咱识字班捐一些文房四宝啥的。"庄老六看着白土掺着榆树皮面制作的土粉笔，呵呵地笑着，手掌一击，两个家仆抬着一个重重的箱子进来了。箱子里满满的，都是崭新的笔墨纸砚，还有几块黑板和整盒整盒的粉笔。众姐妹纳闷不已，一下子围拢了上来。"这个庄老六，真够阔气的！""这么多，够使一辈子了吧？"……识字班姐妹们七言八语的，像一窝小燕儿，可长见识了。

庄老六微笑着说："不过，在下有个不情之请，就是让小女也加入识字班。"原来如此。"其实，即使你不捐这些，我们也欢迎你的女儿。我们欢迎一切想学文化的女子。"庄老六听到辛之华的话，大笑道："爽快！好，明天我就送她来识字班。"待庄老六和随从走后，王凤枝发表了意见："俺反对！"

辛之华疑惑地问："为啥？"王凤枝咬了咬嘴唇说："那个老财主，根本不和咱们一条心。俺当过财主女儿的丫鬟，他们坏透了。"辛之华厉声说："我们实行抗日民族统一战线，团结一切可以团结的人。"

庄老六一直不同意庄枣加入识字班，怎么又突然同意了呢？甚至为了能让庄枣加入，还情愿给识字班捐物？其实，事情的经过是这样的：原本，刘家庄的财主刘逸安有意与庄老六结为儿女亲家，谁知在拜访了庄老六后，对这门亲事变得冷淡了许多。庄老六纳闷儿之余，找了个中间人打听了一下，才知道问题出在刘逸安的儿子刘中松身上。刘中松是个新式青年，得知庄枣既没放足剪发，也没参加识字班，仍然是个思想守旧的女子，便不同意这门亲事了。庄老六这才惊觉时代已变，迅速改变思想和作风，赶紧送庄枣来识字班。

第二天，姐妹们正围着小黑板读着"抗日民族统一战线"几个字，只见院门外进来一高一矮两个姑娘。前头的，正是身着旗袍的庄枣，身后紧跟着一个抱着木凳的小丫鬟。那小丫鬟一进门就忙不迭地用袖子擦拭土坯课桌，动作利索，仿佛生怕自家小姐沾染半点灰尘。庄枣双手放在腰上，优雅地欠身向辛之华和识字班姐妹行礼："打扰各位了。"辛之华严肃地说："你若真想参加识字班，就不能带丫鬟。""唉，都怪我爹爹呀。我要自己来，他非得让我带着。"庄枣羞涩地说着，转身挥了挥手，丫鬟躬身告退。

按照惯例，新来的学员得给她取个大名。庄枣款款地站起来，又是双手放在腰上，欠身行礼道："庄枣就是我的大名。"她细若蚊声地讲起了一段往事：她的母亲在生她的时候，做过一个梦，梦见她家院子里的枣树上开满了淡黄色的花儿，就给她起名"庄枣"，小名"枣花"。后来母亲去世，父亲嫌此名字土气，强行给她改名叫"庄惠英"。可是，庄枣为了纪念母亲，拒绝使用，仍旧叫"庄枣"。

此刻的庄枣盈盈而立，因一口气说了这么长的话，微微有些娇喘。辛之华看着眼前这个端庄有礼、脸上带着几分羞怯的女子，感觉和她一见如故。曾经，她辛之华不也是个行不动裙、笑不露齿的大家闺秀吗？她的父亲是济南的大银行家。七七事变后，父亲参加了抗日活动，从此她家成了共产党的地下联络点。她受父亲的影响，勇敢地参加了八路军，加入了共产党，来到了沂蒙山抗日根据地。庄枣活脱脱就是以前的她呀！从起名字这件事上看，庄枣是有反抗精神的。只要好好影响，她一定会成为一名出色的革命战士。

辛之华对庄枣感到特别亲切，还有一层原因：她是多么喜欢这些积极向上、爱学文化的姐妹啊！解放了思想和身体的她们，如新生的婴儿一样纯真可爱。她真想天天和她们在一起，可是革命工作注定了她居无定所，她不知道哪天就会接到通知去别处，她真的不想看到姐妹们在学文化的道路上半途而废，而庄枣不正是代替她成为"小先生"的不二人选吗？

庄枣自然不知道辛之华的心理活动，只管坐在那条窄板凳上，小腰挺得笔直。辛之华教了一会儿课，发现庄枣和姐妹们的坐姿不一样。其他人或靠着土桌，或腰塌塌着，哪样舒服哪样来，王凤枝甚至整个身子都趴在土坯课桌上。而庄枣正襟危坐，半个时辰都不动一下。本来凳子就小，庄枣还只坐了半个。辛之华关心地问："你这么坐不累吗？"庄枣半欠起身子回答："有点儿，可是我从小就是这么坐的。""不用这么坐，你想怎么坐就怎么坐。"庄枣看看周围姐妹们的坐姿，不知所措地说："想怎么坐就怎么坐，我反倒不会坐了。"

林红苗启发她："你在闺房里，怎么坐？""也是这么坐啊。"林红苗顿时觉得财主的女儿虽然身穿绫罗绸缎，可事事受拘束，也没啥值得羡慕的，遂又好奇地问："你身子骨这么弱，还这么坐，不累吗？""累啊。"庄枣嘴上说着累，脸上却不悲不喜，仍然只坐在半个凳子上。

王凤枝瞅着庄枣那副半坐半站的姿势，着实觉得别扭，在旁边又是翻白眼珠，又是乱撇嘴，一副鄙夷的样子。按照她的性子，怎么着也得出言讥讽几句，可是庄老六捐赠的黑板和粉笔堵住了她的嘴。她不得不承认，用它们写字就是比用白土掺榆树皮面在瓦片上写字强太多了，滑腻腻的，甚至连自己歪歪扭扭的字都好看了三分。

人生伴侣

立冬之后，又下了一场雨，姐妹们都穿上了大襟棉袄。忙活了一年的庄户人家开始清闲起来，姐妹们有时间识字了。她们求知若渴，把中午学两小时，改成学一下午。她们像蜜蜂泡在蜜罐里一样，天天泡在教室里学文化。坐久了的姐妹们，冻得手脚都有点儿打哆嗦，但内心充满了温暖和希望。林红苗一边练字一边问辛之华："老师，您说这世界上得有多少字啊？认识了这个还有那个，怎么就学不完啊？"辛之华还没回答，梁文秋就插言道："红苗，你会提问题了，你比俺强。辛老师说过，有问题就有进步嘛。"林红苗哭笑不得："俺强啥呀？"赵荞麦裹了裹棉袄，抽了抽鼻子，说："俺们光知道一个字一个字地学，没思考过世界上有多少字，你思考了，你比俺们强。"王凤枝也跟着说："俺们仅仅脑中一闪念，思考得浅。"辛之华听着一个月前还大字不识的姑娘、媳妇，如今却把"提问题""思考"这些新鲜词儿挂在嘴边，不禁大笑："你们都在自觉地和红苗找差距，说明已经思考了，思考得很深了。"

太阳偏西了，教室里更加寒凉，姐妹们握笔的手开始有些僵硬，辛之华说："休息一下吧。我教姐妹们扭秧歌吧，活动活动筋骨。"

"扭秧歌？"又是一件新鲜事！

辛之华带着大家走出屋外，按照个头高矮，把姐妹们分成两排。她先演示扭秧歌的基本要领，即如何走十字步，如何摆动手臂，怎么交叉变换队形。"腰胯摆的幅度必须大，表情要有感染力，像这样。"她示范之后，打着节拍说，"咚咚锵锵，咚咚锵，有节奏感，要表现得既扎实又敏捷，既朴实又俏皮。总之，必须夸张，不能平淡。扭起来的时候要生动活泼，动作多样……"

姐妹们从小就被教育三从四德、相夫教子，哪会放得开呢？哪怕是胆大泼辣的林红苗，一听要扭腰摆胯，也有点儿羞涩了。她们不仅放不开，听着辛老师这"要"那"必须"的，更是局促得手脚不知道怎么摆放了。不是撞了这个，就是踩了那个，好好的秧歌舞让她们跳得活像赶鸭子。她们互相看了看，笑得前仰后合。

辛之华也笑了，纠正着："这步子应该先迈右脚，手臂要抬高，再下腰……不对不对，凤枝，你别撞着荞麦啊……"她站到她们的前面，不厌其烦地纠正动作。折腾了半晌，最后姐妹们虽然还有些僵硬，可也有模有样了。辛之华夸赞道："不错，不错，若有红绸带飘起来就更漂亮了。""我明天带红绸带。"庄枣抢先道。

第二天，庄枣果然带来了几根灵动又欢快的红绸带，所有人欢呼雀跃起来。辛之华让她们各自手拿红绸带，重新排好队，再次练习起秧歌的动作。这一回，青灰破败的院子被耀眼的红色点缀得明艳鲜亮。随着辛之华的口令节拍，红绸带在半空中时聚时散，宛若一簇簇燃烧的火焰。姐妹们扭动着依然有些笨拙的步子，娇羞的脸颊像北山的苹果一样红扑扑的。

一曲秧歌扭下来，不仅驱散了寒凉，也让她们感觉到一种身心解放的喜悦与激情。

这一天，姐妹们刚走进教室，还没坐稳，就看见辛之华老师身边多了一位穿灰军装的八路军，他戴着眼镜，器宇不凡，笑眯眯的，很平易近人。辛之华介绍道："他是八路军的干部，叫张光明。他来给姐妹们上一堂政治课，让我们一起鼓掌热烈欢迎。"

那天，那个叫张光明的八路军给她们讲了很多新鲜的知识：为什么要抗战，应该怎么样抗战，怎么样才能过上幸福的生活……他知识渊博，讲得生动有趣、通俗易懂，大家听得都入了迷。

下课后，辛之华和张光明并肩走了出去。两人的步履同样矫健，他们挺拔的身影在夕阳下显得格外高大和谐。两人的目光同样坚定，仿佛能够穿透时空，看到未来的光明和美好。辛之华的肩膀微微向张光明靠拢，两人时不时说些什么，偶尔相视一笑。林红苗在后面目不转睛地瞧着，嘴里说着："这个八路军干部和咱辛老师的关系，恐怕不简单哩。"

傍晚，林红苗胡乱喝了碗糊豆，用罩在棉袄外面的大襟褂子，兜了一些花生，迫不及待地去了隔壁梁文秋家。油灯下，辛之华在写戏，梁文秋在看报，两人的脑袋都快要凑到一块去了。林红苗一闯进去就打破了安静的气氛，她把花生哗啦一下倒在炕桌上，说："辛老师，问你个事，你得如实回答。"辛之华放下笔，抬起头来说："鬼妮子，又有什么疑问？说吧，保准有问必答。"林红苗笑吟吟地问："今天那个八路军是你什么人啊？"辛之华挑了一颗花生，剥开皮，把果仁扔进嘴里嚼着，坦然地说："我还以为啥事呢，你说张光明啊，我的人生伴侣，我们是志同道合的同志。"林红苗有些蒙："人生伴侣？那是啥？""就是内心喜欢的人，将来要和他结婚的人。"辛之华说着，翻出一条棕色的皮带给姐妹俩看："这是我们定情的信物，苏联产的。"她提起来晃了晃，看上去毫不扭捏。

林红苗以为辛之华提起自己的心上人，会羞涩难当，谁知竟如此光明磊落。这反倒让她心里一阵狂跳，脸羞得像一块红布。辛之华反问林红苗和梁文秋："你们有喜欢的人吗？"林红苗脑子里顿时闪出梁文田的身影。梁文秋吃着花生抢答："俺没有，红苗有。"辛之华问林红苗："你们有共同语言吗？志同道合吗？"林红苗又蒙了，问："啥叫共同语言？啥叫志同道合？""共同语言和志同道合就是……就是两人待在一起，除了吃喝，还有说不完的话。"

辛之华的一番话，仿佛春雨落进干涸的大地。林红苗歪着头，很认真地想自己为啥不想出嫁了，原来她和东唐庄的那位没有共同语言，志不同道不合呀！她终于解开了心中的大疙瘩。旁边的梁文秋忽然大胆地开了口："俺将来一定要找一个有共同语言、志同道合的。"她满脸的憧憬和向往，不过最终也没好意思把"人生伴侣"四个字说出口。

辛之华知道，在偏僻的山村，梁文秋这句话，无疑石破天惊。要有着怎样的决心，才有勇气说出这句话。辛之华干脆把笔和纸推向一边，和姐妹俩聊起了她和张光明相识相恋的经过。张光明是她的青梅竹马，他俩一起加入中国共产党。辛之华从事革命文艺工作，张光明在八路军——五师政治部，他能诗能文，有雄辩的口才，被同志们称为"理论家"。虽然不能经常见面，可是两人不论走到哪里，心都是相通的。说起张光明，辛之华像吃了一块糖似的甜蜜："我们是志同道合的革命伴侣，像马克思和燕妮一样，像列宁和克鲁普斯卡娅一样。"

退　亲

那夜，林红苗听得入了迷，直到月上柳梢才告辞归家。林红苗躺在炕上睡不着觉。自从她识了字，接受了新思想，她崇拜辛老师，以辛老师为榜样，向往着自己能像辛老师那样，将来和自己真正喜欢的人一同走向幸福美好的新生活。她想起了她的青梅竹马梁文田，她和他就是志同道合啊，他是青抗先，她是识字班，两人在一起有说不完的话儿，像马克思和燕妮一样，像列宁和什么什么娅一样，她觉得梁文田应该做自己的……人生伴侣。她不能再听天由命地和一个从未说过心里话的小货郎成亲了，她忽然产生了退亲的想法。

这个想法像一只野兽一样在心中跃起，把她自己吓了一大跳。

林红苗被自己的退亲念头折腾了一宿，翻来覆去全无睡意。次日清晨，她头昏脑涨地刚起炕，梁文秋就来和她商量一件事。梁文秋姐姐大妮不日就要出门子了，她不想吹吹打打地坐在独轮车上被推到婆家去。她眼馋识字班的新做法，婚礼想新事新办。林红苗睁大了眼睛问："大妮婆婆家同意吗？你爹、你娘同意吗？""不仅不反对，还都很支持呢。"看来，连老人家都不愿意当"老封建"了，也许自己退亲的事，不会引起轩然大波吧？

林红苗对大妮的想法拍手叫好，可具体怎么个新事新办，两人一时想不出眉目。她们约好吃过晌饭去识字班合计合计。

果然，她们到了识字班一说，赵荞麦一拍脑袋就提了条妙计：“咱们舞起红绸带，扭起秧歌，把大妮送到婆家去。”这个主意真妙，得到了大家的一致通过。大家都称赞赵荞麦是“女诸葛”，赵荞麦被夸得美上了天。放学后，林红苗和梁文秋兴冲冲地去了大妮婆婆家王家庄，找到了王家庄的识字班队长。王家庄的识字班在文工团骨干的宣传下，也充满了生机和活力。其时，整个临东县的识字班工作都开展得如火如荼。王家庄的识字班队长两眼放光：“这个新事新办，好！俺将来出门子，也这么做。”

那个凛冽又温情的隆冬，沭水村的青抗先敲着锣打着鼓，识字班扭着秧歌，拥着大妮到了婆家；王家庄的青抗先敲着锣打着鼓，识字班扭着秧歌，把大妮迎了进去。

大妮的新事新办，一下子成了临东县的时尚。让好几个准备冬天出门子的新娘子眼馋不已，于是一个又一个婚事在青抗先与识字班的阵阵鼓声和扭动的身影中完成。往常那种坐独轮车、吹唢呐的婚礼，此刻统统被踩在脚下。大家打破旧的世界，像簸箕里的粮食一样，被颠簸着，争先恐后地进入新时代。

林红苗忽然有了底气和勇气，或许，真没必要继续接受一个自己并不喜欢的婚约？或许，父母也不会死拦着不放？

那天，林红苗的大姑父推着一辆独轮车吱吱呀呀地进了沭水村。车子的左边放着两箢子白面大馍馍，馍馍蒙着花包袱，上面还压着一块大石头。右边坐着头顶蓝头巾的林红苗的大姑，她坐在独轮车里欢喜自得：给侄女说了一门亲事，青年家境殷实，人踏实能干，真是打着灯笼也难找的好主啊。瞧瞧，两箢子白面大馍馍，这份年礼多重，人家男方眼也不眨地给红苗爹娘送来了。虽然山里的风，像小刀一样嗖嗖嗖地在她身上穿来穿去，可自觉有了功劳的她心里还是喜滋滋的。她可不知道她的侄女正盼着她来，要唱一出退亲大戏给她听呢。

林红苗的爹和大姑父坐在炕上喝烧刀子，她大姑和她娘坐在旁边聊着过一段时间让她出门子的事情。林红苗进屋了，她用手绞着衣襟，终于鼓足了勇气："俺要退亲。"她的声音很小，却带着一股斩钉截铁的劲儿。看着爹、娘和大姑满脸的惊愕，她又很坚决地重复了一遍："俺要退亲。"

这句话听在屋里其他人的耳朵里，简直比天塌下来还要可怕，比地震还要动荡。她大姑铁青着脸，恼羞成怒地说："你不同意这门亲事，你咋早不说?!"林红苗没有丝毫退让的意思："早先俺没参加识字班，没想明白!"她大姑气得直跺小脚："你个大闺女家，闹着退婚，就不怕别人戳脊梁骨?"林红苗把脖子一梗："俺不怕。俺的婚姻，得由俺自己做主!"她大姑尖声说："这门亲都定了大半年了，哪里容得你说退就退？俺活大半辈子了，也没听说过这种新鲜事!""大姑，这世道变了，共产党八路军来了，妇女解放了。俺要嫁谁，自己说了算。""真是羞死个人了！一个大闺女家的，怎么说出这种话来？哎哟哟，这共产党八路军兴的事儿样样都好，可怎么就把这群丫头片子全教成厚脸皮了呢……"她大姑简直气急败坏了。"随你怎么说吧，东唐庄的这门亲，谁愿意谁嫁，俺不嫁!"

林红苗的大姑傻了眼，唐富贵家送的那刀谢媒子的猪肉，已经吃进肚子里了，嘴都抹干净了，这可怎么办呀？她一屁股坐在地上，拍着大腿、拖着长音号了起来："俺好心没好报呀，俺和唐家就隔着一堵矮墙头呀，叫俺往后还怎么做人啊……"眼看自己妹妹和自己闺女闹得不可开交，林老汉作为一家之主发威了，他拎起烟锅子敲得桌子砰砰响，酒盅都从桌子上跳了起来："混账！这家俺说了算，俺说退不了，她就退不了!"

晚上，林红苗坐在她屋子里的炕上，腰杆挺得笔直，像纳在鞋底上的锥子，有着决绝的气势。任凭隔壁堂屋里爹的怒吼声、娘的哭泣声，响成一片。

这个婚，她退定了！

斗 争

冬月对庄户人来说，是最舒坦的日子。庄户人像一头负重的毛驴一样，终于舒了一口长气。不管丰收还是歉收，粮食归仓，已成定局，再要耕种，得等来年三月。寒冷的冬天，哪里都冷得彻骨，只有自己的炕头最暖和。庄户人有了难得的清闲，一觉睡到日上三竿都是常有的事。穷人家的日子需要精打细算，躺在炕上，除了御寒，还可以省衣裳。可是一九四○年的冬天，林红苗觉得自己从来没有那样忙活过，简直像铁蛋手中的陀螺一样团团转着，停不下来。

辛之华常常要到周边开展宣传工作，一走就是数日，谁也说不准她哪天又会突然出现。识字班学文化的事，已全权交给庄枣，甚至辛之华把自己珍爱的那本识字课本也转赠给了庄枣。曾经拘谨的庄枣，经过辛之华的悉心引导，如今俨然成了识字班的"小先生"。她虽性子缓慢，却从不计较个人得失。只要有姐妹前来求教，她都不急不躁地讲解。除了王凤枝仍旧看不惯她，其他姐妹渐渐对她变得欣赏和亲近，甚至还模仿起她那股端庄劲儿。以前，闺女们见到陌生人，第一个反应就是扭扭捏捏地跑开。如今，她们不仅会站住，还会从容不迫地回应。林红苗半开玩笑地说："瞧，你一来俺们识字班，姐妹们都举止大方了。"庄枣却笑吟吟地回答："不是跟我学的，是姐妹们学了文化，变得自信了而已。"

转眼到了年根，辛之华又一次不见了踪影，识字班姐妹对此已经见怪不怪了。而林红苗与家里的退亲风波，丝毫没有偃旗息鼓的意思。林老汉眼见闺女要毁了这门来之不易的亲事，便开始限制她的行动。可是已经放出去的鸟儿，知道了天多高、地多阔之后，岂有再飞回笼子的道理？识了字、觉醒了思想的林红苗，已不是当初那个唯唯诺诺的小闺女了。林老汉一数落她，她扭头就走。林红苗一边在家里与林老汉作着斗争，一边忙着出去和识字班姐妹排练秧歌。她们在秧歌里加了新的内容，准备过年给庄里人扭秧歌呢，得好生排练。

父女俩针尖对麦芒，互不相让，惹得林老汉私下里一个劲儿地埋怨林大娘，说都是她把杏花惯坏了。林大娘像没听见似的，怔怔地看着自己的闺女像一阵风出去，想起自己年轻时候的辛酸往事，想起这辈子撞过的南墙北墙，不由得自言自语起来："你赶上了好年月，像一只大雁，能飞多高就飞多高吧。"

等林大娘回过神来，就问林老汉："你刚才说啥？"林老汉坐在石榴树下，黑着脸不搭腔，他心烦地从怀里掏出他的烟锅子。在庄稼地里忙活了一生的农民，饭后抽袋烟是最奢侈的享受了。林大娘羡慕地说："红苗这些小丫头，整日像男人一样在外面忙大事，看来是真解放了呀。""红苗？"林老汉还是不习惯闺女的大名，"你说的是杏花吧？"他装了一袋子烟，慢悠悠地抽着。林大娘接着说："俺看，那门亲，她既然不愿意，咱就退了吧。""小豆芽菜别以为认识俩字，就能上天。若是退了亲，还有哪个好人家愿意要她？"林老汉勃然大怒，烟也不抽了，猛地站起来，弓着腰就向屋里走。进屋歇着之前，他又回头狠狠瞪了林大娘一眼，说道："妇道人家，就是没见识，识字有啥用？"烟锅子在林老汉背着的手里，跟自己的主人一样，也狠狠地瞪了林大娘一眼。

眼看年关将至，父女俩并没有偃旗息鼓的意思。林大娘见说不动丈夫，就去劝闺女："红苗，啥事咱过完年再说，行吧？""行，不过，过完年，俺还是坚持原则。"林红苗虽然觉得这个婚事像鱼刺卡在嗓子眼儿里一样，不吐不快，可也并不想大过年的惹爹娘生气。"俺天天出去，娘不仅不埋怨，还很支持。自己一天没嫁过去，就有盼头不是？"这么一想，她脸色就缓和了些。有一天，她看见林老汉坐在院子里抽烟锅子，喊了声："爹，吃饭啦。"在林老汉眼里，犟闺女这就是屈服了。一家人暂时放下"恩怨"，像一切没发生一样，风平浪静地准备过年。

最高兴的就是铁蛋了，爹和姐终于和好如初了，他祈盼了那么久的年也终于快要到来了。开开心心过大年喽！

第二章

一九四一年

新　年

这个年，沭水村从来没有如此热闹过。

庄户人家讲究"闹大年"。一年辛苦到头，总要有个盼头，这个盼头就是过年。其实关于过年，小孩子是最期盼的。比如铁蛋，他扒拉着手指头天天盼呀盼呀，从春天盼到秋天，从秋天盼到冬天。腊月初八日那天早上，一轮簇新的太阳挂上天空，像一枚大大的鸭蛋黄，流淌着温润的光芒。家里多了一股奇异的香味，铁蛋使劲吸吸鼻子，闻到是从锅屋里传出来的，骨碌一下跳下炕，就往外跑。

但见林大娘把锅里的糊豆先盛上一碗，快步走到门外，用筷子挑起一些红豆、大米啥的撒在地上。林大娘这是在祭祀百神。她逮着铁蛋一起磕头，祈求来年五谷丰登，家人平安吉祥。铁蛋磕完头回屋，看见饭桌子上黏稠的糊豆，眼里发出小狼一样的光。林大娘笑着刮他的鼻子说："小孩小孩，你别哭，过了腊八就宰猪；小孩小孩，你别馋，过了腊八就是年。"铁蛋心里暖洋洋的，很受用，很有经验地知道大年要开始了，好吃的、好喝的马上就要来了。铁蛋也在心里暗暗发誓，在新的一年里好好地帮助家里割草喂羊，一定不再调皮捣蛋让爹娘操心了。

过了腊月二十日，林老汉、林大娘的脸上都泛起了喜气，生豆芽、做馍馍、炸地瓜丸子、炸萝卜丸子……生活的祈盼，都糅合在朴素简单却花样繁多的吃食里。二十四日辞灶那天，锅屋灶台前摆上了水、炸货、柿饼子等供奉品，燃纸送灶王爷"上天言好事，下界带吉祥"。"官辞三，民辞四，瘸子瞎子辞五六。"可是谁愿意当瞎子和瘸子呢？林大娘特意交代铁蛋，二十五日、二十六日两天不准放炮仗，铁蛋觉得别人家里的爹娘肯定也这么交代过自家的孩子了。二十五日、二十六日那两天庄里格外安静，连一声轻微的爆竹声响都没有。腊月二十七日，林老汉赶集割了肉。虽然猪肉只有一小块，并不像林老汉临走之前吹嘘的那样又大又肥，却已足够让铁蛋在咽完口水之后欢呼不已了。接着，二十八日扫舍，二十九日贴春联，这些都是大人做的事情，铁蛋不感兴趣，他只管在外面和小伙伴放炮仗。"一夜连双岁，五更分两年。"大年三十这一天是一年里最热闹的时刻，外面炮仗连天，全家人围坐一堂吃饺子。铁蛋跑到林大娘跟前说："娘，二姐聋了，满庄的炮仗声，她还在写字。"林大娘笑着呵斥儿子："大过年的，不准胡说，你要向你姐学习。"大年初一，年就走了。家里虽然不舍得再放炮仗，可响声还是在继续，幸福的时刻还是要延续。林大娘到柴火堆里抽了一篮子豆秸燃了，边燃边念："点豆秸，做大官，金银财宝一起来；点豆秸，燃豆秸，祖祖辈辈出秀才。"

在铁蛋眼里，过年真好呀，爹娘的眉眼慈祥了，自己淘气也不挨揍了，有肉吃，还有炮仗放。让人遗憾的是，这种好日子过得好快啊，哧溜一下就过去了。正月十五日燃过花灯之后，年就过完了。铁蛋想若能天天过年就好了。

一九四一年的春节，庄户人依旧沿袭着祭灶、除尘、贴春联、放炮仗等老一套民俗，但也有许多新的变化。

腊月二十九日，庄户人拿着红纸和吃食去找老私塾写春联。庄户人过年是一定要贴春联的，辟邪防害，祈求来年的好运气和好收成。往年都是老私塾在家摆了桌子，忙得不可开交，可这回，他被日军打伤了胳膊，笔都握不住。庄里人拿着红纸，从老私塾家出来，茫然又失望地站在街头。林红苗跟识字班姐妹提议："老私塾不能写，咱们识字班来写，怎么样？"姐妹们一拍即合，当即把桌子搬到十字路口的背风处。红纸摊开，写什么呢？林红苗看看庄枣，庄枣不慌不忙地报出："花开富贵""四季好景""恭喜发财""吉祥如意""吉星高照""福满人间""岁岁平安"……庄枣一口气说了很多个好词，每个词都热气腾腾的，像刚出锅的馍馍。识字班姐妹一人认领一个，皆赞叹庄枣有文化。王凤枝也挑了一个"天赐平安"。轮到赵荞麦，她举着一根不知从谁家屋檐下敲下来的很粗壮的冰溜子，嚼得嘎嘣脆响："俺已想好了，俺要写'出门见喜'。"庄枣微笑道："好词！"

虽然识字班姐妹把毛笔字写得歪歪扭扭，可自有一番拙朴的味道。庄里人来领春联，问她们写的是啥，识字班姐妹就给他们解释其中的意思。她们解释完后，有的还是不懂，最后识字班姐妹干脆说："都是好字。"庄里人遂都欢天喜地地拿着春联走了。大年三十下午，家家户户门上都贴了识字班姐妹写的春联，林红苗偷偷围着沭水村乱转，路上碰到了梁文秋、王凤枝、赵荞麦……她们都是第一次见自己的字被贴在门上，心里比吃了饺子还美。

正月初五日，庄里报名参军的青年吃过饺子，要告别爹娘正式到接兵站报到了。青抗先敲锣打鼓，识字班给新兵们戴上大红花，扭着秧歌，一直把他们送到接兵站。可谁知各庄的识字班想法都出奇的一致。那天的接兵站，挤满了戴大红花参军的青年和系着红绸带的闺女，到处都是一张张红扑扑的年轻脸庞。

正月初六日到正月十四日，每天吃过晌饭，林红苗就带领识字班到十字路口的大戏台上扭秧歌。秧歌增添了许多新的内容，有时扭着扭着，识字班就喊出了"打倒日本侵略者""反对压迫妇女"等宣传口号，让梁文田那伙青抗先眼热得很；有时在"狮子滚绣球"的时候，让"狮子"吐出"打倒日本帝国主义""国家兴亡，匹夫有责"等宣传标语，引得围观者阵阵叫好。

正月十五日那天，天空阴郁，无风，却刺骨的冷。林大娘抬头望了望天说："八月十五云遮月，正月十五雪打灯。今天别出门了，要下雪了。"可林红苗哪能不出去呢？如今的元宵节早已改成翻身节了，林红苗她们还要继续扭秧歌呢。果然到了下午，雪纷纷扬扬地飘落下来。识字班姐妹在台上，和雪花一起飞舞，快意舒畅，恣意洒脱。一张张冻得通红却无比开心的脸，再加上火一样的红绸带，更加耀眼夺目。台下的人袖着手，围着戏台子，虽然被冻成了"雪人"，却都把脖子伸得像鹅那么长，眼珠子都要瞪出来了。识字班的秧歌可真是天天看不够哇！这些小识字班，真是自己认识的闺女吗？怎么一转眼都像仙女下凡了呢？尤其是人群里的李木匠，耳朵夹着自制的炭笔，眼睛一直跟着王凤枝打转，不敢相信这个有文化又活泼还好看的女人竟然是他的媳妇，是他李木匠的媳妇！庄里的男女老少把戏台子围了个水泄不通，可得了猴孩子们的劲儿了。他们像泥鳅一样在人群的空隙里钻来钻去，时不时地偷偷点燃个小炮仗，砰的一声吓得旁人跳脚，惹来一阵叫骂。过年，连骂人都是快活的。

这一年，识字班的秧歌和红绸带给古旧的沭水村增添了鲜活亮丽的颜色。直到正月十五日过后，庄里才像烧开过的水一样慢慢冷却下来。不能再理直气壮地玩了，要经营农事了，要和庄稼交心了。庄稼和庄户人一样，你对它勤勉，它就笑着给你收成；你对它懒惰，它就冷脸让你吃瘪。

妇女节

正月十七日，识字班又开始上课了。识字班姐妹忙着过年，有些字都忘了，可要好好收心补一补。太阳偏西的时候，庄枣宣布下课，林红苗和其他姐妹还意犹未尽，围着庄枣追问这个字念啥那个字念啥。忽然，身后响起一个熟悉的声音："姐妹们都很积极啊！"众人回头，竟然是好久不见的辛之华，一下子欢呼起来。

辛之华笑眯眯地说她其实早就到了，看到姐妹们在认真地识字就没打扰。晚上，她照例住在梁文秋家。林红苗和梁文秋跑过来找她，她放下笔和纸，满脸憧憬地告诉她俩："我要结婚了。"林红苗脑中一下子闪现出辛之华和张光明并肩行走的情景，真替她高兴。辛之华又说："婚礼定在三月八日，那天是妇女节。"

"妇女节？妇女还有节？"又是一个新鲜的事儿。

"婚礼在哪里举行？"林红苗迫不及待地问，"俺们识字班要参加你的婚礼。"辛之华坐正了身体，轻轻皱皱眉头："革命者四海为家，这些年都没找到合适的地方举办婚礼，所以才一直拖着。"林红苗热情地说："那就在俺们的教室举办结婚仪式吧。"辛之华用钢笔顶住俊俏的下巴，眉头慢慢舒展开来，笑道："对呀，我怎么没想到呢？"梁文秋俏皮地说："还有洞房，洞房就设在俺家吧。"辛之华被这传统的习俗逗乐了，问："还有洞房这一说？"

梁文秋回应道："当然有了。不入洞房，怎么能算结婚呢？"林红苗打趣道："文秋，你懂得还怪多来。"梁文秋毫不谦虚地说："那是，俺们可是新时代的知识女性。"林红苗又把头转向辛之华："洞房你就别操心了，识字班一手包办，你只管做个漂漂亮亮的新娘子！"

识字班姐妹们更忙活了，她们"密谋"着一件大事：给她们的老师过一个革命与传统相结合的婚礼，军人和群众相结合的婚礼。姐妹们经常凑在一块儿，像麻雀一样叽叽喳喳地合计婚礼细节。不知不觉，三月八日就到了。

这天，连老天爷都很配合，阳光普照，婚礼的所有事宜都准备好了，可辛之华自从正月十七日从梁文秋家走后，就再也没在沐水村出现过。快到晌午，被安排撒麸子的林大娘和梁大娘一个劲儿地追问林红苗：这婚到底还结不结。识字班姐妹们也一头雾水。结婚当天，新郎、新娘全不见影儿，也算是个稀罕事儿。林红苗硬着头皮安慰着迎亲的人："再等一等吧。"

直到太阳偏西，辛之华和张光明才肩并肩地出现了。后来，林红苗才知道，辛之华那些天一直在忙着组建农村剧团的事儿，直到三月八日上午农村剧团才在沙岭子村正式成立。她是趁着八路军的首长和战士都在临东县的时候，才抽出空儿把婚礼办了。

辛之华终于结婚了。

为迎接新人，大家已早早把教室打扫干净，并贴上了她们用红纸亲手书写的"百年好合""永结同心"等字，门楣上挂了一条"张光明与辛之华婚礼现场处"的红纸横幅。别说，红彤彤的字儿就是抬举人，破旧的教室顿时变得喜气洋洋起来。

林红苗把早就做好的小红花别在新郎和新娘的衣襟上。很多抗大一分校的八路军来了，一一五师的战士也来了不少。在掌声中，张光明看着自己美丽的新娘庄重地表态："我将用自己全部力量守护你，共同为革命奋斗终身。"辛之华坚定地回应:"为了国家和民族的解放,我随时可以献出自己的生命。"他们的誓言铿锵有力,感动了所有的人。林红苗边哭边说:"辛老师结婚是大喜事,咱们要笑,要笑。"

一对新人向祝贺的人群三鞠躬后,不知谁嚷了一句"送入洞房",围观的人顿时鼓掌叫好。于是,青抗先敲着锣鼓,识字班穿着新年刚做的新衣裳,当场舞起了红绸带,扭起了秧歌。八路军和围观的群众一路簇拥着辛之华和张光明,缓缓地从教室走向梁文秋家。

到了院门口,王凤枝婆婆她们已端着盛有栗子、枣和铜钱的木托盘在等候了。她们一边往新娘子口袋里塞花生和枣,一边念:

一把花生一把枣,

大的领着小的跑;

一把栗子一把钱,

大的领着小的玩!

林大娘和梁大娘接着走上前,向新娘身上撒着麸皮,寓意"撒福"。门口,放了一盆旺盛的木炭火,祝愿新人过上红红火火的好日子。辛之华幸福地从上边迈了过去。

老私塾主持拜堂仪式,他先念:"天作之合,月老为牵,百年和好,五世其昌。"而后,又朗声喊:"一拜天地!"张光明和辛之华同时向远方鞠躬。"二拜高堂!"张光明和辛之华对着围观的父老乡亲鞠躬。"夫妻对拜!"二人相对含笑鞠躬。老私塾又大声喊:"送入洞房!"

梁文秋家那间简陋的屋子,也早早地被林红苗她们贴上了剪纸、窗花和喜字,炕上放着识字班们亲手绣的花鞋、鞋垫、花枕头,红包袱里是梁大娘她们送的花生、栗子和枣……满屋红彤彤的。四个娃娃爬上炕滚床,从这头滚到那头,从那头滚到这头,笑声快要掀翻屋顶了。之后,林大娘端来一碗尚未煮熟的宽心面,让新郎、新娘各吃一口,然后问他们生不生。张光明说："我觉得生。""我也觉得生。"众人哄笑不已，张光明和辛之华才知道这是生不生孩子的俏皮问法。两人对视一眼，顿时羞红了脸。

林红苗在旁边看着，忽然想起自己和梁文田小时候玩过家家拜天地的场景，恍若炕上的新娘变成了她自己，而新郎也变成了自己的心上人梁文田……又一阵哄笑声，让她惊醒过来。她面红耳热，忍不住地在人群中寻找梁文田，正好梁文田也在捕捉她的眼睛，两人双目一触，赶紧迅速别开。

好几天，沐水村都在津津乐道于这场别致又热闹的婚礼。他们的革命伴侣身份，他们的激情与誓言，让林红苗愈发坚定了自己的决心：要争取婚姻自由，要退亲！此刻的她，也许并不清楚自己未来会如何，但她已经走上了一条注定与旧礼教分道扬镳的道路。这场婚礼，成了她的榜样与勇气的来源，在她心中埋下了"我的婚姻我做主"的种子。

春　天

谁能想到，女性一旦学了文化，会解放成这个样子呢？仿佛一夜之间，识字班的每个人都长了能耐，在路上欢声笑语，健步如飞。她们从辛之华那里学习了很多新鲜的词汇："胜利""组织""建设""世界""希望""打破旧世界，才有新未来"……她们刚开始还不好意思说，如今却像春天树木的新芽，一张口就能冒出一个。

山村里的春天，比别的地方来得晚些。不过，也终究来了，用梁大娘的话说，整个沐水村被她们搅得"鸡飞狗跳"的。

比如，林红苗因家中有事，让梁文秋第二天替她吹哨子。"行，明天俺跟庄枣讲，你不能来上课了。""不，俺要写请假条。"林红苗遂拿起笔和纸，趴在桌子上一笔一画地写了起来。写着写着，她突然抬头问梁文秋："'外

甥'的'甥',怎么写?""俺也不会,辛老师没教,庄枣也没教。"结果,林红苗的"请假条"就变成了这样:

请家条

明天俺不能上学了,外生〇头,请假一天。林红苗。

第二天,梁文秋替林红苗把请假条交了上去。正巧辛之华也在,她夸赞道:"不愧是识字班队长,都会写请假条了!"等林红苗忙完"外甥铰头"那档子事回来上课后,辛之华给她指出了两个错别字:"家"应写成"假","生"应写成"甥"。林红苗挠挠头说:"这俩字,是俺和文秋合伙琢磨的。音都一样,写的时候,不知道是哪个字呢。"辛之华追问:"那这个圆圈是啥?"林红苗憨笑着说:"铰头的铰,俺不会写,就画了个圈儿。"辛之华耐心地说:"不会写的字,就用谐音字代替,哪怕是错别字,好歹看信的人能懂。可千万别再画圈儿,否则别人怎么也看不懂。"

那天下课,辛之华让姐妹们先走,她要和林红苗拉拉呱儿、交交心。其实,她早就想和林红苗单独聊聊了。原来,她初来沭水村时,由于她对姐妹们不了解,用了一个随机的方法:谁先到,谁就当识字班队长。林红苗是误打误撞当上队长的。随着辛之华与她们进一步的接触和相处,她欣喜地发现,识字班中有五个姐妹脱颖而出:文秋,沉静稳当,却不善言辞。风枝,热情能干,却过于爱憎分明。荞麦,脑子灵活,可太孩子气。庄枣,端庄有礼,又不够灵活。红苗,不如文秋沉稳,却比文秋善于与人沟通;不如风枝热情,却比风枝有大局观;不如荞麦脑子好使,却比荞麦更能融会贯通;不如庄枣有文化,却比庄枣更会做思想工作。

辛之华知道她早晚有一天是要真正离开沭水村的,识字班务必要有个人带领着,继续学文化、抗战、大生产……她越来越觉得,林红苗就是那个出色的带头人。虽然她此时比较稚嫩,可是好钢需要烈火淬,不是吗?想到这里,辛之华开了口:"我常常担忧,我走后,识字班就散了,又回到了从前。"林红苗的眼睛里燃烧着小小的火苗说:"不会的。"……两人一直聊到夜幕降临。

最后,辛之华说:"你唱戏有天分,等我走后,你带着姐妹们在学文化之余,还要带着她们经常唱一些拉魂腔的小戏,通过这种老百姓喜爱的方式去教育、感动、鼓舞、改变他们。"说完,她从挎包里掏出一个厚厚的本子,四角都磨得卷了边儿,本子上密密麻麻写满了字,那是她近些年根据乡村的人和事而创作的剧本。她像托孤一样,一股脑儿地全部送给了林红苗。当晚,林红苗翻着这本辛老师的心血,想起她说的话儿,仿佛肩上的担子瞬间加重了几分。

你能想象出曾经那个经常挨打受气的小媳妇王凤枝学了文化,生活上怎么显摆的吗?她给自己的丈夫纳了一双鞋垫儿,附信一封,上面写道:"做得不好,请你原谅。"这在过去,可是大家想也不敢想的事儿。

不过李木匠对于王凤枝学文化这件事,内心是非常支持和赞同的。他媳妇识了字,至少能教教他们的孩子。转眼间,他的大儿子到了"狗都嫌"的淘气年龄,他领着三个弟弟妹妹到处惹是生非。这么说吧,沭水村的鸡是不怕人的,可是李木匠家的鸡却时刻与人保持着距离,它们害怕哪个小家伙突然给它们一脚。一天到晚,李木匠要做的事就是找棍子。他拿起圆圆的柳木棍子,对着磨台梆的一声,连石头做的磨台都矮了三分,院子里的刨花都吓得四处乱窜,可小牛子不怕,他主动扒下裤子,趴下让他爹打。其他三个,有样学样,一个跟着一个。四个光溜溜的屁股,让李木匠又好气、又好笑、又无奈。打在儿女身上,疼在自己心里。身为父亲的他高高地举起,轻轻地落下,败下阵来,只好把四个上墙揭瓦的猴孩子交给王凤枝。

王凤枝起初用的法子也是打,她打孩子,婆婆打她,家里为此常常乱成一锅粥。可如今,四个孩子见天干干净净地趴在磨台上,包括最小的儿子,也学着哥哥姐姐那样,一笔一画地在纸上写字。旁边的芦花大公鸡也不再像以前一样少皮没毛灰溜溜的了，也敢带着一群母鸡器宇轩昂地散步了。这些都是王凤枝识了字的功劳。

李木匠一心想着犒劳媳妇，知道王凤枝喜欢"字"，有字的书和报纸都能让她爱不释手。有一回，庄老六账房的儿子要定亲，让李木匠去他家里打家具，他见桌子上放了两本书，一本是《简明珠算》，一本是《珠算大全》，就主动减了些工钱，讨要了过来。

李木匠不识字，以为只要是书，王凤枝就喜欢。谁知这两本书，王凤枝是一本也看不懂。李木匠就说："你不是识了很多字吗？""可这是珠算书。"但王凤枝正处在求知欲旺盛的阶段，岂能容忍枕边人小瞧？她暗忖，仅仅半年自己就能从大字不识一个，学会了读书、看报。她还不信了，只要功夫深，铁杵磨成针。可是，学珠算，得有个算盘啊！

这天，小货郎唐富贵挑着货筐来到沭水村，王凤枝就问算盘多少钱一个。小货郎说他没有，得上敌占区买。王凤枝横下心来说："多少钱都行。虽然俺没钱，但俺可以拿粮食换。"于是，她从家里偷偷拿了半袋白面，就拥有了一个铜片包角、中间还有两个铜柱子的算盘。

王凤枝得到算盘的那天晚上，满庄都能听见她婆婆捶胸顿足的哭喊声："俺那雪白雪白的白面啊，俺那没掺麸子、没掺糠的白面啊……"王凤枝又结结实实地挨了一顿打，这回她咬着牙一声没吭。果然，挨完打后，日子还得继续过，只是她婆婆重新又拿起了扫帚，说这个败家娘们儿，再不打就要上天了。

王凤枝求自己的丈夫让账房教她打算盘。李木匠眼看着这么贵的算盘，放在家里当摆设实在可惜，又禁不起王凤枝的软磨硬泡，就再次走到账房家里，说免费给他打个柜子，只求他能教教自己的媳妇。惹得账房一个劲儿地犯稀奇："人家都为儿子求人以搏个前程，你为媳妇求人？一个女人学会了算盘能干啥？"李木匠憨憨地笑，也不说话。

于是，王凤枝就从"下面的珠子一个是一个，上面的珠子一个顶五个数"开始学起，练"一二三四五六七八九"，再练"二百钱儿"，再打"小九九"，后来再练"流法歌"。账房告诉她："打算盘什么手指管什么珠子是一定的，不能错。五个手指头是分了工的，差一点儿都不行。这就是功夫。"王凤枝一边念叨着"斤若求两身加六"等，一边把算盘拨得噼里啪啦响，手拿扫帚的婆婆看得目瞪口呆。

后来，沭水村里经常看到一个腰间斜挎着一个蓝花花布包，里面插着一把长条形算盘的媳妇。算盘的一半截闷在包里，另一半截时不时地从布包里羞涩地探出头。

最有意思的是赵荞麦。辛之华曾经送给她一包洋柿子（西红柿）种子，说耐旱、营养好，让她先种在院子里试试，若是丰收了，再进行推广。赵荞麦自从初春把洋柿子种下，钻鸡窝、掏鸡粪，成了她的一大爱好。这还不够，赵荞麦还会背着柳筐到路上拾羊屎蛋子。

那天，她在路边就发现了一堆羊屎蛋子，可是不知被谁画了个圈儿。当时的农村里有个不成文的规矩，被画了圈儿的就代表"此粪有主"了。可是赵荞麦却偏偏不信邪，在羊粪旁写了自己的名字，然后愉快地把羊粪往自己筐里锄。她锄到半空，就被一个筐挡住了。她抬头一看，是林红苗的弟弟铁蛋。铁蛋问："巧妹，你怎么拾俺的羊粪啊？""你说是你的就是你的吗？怎么证明是你的？""是俺先看到的，你没看俺画了个圈儿吗？俺回家拿筐了。""行，谁画的圈儿，羊粪就是谁的。可是你怎么证明是你画的圈儿呢？"铁蛋一时语塞。

赵荞麦得意洋洋地再一次要把羊粪锄到自己筐里，又被铁蛋拦住："俺不能证明圈儿是俺画的，可你能证明是你画的吗？"赵荞麦不屑一顾地说："谁稀罕画圈儿呀。""那你怎么证明这堆羊粪是你的？"赵荞麦用手一指，骄傲地说："这堆羊粪旁有俺的名字。"铁蛋顺着赵荞麦手指的方向，果然旁边地上出现了一个用树枝写的名字。

随后，铁蛋眼睁睁地看着赵荞麦把羊粪锄到筐里，又眼睁睁地看着她背着筐扬长而去。回到家里，铁蛋哇的一声就哭了起来。林大娘赶紧问怎么啦。铁蛋的鼻子一抖一抖地说："俺要识字。"林大娘很纳闷儿：看见书本就躲的儿子，这是受了啥刺激？铁蛋用袖子擦了一把鼻涕，说："不识字，连粪都拾不着。"翌日，铁蛋就给林红苗又作揖又鞠躬，求她教他识字。他发誓一定要认识很多很多字，超过巧妹。

又过了一段时间，铁蛋带着二姐的本子给赵荞麦下了战书：看谁识字多。赵荞麦岂能认输，直接带着一张《大众日报》接受挑战。"这张报纸上的字，比你课本上的字多吧？"赵荞麦瞅着他像小鸡啄米似的，一脸蒙圈地点点头，得意地说，"听俺给你读。"虽然报纸上，赵荞麦有很多不认识的字，可是她眼也不眨流利地读着，导致铁蛋看着那些密密麻麻的字，觉得自己这辈子可能都比不过赵荞麦了，回家又绝望地大哭了一场，都快要把他细细的脖子给哭断了。

铁蛋这小子也是个不服输的，哭过以后，擦擦眼泪，当晚坐在油灯底下识字到半夜。林红苗催弟弟睡觉的时候，他趴在她耳朵上偷偷告诉了她一个天大的秘密：他将来要到字最多的地方去工作。林红苗像个母亲似的对弟弟说："字最多的地方是报纸，你要到报社吗？报社可不要动不动就哭鼻子的，先改掉你这个毛病。睡吧，睡吧。"

梁文秋倒没弄出些让人乐不可支的趣事来，是因为她心思缜密，待人处事周到。可没弄到台面上，并不说明没有。话说，那回梁文秋看到八路军军医给王凤枝家的小牛子看好了黑热病，就对治病救人产生了浓厚的兴趣。她觉得任何时候，大夫都是有用的，并且这个职业很符合做事谨慎、踏实的她。

她开始留意一些土药方子，从这个婶子这里知道一点儿，从那个大娘那里知道一点儿。庄里的一个青抗先右腿肿得又红又粗，肉皮都绷得发出了亮光，梁文秋让他用花椒水洗洗，把脓挤出来，洗过几次后竟然好了。这事一传十、十传百，就传出去了。其实，只要有心留意哪一种草和哪一种物在一起，能治哪一种毛病，时间长了，经验自然就多了。庄里人都知道了梁文秋会保留那些土方子，需要的时候，就去她那里讨些方子。渐渐地，就有人喊梁文秋"女先生"。在沐水村，可不是人人都能当"先生"的。

整个沐水村被识字班姐妹搅和得热气腾腾的，庄枣看在眼里，馋在心里。林红苗有了文化，天天对着辛老师送她的剧本集子琢磨唱拉魂腔；梁文秋有了文化，开始给乡亲们看病；王凤枝有了文化，学打算盘；赵荞麦有了文化，爱上农业。只有她，识字最多，却毫无用武之地。她们在活学活用，而自己却越学越死，一时之间，内心充满了自卑和茫然。

阳春三月，农事忙。田间地头，庄户人刨地耙田，拔草挖土，到处一派繁忙景象。空气里弥漫着青草和农家肥的气味，那是土地苏醒的味道，那是春天的味道。

这天下课的时候，辛之华再次出现在教室里，她说，因为工作需要，要暂时离开沐水村了，她是来跟姐妹们告别的。识字班姐妹一听都哭了，林红苗流着眼泪，拉着辛之华的手说："您走了，俺们怎么办呀？"辛之华笑着拍拍她的手说："继续执行'三个坚持'。你还记得是哪三个坚持吗？""坚持抗战，坚持团结，坚持进步。""对喽，我会随时回来检查的。"林红苗又说出了她的担忧："您一走，俺估计很多姐妹就会因这事那事不来了，识字班就散了。""有你这个队长，有庄枣这个教员，我相信你们，不会散的。只要用心，办法总比困难多，总有办法做到生产和学习两不误的。"

果然，辛之华离开后，识字班的人员开始一天比一天少。林红苗急了，叫上梁文秋她们挨家挨户去做工作，可姐妹们的理由五花八门，爹娘不让啦，要准备嫁妆啦，要做鞋啦，要纺线啦……林红苗苦口婆心地说："俺原以为世界就这么大，无非田间地头、堂屋锅台，人一辈子像草木一样无知，可谁承想，咱们识了字，懂了很多道理。既然醒了，为啥还要再装睡呢？"梁文秋一个劲儿地点头，眼睛有些酸涩，可姐妹们躲闪着林红苗的目光，其中一个直言道："以后咱们识字班若还是有跳秧歌这种事，俺很乐意参加，可识字太难了，俺受够罪了。"另一个也跟着附和："是啰，坐在板凳上哪有坐在炕上舒服。"

林红苗一下子被噎住了，看着姐妹们无所谓的模样，呼哧呼哧地直喘粗气。王凤枝拽着林红苗就走："好像学文化是给俺们学的一样，其实受益的还是自己。俺要一直学下去，学到老。"识字班的人越来越少，最后就剩下了林红苗、梁文秋、赵荞麦、王凤枝、庄枣五个姐妹。

庄枣想起辛之华说过，只要用心，总有办法做到生产、学习两不误的。别说，不久还真让她琢磨出一套行之有效的法子。不是嫌没时间去教室吗？不是对识字产生了畏难心理吗？她趁不上课的时候，去姐妹们的家里，谁在纺线，她就教"纺线"二字；谁在烧火，她就教"烧火"二字……然后把字写下来，贴在纺车或锅台上，劳动与学习结合起来。于是，树枝和火棒成了笔，锅屋和灶前成了课堂。这样的活学活用，让姐妹们重新燃起学文化的热情，识字水平也再度突飞猛进。

她们的改变，像沭水村田间刚刚探出嫩芽的小草，告别了麻木与迷茫，撑开了新世界的大门，走向一个虽然还是未知的却已然开始的春天。

豆　选

三月，若是一连几天艳阳高照的话，中午就会暖洋洋的。路旁的杏树率先开花了，粉白的花朵亭亭玉立地悬挂在枝头。而别的那些或高大或矮小的树，远看，好像还是光秃秃的；近看，米粒般大小的树芽羞涩而又蓄势待发地匍匐在枝子上，仿佛对未来的生活充满了期待和向往。

这天中午，识字班在庄枣的教授下，学完了辛之华留下的识字本的最后一课。刚一放学，林红苗就迫不及待地站起来说："可憋死俺了，俺要宣布一个振奋人心的消息。"她故意卖起了关子。果然，众姐妹立刻围上来："赶紧说，赶紧说……"

林红苗就继续说："咱沭水村要建立民主政权了！明天要选村长、副村长，让庄里威望高的人当选。"梁文秋担忧地说："是要举手表决吗？会不会还像以前一样走过场？"王凤枝也有些泄气："这有啥振奋的？名门望族一伸脖子，谁敢不同意啊？结果还不是那几家掌权。""你们想到的，上级都想到了，这回不一样，是豆选。"赵荞麦迫不及待地问："啥叫豆选？""到时候，候选人坐一排，身后放一个空碗，咱们每人拿一粒黄豆，看谁合适，就把黄豆投到谁碗里，最后碗里黄豆多者当选。这样既能防止文秋和凤枝说的那种情况发生，又能让不识字的人也参加选举。"

庄枣惊讶地睁大了眼睛："咱们？连咱们也能投？""不仅能投，咱们还能当呢。"梁文秋推了推林红苗，说："那你当吧，俺们都选你。"林红苗满脸向往地说："村长俺当不了，不过听说除了豆选村长、副村长，过几天还选妇救会（全称'妇女救国联合会'）会长，俺争取当个候选人。"王凤枝拍手道："哈哈，看来咱们女人真解放了，真解气！"

梁文秋自小和林红苗一起长大，很了解她的脾气，忍不住打趣："这么个大好消息，你竟能憋到现在。""俺要是开课前说，大家还能安心识字吗？"姐妹们点头称是，兴奋地七嘴八舌起来，扒拉着手指头算谁能当村长。"既然这次是选举能为庄里做事的人，林忠厚算一个。他稳重踏实，人缘好，应该是村长。""梁文田也算一个，虽然他年轻，可是头些天带着青抗先炸毁敌人的公路，为抗日出了份大力，再加上干事利索，应该是最合适不过的副村长人选。"林红苗听到识字班姐妹夸梁文田，心里像吃了蜜，比夸自己还高兴。

那天，不仅识字班里充满兴奋，整个沭水村也炸开了锅。晚上，油灯下的家家户户都在谈论着这桩又新鲜又稀奇的选举方式。第二天，太阳升到一竿子高，十字路口方向传来哨子声，庄里的男男女女陆陆续续地走出家门。金色的阳光洒向山岗，洒向树木，洒向他们激动的脸庞。但见高台子上已经贴上了"竞选村长"的横幅，下面一张长桌，摆着四个粗瓷空碗，对应四个候选人：林忠厚、梁文田、族长、庄老七。

铁蛋没像其他的猴孩子那样在人群里乱窜，而是手里高举着一个纸折的风车。三月的春风把风车吹得呼呼转，他一边跑一边念："金豆豆，银豆豆，豆豆不能随便投；选好人，做好事，投在好人碗里头。"林红苗站在队伍里，寻思着回家一定要问问铁蛋是谁教他的。

选举正式开始，四个候选人先背过身去。此时，在场的每个人手里都攥着一粒黄豆。这粒黄豆让他们心生底气，四个候选人的转身也让他们松了一口气。庄里人个个腰杆挺直，连咳嗽声都洪亮了起来，甚至旁边那棵老柿子树都跟着比往日精神抖擞了许多。

识字班姐妹排在选举的队伍里，慢慢往前挪动。她们一脸的庄严，林红苗甚至有些想哭。忽然，身后的赵荞麦吆喝了起来，说她的黄豆掉了。她蹲下身，扒拉着前后左右的裤腿四处寻找。有人说："别找了，不就一粒黄豆吗？""不行，不是黄豆的事，俺一定要找到它。"最后，终于在一个老人的拐杖旁找到了黄豆，她擦擦黄豆上的灰尘，如获至宝。

队伍缓缓地往前挪动，林红苗看到她前面那个胆小怕事的庄里人，故意把每个碗都晃一下，让背对着他的四个候选人，不知道他到底投到了哪个碗里。终于轮到林红苗了，她毫不犹豫地把黄豆分别投进了林忠厚和梁文田的碗里。

到正午，选举结果出来了。果然如识字班姐妹所料，林忠厚碗里的黄豆数量最多，当了村长；梁文田碗里的黄豆数量次之，当了副村长。族长和庄老七落选了。族长碗里黄豆最少，他的整张脸涨成了酱紫色，额角的青筋随着呼吸一鼓一扁。庄老七碗里的黄豆也不多，可他肥胖的油脸上带着"有枣没枣打一竿子"的无所谓表情。

还不等选举结束，族长长衫一甩，怒气冲冲地拂袖而去，庄老七点头哈腰地紧随其后。大家像过节一样热闹起来。林忠厚走上台来发言："大伙儿信俺，俺就豁出命来干。谁要给咱沭水村亏吃，俺第一个不答应！"梁文田也跳上台来表态："俺誓死为沭水村办事，为咱庄做牛做马。你们把信任的黄豆投给了俺，俺就甘愿把生命献给你们！"

站在台下的林红苗激动极了，把手拍得通红。她一开始担心梁文田在众人面前开不了口，也担心他说话不能服众。担心完这个，又担心那个，可人家梁文田不仅在众人面前侃侃而谈，还有那么多罕见的名词。林红苗简直是越看越着迷，越听越爱。

这一场在明媚春光下的豆选，让林红苗第一次明白：自己的命运可以握在自己手里。豆粒虽小，却凝聚着不容忽视的力量。这场选举更像一阵春风，吹得她内心满是憧憬。未来，或许真的不一样了。

她回家逮住铁蛋就问："那首顺口溜是谁教你的？""咱娘。""咱娘还有这个大才分？"林红苗直呼不可能。果然，豆选的第二天，庄枣对林红苗说起了一件事，说林大娘曾找到她，让她作一首关于豆选的诗，说要教铁蛋背会。庄枣说："没想到你家大娘还怪要求进步呢。"林红苗就有些蒙，心里一直琢磨："娘这是啥意思？"

妇救会会长

沐水村的豆选仍在万物生长的春天里继续，村长、副村长选完之后，接下来就要选妇救会会长了。妇救会会长是妇女的带头人，庄里上报了两个候选人，一个是林红苗，另一个是刘春兰。

林红苗张大了嘴巴，疑惑地问："刘春兰是谁？"刚上任的村长林忠厚回答："刘春兰是你娘呀。"林红苗的嘴巴张得更大了，她娘叫刘春兰，她怎么不知道？林忠厚说："那天你娘报名当候选人的时候，自个儿起了这个名。"

难怪她娘让铁蛋背诗呢，原来如此。林红苗凭空多出个竞争对手来。她急忙回家，带着些兴师问罪的口气，问她娘到底怎么回事。林大娘，不，刘春兰说："光兴你进步，就不兴俺进步？"林红苗哭笑不得地说："兴，兴。那咱们公平竞争，看谁碗里的黄豆多吧。"娘俩正较着劲儿，林老汉倒背着手进屋了，不满地对老伴儿说："咱闺女想当妇救会会长，你不支持就算了，还跟着添乱！""俺怎么添乱了？""你就出洋相吧，全庄都在议论你和闺女争官做呢。""啥出洋相？俺当候选人的目的，就是想让咱庄和俺差不多年纪的女人也行动起来，一块为抗战出把力。谁说岁数大了就不行了？"林老汉颔首道："哦，既然这样，那俺也支持你。"

豆选妇救会会长那天，刘春兰起了个大早，把院子打扫得干干净净，熬了一锅糊豆，还破天荒地给家里每个人都煮了一个鸡蛋，惹得林红苗一个劲儿地说她娘贿选。来投票的人比上次选村长时还多，毕竟母女相争确实新鲜。他们都在好奇，娘俩到底谁能当选。话说有其母必有其女，娘俩都是一样的开朗直爽，一样的干脆利索，还都有群众基础。有猜林红苗能当的，因为她识文断字，可也有减分项，就是她有可能今年嫁到东唐庄，到时沭水村不就没有妇救会会长了嘛。有猜刘春兰能当的，因为她针线茶饭，样样都能拿上台面，还热心肠，谁家有困难她都能帮助解决，缺点是不识字。大家攥着黄豆，和上次扬眉吐气的态度不同，多少带点看热闹的心理。只有刘春兰和林红苗母女俩的脸上，带着神圣庄重的表情。

最后投票结果揭晓：林红苗比刘春兰多了一粒黄豆，当选妇救会会长；刘春兰少了一粒黄豆，成为副会长。大家都乐："行，在外头，闺女领导她娘；在家里，娘领导她闺女。"回家后，刘春兰怀疑林老汉把黄豆投给了林红苗，若投给她的话，她就能把"副"字去掉了。林红苗则觉得爹根本不会把黄豆投给她，理由有二：第一，她年前和爹闹过意见；第二，为了让她尽快嫁到东唐庄，爹也不会把黄豆投给她。她的险胜，全靠庄里人的支持。最后，连铁蛋都起了好奇心。于是，三双眼睛都瞪着林老汉，异口同声地说："老实交代，你把黄豆投到谁的碗里了？"林老汉只管嘿嘿地笑，逼急了才回答："不说，打死也不说。"

三月下旬，林红苗被安排去县里参加妇女干部培训班，为期半个月。去的时候，她背着挎包，里面除了装着庄里的介绍信，还装了一个笔记本。回来的时候，她还是背着挎包，里面还是装着她的笔记本。可是一去一回，她又是那么不一样了。去时，她的笔记本是空的；回来时，笔记本上密密麻麻地记满了此次培训的收获。她不仅学到了更多的文化知识，还和各庄的妇救会会长、识字班队长一起加入了中国共产党。

林红苗走在回家的路上，清爽的短发，英姿飒爽的步伐，美丽中带着一股庄严。她一幕幕地回忆着十几天的培训经历：过的是军事生活，天还不明就要起床跑操，晚上准时熄灯睡觉，吃饭有规定时间，一切都按部就班地进行。学习的课程主要有军事课、政治课。军事课还好，学员们大多是做惯农活儿的女子，跑、跳、卧倒不在话下，难的是政治课。教政治课的教官竟然是辛之华的丈夫张光明。他的确博学多才，能不歇息地一口气讲两个钟头，不过这可害苦了台下的众多女学员。她们大多识字有限，做笔记困难，听到"抗日战争的性质""论持久战的方针""抗日民族统一战线""唯物辩证法"等艰深晦涩的词语，有时候就像听天书。林红苗得益于平时辛之华的启发和自己学文化的扎实，领悟能力总是比别人快一些。她在课堂上发言很积极，多次得到教官的表扬，渐渐地就拔了尖儿。

这场培训让林红苗从一个农家闺女蜕变成一位自信、坚定的女性干部。她深吸了一口春天的空气，想到自己既是妇救会会长，还是共产党员，心里既兴奋又忐忑。她知道，自己肩负着带领全庄妇女继续学文化、抗战和大生产的重任。每一步都将是新的挑战。她望着路边依旧开得灿烂的花，心想："春天不就是这样吗？"

儿童团团长

林红苗一边脚步轻快地走着，一边心怀壮阔地思考着，不知不觉间，北面的大山越来越大，越来越清晰，沐水村向她敞开了怀抱。这时，她忽然发现庄口多了一群握着红缨枪的少年，个个虎视眈眈地注视着她。待林红苗走近了，才看清楚这群少年是庄里的"小魔头"们，为首的是她的弟弟铁蛋。这帮"小魔头"们精力旺盛，打狗、撵鸡、拔蒜苗，是庄里令人头疼的"小祖宗"，不知他们又在作啥妖。

警惕的少年们见了林红苗，神情都松懈下来，转头七嘴八舌地对铁蛋说："林洪地，是你姐。你姐回来了。"铁蛋却不管这些，红缨枪一伸，对着林红苗喝道："干什么的？"林红苗把红缨枪一扒拉，对着铁蛋的头弹了个爆栗子："铁蛋，你是不是身上痒痒，想挨揍了？"少年们都笑了起来。林红苗惊奇地问："你们怎么站在这里？"一个少年说："咱庄成立儿童团了，林洪地是俺们的头儿。"林红苗经过半个月的妇女干部培训，想法和见识已不同于以往，她又一次感觉到了共产党的力量：竟然把这群少年也发动起来，为抗战尽一份力。她不和铁蛋戏谑了，很正色地拍拍弟弟的肩膀，说："好好干，儿童团团长！"铁蛋学着八路军的样子，啪的一下来了个立正敬礼："是。"

林红苗回到家，她娘正在院子里纺线，听到脚步声，赶忙迎上去，接过女儿的挎包，问她饿了吧。林红苗摇摇头，此时即使是龙肝凤胆也不想吃，她心里有千般话万般话想与娘说。刘春兰见到出去半个月的女儿，竟然多了一种陌生的蓬勃，也很想听听她在外面的见闻。可林红苗的肚子此时却很没出息地咕噜咕噜叫了起来。刘春兰按住心中的好奇，赶紧把饭菜端到桌子上。林红苗也不看饭，不等她娘发问，抢先问道："铁蛋怎么当上了儿童团团长？"刘春兰娓娓道来，说起了经过：

有一天傍晚，林忠厚和梁文田从村公所忙完出来，远远地看到庄里的那帮猴孩子竟都安安静静地坐在庄头的土堆上。两个村长都很诧异，是什么魔力能让他们像孙悟空喊了"定"一样坐住的？他俩好奇地凑近一看，发现是铁蛋正在给他们讲抗战道理，还时不时地冒出个新名词。他俩静静地听了一会儿，没打扰这些少年。梁文田很奇怪地说："铁蛋年纪不大，竟然懂得这么多。""不奇怪，他家里有刘春兰和林红苗两个积极分子，估计娘俩整天讲，铁蛋熏也熏会了，"林忠厚说，"正好上级让咱庄成立儿童团，俺看铁蛋是个好苗子。"就这样，铁蛋当上了儿童团团长。自此，他每天带着一伙有劲没处使的孩子，提着红缨枪到庄口放哨、查路条，见到可疑人物就押去村公所，神气得很。他还央求庄枣给他们编了首儿歌："儿童团，儿童团，送信站岗查汉奸。"

讲完了铁蛋，刘春兰终于逮住了发问的机会："你们培训班上你算最小的妇救会会长吧？""不，有一个比俺小一岁的，还有一个和俺同岁的。""真好！"刘春兰情不自禁地赞叹一声，林红苗就此打开了话匣子。于是，闺女讲，娘听。说者兴致勃勃，听者津津有味。林红苗肚子里的话终于倒得差不多了，这才卷起煎饼，咬了一口，说："刘春兰同志，各庄的妇救会会长在结班仪式上都表态发言了，咱庄的妇女工作可不能落下。"刘春兰一愣，笑着打了闺女一下："你要死啦，你娘的大名也是你喊的？"林红苗理直气壮地说："咱们谈的是妇救会的工作，俺是会长，你是副会长，俺喊你大名不很正常吗？难道俺要这么说：娘，咱娘俩谈谈妇救会的工作。你听听这像话吗？""是不妥当。行，行，你爱咋叫就咋叫。"刘春兰憋住笑，少顷又一脸板正地说，"放心好了，会长，俺刘春兰坚决服从安排。"林红苗也笑了，拿起煎饼，包上炒鸡蛋，来了一个风卷残云："别说，还是刘副会长炒的鸡蛋香。"刘春兰笑骂道："死丫头，这么香的饭也堵不住你的嘴。"

娘俩正说笑着，铁蛋扛着红缨枪进了家门。这小子竟然没像平时那样，一见到饭就像狗见到骨头似的不管不顾地扑上来，而是先把红缨枪郑重其事地靠墙竖好，然后，像个大人似的警告林红苗："以后不许再喊俺铁蛋，要喊俺的大名'林洪地'，知道吗？"

林红苗回来之后，识字班姐妹也围着她争先恐后地问东问西。问一遍，她讲述一遍，最后那些刚刚学到的抗战道理，仿佛就在她嘴边藏着，一启齿就会飞快地涌出来。庄里人听得惊奇，纷纷赞叹："只出门转了一圈儿，这丫头好像变了个人！"

林红苗确实不同了。只见她这家坐坐，那家站站，没几天工夫，就把全庄的妇女都动员进了妇救会。她还做了具体分工：副会长刘春兰负责中老年妇女，自己则带年轻人。"年轻的多干些活儿，年长的打好配合，就像拉魂腔戏里的主角与配角，共同完成上级的任务。"她一面解释，一面挥动手臂，眼中流露出坚定与热情，很有女干部的风采了。眼瞅着家里刷锅做饭的老娘们儿都被妇救会会长林红苗鼓动得干劲十足，庄里老爷们儿坐不住了，林老汉、梁老汉他们划拉上赵老汉，一起去找村长。村长说："正好，上级让各庄成立自卫队呢。"于是，庄里的青抗先和男劳力一块儿报名，成了沭水村自卫队的首批队员。

纪　律

清明过后，山里到处都是新绿，时不时地传来布谷鸟清亮的叫声，鸡也忙活起来，天不亮就开始打鸣。地里戴着席夹子的庄户人日渐多了，他们前一段日子已经挥舞着锄头，把土地翻耕得十分松软了。现在开始忙碌起春种，将精选的种子一粒一粒地种下，覆上一层薄土，像给它们盖上温暖的被子，悄悄孕育着未来的希望。

这天，林红苗刚从识字班教室回到家，还没等坐下喝口水，赵三进就来了。他朝四下张望了一下，压低声音通知她：马上到庄外的栗子林，党员过组织生活。

等林红苗前脚连后脚地赶到栗子林，林忠厚、梁文田、赵二进和赵三进已经坐在石头上了。林红苗很想问一问梁文田是什么时候入党的，可她此时已晓得党的纪律，故按捺住自己的好奇心，安静地坐在一块石头上。林忠厚开口道："咱庄已经发展了四个党员，你是第五个，梁文田是党小组组长。""欢迎林红苗同志加入咱们沭水村的党支部。"待大家鼓掌过后，梁文田强调说，"今后每月逢五、逢十过组织生活。党员必须参加，这是党的纪律，是每一个党员的义务。如果确实有事，得提前向党小组请假。"

这一天，五个人都汇报了近一段时间的思想和工作情况，严肃而真诚地剖析了自己的不足。那种虔诚和坦白，让林红苗感动；同时，她的虔诚和坦白，也感动着他们。这天的林红苗心里澄澈如水，没有丝毫的扭捏，没有丝毫的私情，她觉得他们包括梁文田，是自己革命道路上最亲密的伙伴，是肩并肩的同志。

四月中旬的一天清晨，太阳挂在树梢，一支浩浩荡荡的队伍突然在庄外的打谷场上休息。儿童团团长林洪地飞速地回庄报信，他猜测是八路军，原因是他们都穿着辛之华老师那样的灰军服，还打着绑腿。林洪地又补充说："为首的人，穿了一件打补丁的旧大衣。"林忠厚表扬了林洪地，是八路军没错了。连小孩都知道，除了八路军，没有哪个队伍的领导人会穿打补丁的衣裳。

村长赶紧召集妇救会煮饭。正好是闹春荒的时候，老百姓都尽力拿出了煎饼、鸡蛋、花生啥的，以示心意。正准备着，一位八路军战士挑着瓦罐来到了村公所，想借地方烧开水，林红苗就把他领到了自己家。不一会儿水烧开了，她趁战士不注意，揭开盖子，舀了一瓢高粱面糊糊一下子倒了进去，战士想阻止已经来不及了。随后，林忠厚安排梁文田挑着担子，林红苗挎着鸡蛋，跟着战士一起前往打谷场，只见打谷场上果真有个穿着打补丁旧大衣的领导。他瘦瘦的脸，胡子拉碴的，若不是鼻梁上架着一副眼镜，与寻常的庄稼汉无异。他看见庄里送来的慰问品，走上前来，很诚恳地说："感谢乡亲们对部队的支援和帮助。"林忠厚则上前，双手紧紧握住他的手："你们打鬼子流血流汗，俺们巴不得能多帮上一把啊。"他身后的一位战士，仔细地把他们带过去的物品一一登记在一个小本子上。

这时候一位嘴唇干裂的战士，端着茶缸跑过来，扳过瓦罐就舀，谁知舀上来的是面糊糊。他愣了一下，抬头问道："这怎么不是水啊？"林忠厚挠挠后脑勺笑着说："要不是鬼子抢走了咱的庄稼，这会儿肯定会烧面汤、送馍馍的。"那战士又在小本子上记下"二斤高粱"，写完，撕下来，递给林忠厚。林忠厚接过来，看也不看就撕得粉碎，然后说："你这位同志真逗，吃个鸡蛋、喝碗糊豆还打借条。""这是八路军的纪律，不可少的。"战士又重新写了一张借条给他。

林红苗早就听说八路军纪律严明，如今亲眼见到，才真正明白"名不虚传"这四个字的分量。

后来，林红苗慢慢得知，一一五师、山东分局机关、山东纵队和抗大一分校都驻扎在沭河以东的这片地界。他们分散住在老百姓家里，人过留名，雁过留声，他们的故事一箩筐，在沂蒙大地上到处流传。

就先从箩筐里挑出一一五师政治委员罗荣桓的故事讲吧。

说，他经常教勤务员识字写字，对马夫、炊事员亲如兄弟。有一次，马儿生病，他亲自与马夫一道给马灌药。他同普通战士一样穿褪得发白的军装，盖打满补丁的被子，从不搞特殊。

说，部队转移的时候，正值麦子成熟，他下令战士们先把百姓的麦子收割完再撤离。老乡以为他们需要麦子做口粮，谁知他却摆手说："咱们不要，只是最后再帮乡亲们一次。"

说，他有个儿子叫罗东进，是一一五师自山西挺进山东的途中出生的。来到沂蒙山区后，因为战事繁忙，就把孩子寄养在老乡家，直到孩子5岁才接到身边。有一次，小东进捡到日军遗留的防毒面具，欢天喜地地戴在头上到处蹦跳，把老乡家的孩子吓哭了。罗荣桓知道后，严肃地批评道："当初你到老乡家时，路都不会走，是人家用高粱、煎饼养大你，待你像亲生儿女一样，你怎么才回来，就忘了本？"

说，有一回，因缺柴火，一个战士私自砍了老乡门口的柿子树。罗荣桓得知后大发雷霆，不仅当众责罚了那名战士，还亲自登门谢罪，付了赔偿。

…………

若真讲，三天三夜也说不完。一桩桩一件件，都证明着共产党人的纪律、作风与信仰。

当然，这些都是林红苗后来听说的。当时的她只知道，以沭河为界，沭河两岸分别驻扎着两支队伍：日、伪军占据河西，八路军驻守河东。

起初，在老百姓眼里，他们都是"队伍"，当兵的都是"爷"。老百姓无意得罪，也得罪不起。老百姓的日子，就是凿井而饮，耕田而食，日出而作，日落而息。草根百姓看似哪边风强劲就往哪边倒，可心里自有一杆秤。

老百姓从来没见过像日、伪军队伍那么坏透气的。在很多村落里，他们建了据点，强迫老百姓定期缴粮、缴款、缴物。汉奸为虎作伥，动不动就带着日军去庄里"扫荡"，见什么抢什么，还奸淫妇女，烧毁房屋。他们看到稍有不顺眼的百姓，不仅毒打，还会刺死，或让狼狗活活咬死，甚至活埋。

甲子山村的彭凤典，被日军用洋狗残忍撕咬，惨死在几里路外的荒野上，亲人费尽心力寻找了好几天，都没凑齐一具完整的遗骨；王家滩村的杨凤叔侄，在大洼处看山，被日军当场用刺刀挑死；王贵安的爷爷，逃得稍慢了一些，就被日军用机枪扫射，中弹倒地；将军山村的庄肇银和彭朝岭，同样死在日军的刺刀下……每每提起这些惨状，老百姓心里恨得直咬牙。

而河东那支队伍却完全不同，不拿群众一针一线。老百姓一开始还不信，直到有一回，天寒地冻，风雪交加，那支队伍来到某个村庄。因为先前被那些所谓"队伍"吓怕了，老百姓对八路军并不了解，就是不肯开门。第二天，老百姓一推开门，就见一排排嘴角长着茸毛的青年战士，抱着枪蜷缩在冰冷的地上睡了一宿。你说老百姓能不心疼吗？人心都是肉长的，老百姓纷纷将他们迎进屋里。八路军短暂停留后准备离开，首长又反复询问：借老百姓的东西都还回去了吗？门板修复好了吗？铺草捆整好了吗？……

再说，临东县这一带，到处是大大小小的山，山上盘踞着形形色色的土匪，赵化斋、王麻子、刘瘸子、朱百轩……他们都打着抗日的幌子，自封司令员、团长、营长，伸手向穷苦百姓要粮要款，从不见他们真刀真枪地对付日军，甚至跟日军勾结，狼狈为奸。一回，日军进犯某庄，族长慌忙去寻求帮助，他们却无动于衷。无奈，族长只好转向河东，向八路军请求援助，结果，派去的人还没回庄，八路军就闪电般赶到，将日军打得落花流水。那日军骑着洋马，还有飞机、大炮，八路军却只有步枪，可他们硬是毫不退缩，替老百姓出了这口恶气。

你若是当地的老百姓，心里又会偏向谁呢？答案再明显不过了。只有八路军，才真心实意地保护咱们。

演　戏

自打当上妇救会会长，林红苗觉得日子过得飞快，有时忙得恨不得给自个儿的脚底安上风火轮。一眨眼工夫便到了五月，树上的叶子舒展开了，青翠得像要滴下水来。中旬的一天傍晚，天色已近昏暗，好久不见的辛之华忽然现身沭水村，令林红苗又惊又喜。原来，八路军的八大剧团要在渊子崖村举行文艺会演，辛之华创建的农村剧团也有演出。渊子崖村离沭水村十来里地，当晚辛之华又住在了梁文秋家。识字班姐妹像一群星星簇拥着月亮，团团将辛老师围住，叽叽喳喳地汇报着学习和生产的情况，一直聊到深夜方才散去。

第二天清早，林红苗兴冲冲地跑去梁文秋家，却被告知辛之华天不亮就走了。到了傍晚，日头快跌落西山，姐妹们结伴前往渊子崖村看戏。一路上，青抗先、识字班，以及十里八乡的乡亲们，成群结队地涌向渊子崖村。渊子崖村在整个临东县算是大庄，街头巷尾随处可见八路军的演员。戏台搭在庄西头一块背风向阳的空地上，人头攒动，锣鼓声、笑声不绝于耳。各个剧团每天晚上轮番上演，从天黑一直唱到天亮。

那些日子里，《雷雨》《李自成之死》和抗日宣传的文艺节目接连不断，整整演了十天。可当时谁能料到，七个月后，这个热闹的地方会变成老百姓与日军殊死搏斗的血色战场呢？林红苗后来认为，正是那一场接一场震撼人心的演出，化成一道道强光照进了老百姓的心里，让那些原本胆怯的老百姓像沉睡的狮子一样瞬间觉醒，迸发出气吞山河的抗战之魂。当然，这些都是林红苗后来在革命的道路中越来越成熟之后悟得的。那时的她还领悟不到如此深远的意义，只知道自己那十天天天泡在戏场，跟着戏中的人物或悲或喜，过足了戏瘾。

在那十天的演出中，林红苗印象最深的是一出《童女斩蛇》。故事说的是山里出了一条大蛇，神婆子造谣它是金龙大王下凡。县令信以为真，每年八月都要招募童女祭蛇，前前后后已有九个纯真少女惨死蛇腹。这年，一个叫小娥的姑娘挺身而出。她身揣匕首，机智勇敢，杀死了那条恶蛇，更将造谣惑众的神婆子扭送到衙门，为民除了害。林红苗心里暗暗佩服这出戏的作者，她在沐水村居住过吗？为何戏里的神婆子和她庄里的何仙姑像一个模子刻出来的？

演出期间，辛之华有时候会住在梁文秋家。林红苗趁机向她提出，她也想排练这出戏，让庄里的何仙姑和那些迷信的乡亲们也接受教育。辛之华拍手称道，说："红苗，你与我的想法不谋而合。只是这出戏，舞美华丽，服装、道具找起来都很费事，我把它改成拉魂腔吧，会更适合咱庄。"

《童女斩蛇》是姊妹剧团演的，辛之华找团长把戏词要来，做了简化，趁白天的空儿教识字班姐妹排练。扮演童女的林红苗，唱腔比以前更加纯熟灵活，听来让人回肠荡气；扮相也更加委婉明艳，淳朴活泼。辛之华暗暗称奇，对众姐妹说："人的天分了不得，林红苗有演戏天分。"识字班姐妹各领了角色，赵荞麦自告奋勇接下神婆子这个大反派的角色。果然，赵荞麦扮的神婆子也很惊艳。她顶着一头笤帚疙瘩似的发型，耳朵上挂着红辣椒，手里拿着芭蕉扇，扭动着腰肢的神态，竟和沐水村里的何仙姑有几分神似。姐妹们笑翻了天，都说赵荞麦也有演戏的天分。

林红苗觉得那十天观看演出的经历给了她很大的启发。有一天排练时，她佯装被路上的小石子绊了一跤。辛之华看见了，立刻竖起大拇指说："这个好，你是怎么想到的？"林红苗引以为傲地说："尽管舞台上什么都没有，俺就想这是走在荒山上。俺们经常走荒山上的路，肯定会磕磕绊绊的。""这就是生活基础啊。"辛之华赞叹道，随后，又纠正了林红苗的一些动作，"动作要夸张些。你要瞪大了眼睛斩蛇，一直斩。其间还要抬起头，看看观众。这时候要定住一下，让观众瞧瞧你的威风和神勇。像这样……"

八大剧团在渊子崖村的演出结束后，辛之华带着团队离开了。林红苗则带着识字班姐妹把《童女斩蛇》排练熟练后，在沭水村的戏台上正式公演。戏是土生土长的沂蒙闺女唱的拉魂腔，词是原汁原味的沂蒙土话，博得了老百姓的满场喝彩。第二天，神婆子何仙姑刚出门，就被林红苗她们瞅了个正着，赵荞麦弄了些锅灰，抹到她的脸上，押着她绕庄子转了一圈儿。好长一段时间，那神婆子见了谁都抬不起头，连走路都溜着墙角。

斗神婆子的第三天，林红苗和梁文秋去了神婆子家。各种野草、各种树枝，她家塞得满满当当的，仿佛一个大植物院子。林红苗说都是骗人的玩意儿，作势要扔，急得何仙姑连连吆喝："俺的娘来，这个跟那个煮水喝，能治头晕。"林红苗就放下手里的，又捡起另一个要扔，何仙姑慌忙嚷："这个配生姜煮水，可以治胸闷。"为了证明自个儿没撒谎，她还具体地说出了庄里谁谁吃了这种药治好了。最后，林红苗脸一板地说："看在它们真能治病的分儿上，暂且饶你一回。如果以后再神神叨叨地骗人，定然全烧了。"何仙姑擦了擦脸上的汗，连声道："再也不敢骗人了，再也不敢了！"林红苗和梁文秋这才扬长而去。

待走到一个没人的拐角，梁文秋捂嘴直乐："其实神婆子若不搞那一套鬼把戏，倒有些真本事。""她干吗不堂堂正正行医，非得借封建迷信那一套来唬人呢？"林红苗有些纳闷儿，但想起刚才自己"唬"何仙姑的举动，也笑得弯下了腰。

那天，最开心的莫过于梁文秋了。她简直从心里乐开了花，何仙姑的十几年行医经验被她梁文秋"得来全不费工夫"。她暗暗发誓，一定好好向何仙姑学那一点儿真本事，绝不沾染她半点封建迷信的套路。端端正正地行医救人，才是正道。

郭子路

日子如沭河的水，哗啦啦地朝前流着。芒种过后，就是端午。端午是沂蒙山区采摘药草的好时机，可以折品种繁多的树枝，挖各式各样的野草。端午前，梁文秋就围着沭水村四处踩点，哪块田埂有哪种草，哪条山路有哪种树，都摸得清清楚楚。她说："得赶在太阳出来前采完才好，带着露水的草药，药效更佳。"

端午这天，天还黑蒙蒙的，梁文秋就迫不及待地去喊林红苗，两个人背着空柳筐出了门。路上，晨雾轻拢，四下寂静，偶尔有露珠滴落的声音。因踩点在前，她们采摘得非常顺利，没一会儿工夫就装满了两大筐。梁文秋笑嘻嘻地拍了拍装着车辙菜的那只筐，说："这样可是咱乡间常备的，回去晾干了，谁要是头疼发热，熬上这么一碗药汤，立马见效。"

她俩背着满满两大柳筐药草往家走，忽然在一个路口转弯处，瞧见路边坐着一个男人，正一边揉着脚脖子，一边哎哟哎哟地喊疼。他身材偏瘦，眉宇间透着一股书卷气，旁边摆着一只鞋和一个黑漆漆的照相机。林红苗和梁文秋知道照相机这稀罕物可不是随便什么人都能用的，猜测他可能是记者。

林红苗上前问："同志，怎么啦？"男人愁眉苦脸地说："脚扭了，走不了。"林红苗笑道："这真是想睡觉，来了个枕头。你扭了脚，后面就来个大夫。""大夫在哪儿？"林红苗指了指梁文秋，梁文秋脸红红地走了过来。只见男人的脚脖子肿得像馍馍似的，梁文秋摁了摁，说："还好，不算太严重。俺正好采了些筋骨草，你把它搓烂，敷到脚脖子上，就能缓解不少。"梁文秋从柳筐里翻找出一些开着浅紫色小花的草药，给男人放下，然后抬头看看天空。此时，东方已稍微透出红色，梁文秋有些焦急，扯了扯林红苗的袖子说："太阳快要出来了，咱赶紧回吧？"她俩往前走了几步，男人在后面喊道："我是《大众日报》的，叫郭子路，你们叫什么？"梁文秋转头小声问林红苗："《大众日报》是什么？""写报的地方。"走出很远，梁文秋把手罩成喇叭状，冲男人说："俺们叫识字班！"

没想到几天后，郭子路还真找上门来了。他刚到庄口，就被一群拿着红缨枪的儿童团截住了："站住，干啥的？"郭子路早就见识过这年头庄口的戒备森严，忙满脸微笑道："我去沭水村找识字班的。"儿童团团员可不吃这一套，叉着腰问："识字班的谁？有路条吗？""我有介绍信。"郭子路把照相机背到身上，从挎包里拿出一张纸来。儿童团团员狐疑地互相传看，团长林洪地这会儿正蹲在不远处的地上，用树枝在地上写字，闻声提着红缨枪走过来，接过介绍信翻过来倒过去地看。前几天，有一个汉奸也是拿了这么个印有红印子的纸张来，若不是林红苗见弟弟一直没回家吃饭，过来瞧瞧，揭穿了汉奸的谎言，他们儿童团就被哄了，差点儿丢大脸了。

林洪地说："这个不算，要路条。"郭子路干脆说："路条没有。"话音刚落，林洪地更干脆，接着指挥两个团员："押他去村公所。"左右两个孩童上前，准备一左一右"护送"他走。郭子路急了，赶紧解释："别别别，听我说啊，我这个一直当路条使，我是记者，用照相机当武器；你们呐，用红缨枪当武器，咱们都在为抗战出力。"林洪地把红缨枪往地上一杵，不屑一顾地说："你的道理都没有俺二姐讲得好。"他指着其中一个儿童团团员说："这个汉奸太刁，俺和你一起押他去村公所。"他临走之前，又叮嘱其他儿童团团员："你们好好看着路口，别让汉奸混进咱庄。"郭子路哭笑不得地说："小孩，别汉奸汉奸的，太难听了。我是好人，你们不能冤枉我。"他落到这个警惕性很高的儿童团团长手里，再有能耐，也得被押着进村。

路上，郭子路一想解释，林洪地就用红缨枪戳他，厉声说："少废话！"

他们推推搡搡地往前走着，路上遇见了村长林忠厚。村长林忠厚曾经去区里开会，见过郭子路，一见他就打起了招呼："郭记者？你来俺们庄有何公干？"郭子路回头瞅瞅一脸严肃的林洪地，苦笑道："这不听说你们庄的识字班很先进，想过来采访，谁知被你们庄的儿童团押到你这里了。"林忠厚听了后，爽朗地大笑："我们儿童团是好样的。洪地，他不是坏人，他是《大众日报》采访科的郭记者。"林洪地忽然心中一动："《大众日报》是字最多的地方吗？"郭子路说："当然，还有什么比报纸上的字更多！"林洪地顿时对他起了尊敬之意，但还是小脸一绷地说："虽然俺们村长认识你，可俺还是要给你提两个意见：一个是你自己单独行动，组织观念不强，犯了自由主义；二个是你背着相机，太显眼，防范意识不强，容易暴露。"郭子路连忙点头："对对对，我虚心接受批评。"

"俺将来也要到字最多的地方工作。"林洪地撂下这一句，昂首挺胸地带着那个团员继续放哨去了。林忠厚带着郭子路去往识字班教室，边走边说："山里的孩子鲁莽些，请多担待。"郭子路却跷起大拇指："这个儿童团团长，是棵好苗子。"

识字班正在上课，郭子路就让村长该忙啥忙啥。等她们下课的空儿，他正好可以趁机找一些"素材"。林忠厚谦让一阵，说："那俺先安排事儿去，过会儿来家吃饭啊。"林忠厚走了，郭子路就围着院子转悠，心里盘算着如何写出一篇既有趣又富有深意的报道。他一会儿专注地倾听窗户里琅琅的读书声，一会儿在院子里拍拍照，见什么都新鲜。

识字班终于下课了，林红苗原本正在和几个姐妹说话，突然眼尖地发现了郭子路，惊呼起来："你怎么找到俺们的？"郭子路目光落在梁文秋身上，说："只要有心，就能找到。"

那天，郭子路为了感谢她俩的救命之恩，非要给识字班姐妹拍张学文化的照片。他让庄枣手拿教杆站在黑板前，剩下的识字班姐妹坐在小凳子上作认真听课状。咔嚓一声，郭子路定格下了她们求知的身影；接着，让她们围拢在一起看报纸，又是咔嚓一声；然后，让识字班姐妹排成队伍在小路上走，他说停就停，再一次按下快门；最后，他单独给梁文秋拍了张照片。赵荞麦见状，好奇地往前凑，说："给俺也单独捏一张。"郭子路当即摆手说："这可不能胡乱照，里面的胶卷可贵了。"别的姐妹原本也想让他给照一张的，闻听此言，也就作罢。

临走前，郭子路瞅着梁文秋说："过些天我把照片洗出来之后，给你们送过来。"等他走后，赵荞麦还因郭子路不给她照相而耍着小性子。王凤枝笑说："荞麦，你别生气，他除了给文秋单独捏了一张，咱们都没给捏，俺看他的魂都让文秋勾走了。"林红苗也打趣梁文秋："俺看他是看上你了。"梁文秋的小脸涨得通红："你们胡说啥。"

果真，没过半个月，郭子路再次踏进沭水村，不仅带来了洗好的照片，还捎来一张《大众日报》。报纸上，刊登着识字班在梧桐树下学文化的照片，旁边用醒目的标题写着："妇女学文化，彻底翻了身。"

那张《大众日报》暂时由林红苗收着。她回到家，一骨碌坐在炕沿上，拿着报纸左瞅右瞅，怎么都看不够。直到她娘喊她吃饭，她才把报纸放在饭桌上，去锅屋帮忙端饭。她拿着碗筷刚进堂屋，就见她娘欲把咸菜疙瘩放到饭桌的报纸上，情急之下，她大喊一声："娘——别！"可为时已晚，报纸已经被咸菜汁浸湿了一小块。

林红苗赶紧把报纸拿起来，用袖子擦拭，浸湿的那一小块是庄枣的左胸。很遗憾的是，擦干净之后，报纸还是留下了一块污渍，看上去好似干涸的血迹。林红苗忍不住批评她娘"没文化，真愚昧无知"。刘春兰身为妇救会副会长，早已感受到了没文化的痛苦，看不了报纸，看不了路条，简直寸步难行，就虚心地说："接受批评。"她瞅一眼报纸上的女儿，再瞅一眼面前活生生的女儿，忽然羡慕地说："你们这些会认字的，在过去那可是女先生，人人见了都要作揖行礼呢。以后你也教俺识字，行吧？"

识字班上报纸的消息迅速传遍沭水村。大家很快也都知道了，那个拍照的青年叫郭子路，是《大众日报》的记者。他的穿着和手里拿的照相机，一看就是"体面人"！喜欢东家长西家短的婶子、大娘都说梁文秋找了个"好主""攀了高枝""都算找到天上了"。然而,梁文秋对郭子路的态度却一直不冷不热的。

有一天,郭子路托林红苗捎给梁文秋一封信,林红苗兴奋地冲梁文秋晃了晃,撺掇道:"快拆开瞅瞅他都说了啥,这么鼓囊,得盛了多少话在里面。"谁知梁文秋却只是低垂着眼帘,不肯伸手去接。

晚上,两姐妹吃了饭,一起坐在林红苗家的屋顶上。星星调皮地眨着眼睛,月光下的沐水村仿佛披上了一层神秘的薄纱。林红苗不死心地问:"你看郭子路,有文化,长得也排场,你想自由恋爱,也遂了意,还要啥样的?"梁文秋看着远处不语,林红苗忍不住催道:"行不行,好歹给句痛快话啊。"梁文秋咬了咬唇,终于吐出两个字:"不行。""咋就不行?"林红苗诧异地瞪大眼睛。梁文秋顿了顿,说:"俺和他没有共同语言。"

麦 收

树上的知了开始聒噪起来,声嘶力竭地叫喊着麦熟季节的到来。村庄路两旁的金黄麦穗,在愈发毒辣的阳光照耀下,越来越沉重。那天,林红苗在下课回家的路上,就闻到了那股好闻死了的麦香。她索性停下脚步,用鼻子使劲嗅了嗅,连空气都是香喷喷的。

似乎忽然之间,所有人的鼻子都闻见麦香了,连见面打招呼的声音都多了几分欢喜。对庄户人来说,没有什么比金黄色的麦浪更动人的了。林红苗回到家里,瞧见墙上挂着的镰刀似乎也在跃跃欲试,莫非它也嗅到那令人垂涎三尺的麦香了?

傍晚,林红苗照例去了村公所,看有没有新的任务安排。林忠厚和梁文田正在商议事情,一见她来,村长林忠厚就招手道:"红苗,你来得正好。上级下了通知,为防止鬼子来抢粮,让咱们抓紧麦收。"当晚三人分头传达指令。第二天一大早，人人手提一把镰刀，伏在麦浪间，像群鱼游弋。满地都是刺啦刺啦的声响，那是锋利的镰刀与沉甸甸的麦秆相碰时唱出的赞歌。

午后，地里还堆着不少捆扎好的麦子尚未来得及运回。梁文田和两个青抗先为防日军抢粮，特意将自制的大花土雷埋在通往麦地的道路上。临近傍晚，天色微黑，他们果然见到一些人正在往这边摸来。前面的伪军端着枪，步步谨慎，后面的日军握着刺刀紧紧跟随。让人遗憾的是，那群日、伪军从河滩绕过，没踩上雷区，梁文田在高处束手无策，难道只能眼睁睁地看着敌人去抢麦子？

他略一打量地势，迅速做出一个决定，回头低声吩咐那两个青年："去，赶紧把埋在路边的大花土雷起出来！前面有一片芦苇荡，趁日军还没到，咱们抄近路绕到那边再埋，等鬼子走过去，准能炸着他们。"两个青抗先也利索，立刻飞奔到路上把大花土雷起了出来，依计埋到梁文田指定的地点。埋好后，他们在旁边伏下来。不一会儿，就听到轰隆轰隆几声巨响，大花土雷炸开了花，泥土和芦苇屑在空中旋转翻飞。

日、伪军被这突然出现的爆炸声吓得趴在了地上，半晌不敢动弹，静等好大一阵子，才缓过神来，继续慢腾腾地往麦地方向走去。眼见大花土雷的威力不行，没有吓跑敌人，梁文田一时也没有了主意，只能再一次眼睁睁地看着他们逼近庄稼地。这时，忽然，一阵炒豆般爆响的枪声从南面传来，原来是附近的八路军听到土雷爆炸声，打增援来了。日、伪军终于找准了目标，大声叫嚣着，一边开枪还击，一边朝南边追去，完全忘了这边的麦地。

枪声渐渐远去，火药味渐渐散去。远处，捆扎好的麦子依旧在夜色里，散发着令人心醉的清香。梁文田和那两个青年拍拍身上的尘土，折返回庄。

粮食收获了，庄老六的账房却在这个节骨眼儿上，被日军"请"走记账去了。庄老六自然不敢得罪那群凶神恶煞，只好由着自己那一堆夏收的账目摊在桌子上。他有些发愁：再找谁帮着打理呢？庄枣向父亲推荐了王凤枝。

王凤枝去了庄老六的粮仓，为前来交粮的佃户们记账，忙到天黑也没回家。她婆婆心里犯起了嘀咕：一是担心这么晚了儿媳妇怎么还没回来，二是她不大相信儿媳妇能操持这种巧活儿。她婆婆小脚点点地悄悄去了庄老六的粮仓。昏黄的灯光下，只见王凤枝正专心拨动着算盘珠子，算得有条不紊。她婆婆站在窗外，看了好一会儿，最终没惊动她，悄悄地退了回去。一直到月亮都出来了，王凤枝才晃着酸痛的脖子回家。刚进院子，她婆婆就迎上来："忙了一天，还没吃饭吧？"王凤枝愣了一下，纳罕地看了看她婆婆，不知她婆婆葫芦里卖的是什么药。谁知她婆婆把磨台上扣着的几只碗一一敞开，说："新麦煮的，赶紧喝吧。"凉风习习，王凤枝看着碗面上飘着一层香喷喷的油花，简直不敢相信自己的眼睛。

王凤枝替庄老六打了三天的算盘，挣了一块洋钱。王凤枝把大洋放在桌子上，在昏暗的屋子里明晃晃的。晚上睡觉的时候，她公公吧嗒吧嗒地抽着烟袋子说："这个世界真是翻天了，女人能挣钱，还挣得比男人多！"她婆婆也酸溜溜地接话："这回她更逞强了。不过，再逞强她也是咱儿媳妇，得服咱管。"她婆婆嘴上虽这样说，次日清晨却主动进了锅屋。

自从王凤枝进门，她婆婆就很少给全家人烧火做饭了。饭熟后，她婆婆站在灶口喊："长川屋子里的，吃饭！"一喊她不出来，二喊她还是不出来，她婆婆心里憋气，就跑到王凤枝屋里问："长川屋子里的，俺喊你，你没听见吗？"王凤枝不理她。她婆婆觉得儿媳妇是真的不能敬，这刚对她好了一天，就蹬鼻子上脸了。她婆婆回屋找了扫帚，就提着出来了，大喊："你长本事了是吧？""俺有名字。""你有名字，俺也还要喊'长川屋里的'。""那俺就不搭腔。"她婆婆举起扫帚说："你再顶嘴，俺就是将来跟刘老嬷嬷一样，也非打你不可。"王凤枝昂起头说："你要再打俺，俺就和你儿子离婚。"她婆婆被这句话噎得半天回不过神来，她想着饭桌上四个狼吞虎咽的孩子，不信王凤枝会做出拽起耳朵牵动腮的事情，就说："你还翻天了不成？""你落下来试试。"她婆婆看了看王凤枝那丝毫不退让的目光，忽然把扫帚一摔，气急败坏地走了。

那天，王凤枝婆婆连香喷喷的麦糊豆也不想喝了，坐在自己的屋里怅然若失。她恍惚想起当年自己当新媳妇时，也曾被婆婆举着扫帚打得满院子乱跑。三十年媳妇熬成婆，怎么到了自己手里，扫帚就没有用武之地了呢？屋外，月光洒落在地上，照着院子里那把孤独的扫帚，似乎在昭示着一段旧日时光已黯然远去。

筹　粮

庄里为感谢八路军替他们打跑了日军，召开了筹粮大会。

林红苗家、梁文秋家、赵荞麦家都率先把粮食捐上了，唯独庄老六家迟迟没有动静，庄枣着急地不停催问："爹，若不是八路军把鬼子和狗汉奸赶跑，咱家的粮食恐怕早被抢走了。""你放心，你个丫头都知道进步，你爹我岂能不知？""那怎么还不捐？""你爹我出手能和他们一样吗？我看看他们捐了多少，我要捐成咱庄头一份儿。"

庄老六派了一辆独轮车把粮食拉到送粮点。梁文田正好在那里动员已经交完粮的再多献出一部分口粮支援八路军。闻听此言，庄枣对着一众人大声说："我家地窖和夹层里还有两缸粮食，我们也捐出来。"闺女都讲了，庄老六岂能再说不同意的话？可他纳闷儿啊，他那个声音小得像蚊子，胆子小得连一只蚂蚁都不敢踩死的女儿，变化怎么那么大呢？庄老六心疼得直吸凉气："你这个不知冷暖的丫头片子，那是咱家应急用的粮食，等到明年春天，你就吃野菜吧。"庄枣理直气壮地说："吃野菜就吃野菜，要是没有八路军打鬼子，咱可能连命都没有了呢！"

庄老六果然捐成了庄里的头一份儿。傍晚，庄老七提着一只烧鸡来到了庄老六家。算起来两人还是本家。庄老六找出他家酒坊酿的高粱烧，两个人把八仙桌往院子里一搬，有酒有肉地喝起来。酒过三巡，他俩喝得都有些醉了，就说起了体己话。庄老七朝前凑了凑，压低声音说："你猜今夏的收成，我卖了多少钱？"他不等庄老六询问，伸出四根手指头，志得意满地眨眨眼睛，"你是自家人，不打诳语，洋钱是这个数。剩下的粮食，也够我明年吃香的喝辣的。"庄老六给自己的杯子里斟满酒，不以为然地说："我若不捐那么多，不比你差的。"庄老七抬抬眼皮问："你到底咋想的？为了那些泥腿子，怎舍得把家底子都捐了呢？"庄老六苦笑道："谁叫我摊上一个'进步'的闺女呢。"借着酒劲儿，他开始大倒苦水，说当初把庄枣送进识字班，本意是想让别人认为他并不是"老成见"，哪承想一向温顺听话的闺女，进识字班不到一年的工夫，脱胎换骨了，像换了一个人似的，拿着共产党八路军比他这个亲爹还亲。庄老六举起酒杯，咻溜一口闷了："只能说，那个叫辛之华的女人厉害，不，共产党八路军厉害。"庄枣坐在一旁乘凉，很认真地插嘴说："我比另外的识字班还差得远呢。"庄老六说："你听听，你听听，她还嫌她爹捐的不够呢。"

但见自己一向看不上眼的庄枣都这么积极筹粮，并且成了全庄捐粮最多的户主，王凤枝自然也不甘落后。她家本已按要求捐了，她还想再多捐一些。可自从王凤枝偷偷用半袋白面换了一个算盘之后，她婆婆把家里的粮食全锁在自己屋里，防得严严实实。她只好趁她婆婆推磨的时候动员她。王凤枝推着磨棍，边转圈儿边说："人家庄老六把地窖和夹层的粮食都捐了，你呀，是个落后分子喽！"

她婆婆往磨眼里添了一把麦子，说："别看庄老六是咱庄数一数二的富人，却也是一等一的小气。"她婆婆讲起了庄老六的吝啬故事，说庄老六酒坊里的伙计，想在屋里偷吃粮食，总会先往院子里撒一把黄豆。那样庄老六来检查的时候，就不会先进屋，而是蹲下身子仔仔细细地把黄豆一粒一粒地捡起来。等他捡完，伙计不仅吃饱了，嘴也抹干净了。她婆婆停下脚步，说："这个视粮食为命的铁公鸡，真舍得再捐两大缸粮？俺不信。"王凤枝也停了下来，耐心地等着她婆婆把磨台上撒的几粒麦子一一拾进磨眼里，然后说："俺亲耳听见庄枣说的，要再捐两缸。"她婆婆还是不信："他庄老六若真再捐两缸，咱就把咱家的口粮，再拿出一半。"

王凤枝高兴得直拍手，不自觉地加起了劲，弄得另一边的她婆婆跟趄起来。她婆婆正准备开口骂她，正巧外头有个壮汉推着独轮车经过，庄枣跟在后头。只一闪而过的空儿，她冲着正在推磨的王凤枝开心而又骄傲地笑了一下。王凤枝放下磨棍，指着门外让她婆婆看看。婆媳俩出了院门，像大鹅一样伸长了脖子。王凤枝瞅着庄枣的背影，看着她迎着冉冉升起的朝阳，像镀了一层金似的，浑身发出耀眼的光芒。婆媳俩一直瞅着庄枣和推粮食的壮汉拐了弯儿，才收回了目光。王凤枝婆婆嘟囔着："俺娘来，还真是的，这个铁公鸡都有这个觉悟了，俺也不能当老落后。"王凤枝婆婆终于默许王凤枝再捐一些粮食。庄里其他原本正犹豫的人家，也在庄枣父女和王凤枝婆媳的带动下，加入了捐粮行列。

蝗　灾

自打立秋过后，天空就像被谁扼住了喉咙似的，再没吐出半点雨星子。到了九月，依旧连一滴雨都没落下。靠天吃饭的庄户人都急疯了，后山的龙王庙的香火顿时又旺了起来，到处都是求雨的老百姓。大雨，只要下一场大雨，庄稼就能脱离旱灾，老百姓就不用为秋种忧愁了。何仙姑又把她那一套牌位供奉起来了，整日在庄里上蹿下跳，像蝴蝶穿花似的散布一些谣言。识字班姐妹去和她理论，她却翻着白眼说："既然你们这几个丫头片子这么能，有本事让老天下雨啊。"一句话把识字班姐妹噎得哑口无言，她们只得讪讪而归。

这日，林红苗去村公所的路上，忽然发现沭水村的上空聚集了许多绿蚂蚱、黄蚂蚱，好生奇怪。进了村公所，和林忠厚、梁文田提起了此事。见多识广的林忠厚大叫一声："不好，怕是要闹蝗灾了！"

村长一副大祸临头的样子，指挥梁文田和林红苗抓紧时间通知全庄男女老少，立马去田里收割庄稼，玉米、高粱、花生等，包括蔬菜，不管成熟或者不成熟，赶紧收割。梁文田和林红苗没经历过蝗灾，不知道蝗灾的厉害，觉得小小的蚂蚱还能有多大的能耐，真是小题大做。林忠厚的眼瞪得比铜铃还大："奶奶的！抓紧去，老子走过的桥都比你们走过的路多！"两个青年人从没见过村长发这么大的火，赶紧吹哨召集青抗先和识字班，挨家挨户地去通知。

虽说还不到秋收的时节，可迫于警讯，庄户人只得拿着镰刀、锄头，匆匆忙忙地去地里把玉米、高粱、花生乃至尚未成熟的青菜一并收回去，收获回家的粮食自然不尽人意。有的全家一起上阵，很快地里就如同胡子一般被刮得干干净净。有的看到自己家那么一大片地，仅仅收获了几十斤粮食，对村长就生了怨言；更有的干脆不当回事，不相信小小的蝗虫能吃光庄稼，还一棵草、一片叶子都收回家，至于吗？

然而，仅仅过了两天，天空中像乌云一样翻滚而来了不计其数的蝗虫，铺天盖地地飞进田里、飞到树上、飞到屋顶上。几天间，原本还有些绿意的田野被啃得精光，甚至就连枯草、房顶上的麦秸都消失得无影无踪。那些原本抱着侥幸心理的人，坐在比脸还干净的田野里捶胸顿足，咒骂着挨千刀的蝗虫。

如何让庄户人把寒冷的冬天和来年的春荒熬过去，成了摆在村长林忠厚面前最大的难题。他把梁文田和林红苗叫过来商量对策，商量来商量去，也想不出稳妥的法子。正当他们愁眉苦脸的时候，赵家庄据点的汉奸头子赵化斋派二十多个伪军送来一张催命似的纸条："限三日之内把下列物品送到据点：肥猪12头、小鸡100只、白面400斤、大洋1000元。否则，后果自负。"

那张条子摊放在村公所的桌子上，屋子里坐着庄里的男劳力，识字班正好在上课，没赶上这场会议。林忠厚问梁文田："你说咋办？"梁文田一攥拳头："俺说不给。"其他人一致附和："今年蝗灾闹成这样，大家都揭不开锅了，他们还趁火打劫！""这伙汉奸简直比蝗虫还毒，这不是要咱命吗？"

"这赵化斋欺人太甚！俺的意思也是，他想好事呢！"林忠厚一把拿过条子，三下两下撕成了碎片，对梁文田说："你去找老私塾，让他写个回条，就这样写：奶奶的赵化斋，你要的猪、鸡、面、大洋都备下了，来拿吧！来一个，杀一个；来两个，杀一双！"

梁文田领命，接着就去了老私塾家。老私塾正在院子里看书，听了他的来意，顿时变了脸色，说："我胳膊还没好利索，写不成字啊。"他还卷起袖子让梁文田看他的伤疤。"不用非得把字写端正，能看懂就成。"老私塾无法，只好进屋，磨磨蹭蹭地准备好纸墨，抖抖索索半天，笔都拿不牢，更别提写字了。梁文田在旁边急得抓耳挠腮，却无计可施。

老私塾满脸歉意地送梁文田出门。回屋后，老私塾的老伴儿纳闷儿地问："前几天你不是还练字吗？今个怎么就拿不动笔了呢？"老私塾双腿打着哆嗦说："日、伪军都是恶魔，不是人，咱惹不起啊。"原来，老私塾上次被日军一枪打中胳膊，吓破了胆，这个条子他不敢写，生怕遭到赵化斋的报复。

其实，梁文田也猜出了老私塾是有意躲避。回到家，就大骂老私塾胆子比老鼠还小，大骂自己笨蛋，他曾在灯校扫过盲，也认识了仨俩字，可是不会写，否则还用求人写回条吗？梁文秋正在烧火做饭，从锅屋探出头来说："哎呀，芝麻点小事。他不敢写，俺们识字班敢。"

她哨子一吹，识字班姐妹迅速赶到教室。大家聚在一张土课桌前，一致推举林红苗执笔，林红苗也不推辞，铺上纸，抬笔即写："奶奶的赵化……"写到这儿，她抬起头来，问众人："'斋'字怎么写？"其他姐妹摇头，都转头看向庄枣。庄枣就写了一个"宅"，林红苗摇头说："这个'斋'字，俺曾经见过，好像不是这样写的。"庄枣又写了一个"窄"字，林红苗还是摇头说不像。一连写了几个，林红苗都摇头说横看竖看都不像。忽然，她想起来她为啥对这个字这么熟悉了，她爹叫"林凡斋"，名字里就有这么一个"斋"字。于是，她放下笔说："等会，俺回去问问俺爹。"林老汉虽然不识字，不过老私塾曾经给他写过名字，他翻箱倒柜找出那张纸，林红苗专拣"斋"字看。待重新回到教室，庄枣先凑过来瞅："哦，原来是书斋的'斋'。"林红苗则很生气地说："奶奶的，俺爹竟然和大汉奸使用同一个字，真丢人！"

不多时，那封杀气腾腾的回条就送到了村公所。林忠厚一边派人把条子送到赵家庄据点，一边指挥梁文田召集自卫队队员，分守在南北城楼上，严阵以待。

渊子崖村

已是十月底的天气，一早一晚已显凉意，自卫队队员们纷纷翻出各自长短不一的旧棉袄和大褂，系根草绳在腰上，彼此看着，面露惭色。他们曾经跟在青抗先后头嘲笑人家是"破衣队"，现在自己也成"破衣队"的一员了。

一天，八路军派人来庄里训练和指导自卫队怎么对付敌人，内容有队列、拼刺、投弹和射击。刚开始，大家对队列训练不以为然，直呼那是"花花架子"。带队的八路军指挥员很严肃地说："队列训练是为了让你们时刻记住，你们是一个团体，不能意气用事，不能个人逞勇。"果然，队列训练完毕后，这简简单单的稍息、立正、齐步走，让这些日常面对镰刀与锄头的庄稼汉们，精气神提高了一大截，彼此之间生出一种同甘共苦的团结感。

紧接着是拼刺训练。八路军指挥员带领大家在村口那棵大柿子树下扎起了几排稻草人，上头写着"日本鬼子""狗汉奸"等字样，让队员们拿着木柄刺刀对着猛扎猛刺，激发血性与勇气。投弹训练就更让人振奋了，八路军指挥员说，真打仗时，若能集中甩出一串手榴弹，威力不亚于一门大炮。

射击训练时，由于枪支紧缺，村长林忠厚决定先让青抗先练习，笑称："咱们要向妇救会看齐，青抗先年轻，打主力；男劳力搞配合，咱们一起把日本鬼子赶出去！"这番训练下来，每个自卫队队员都抱着木柄刺刀嗷嗷叫，恨不得立即和敌人拼一个你死我活，来一场浴血奋战。

谁知赵化斋一直没来沭水村。但十二月十七日传来渊子崖村痛打赵化斋的消息。林忠厚派人去打探详情，回来的人绘声绘色地讲述渊子崖村自卫队如何痛打赵化斋。

原来赵化斋早前派人给很多村子送去要钱、要粮、要物的恐吓条子，结果被好几个村子严词拒绝，其中就包括沭水村和渊子崖村。赵化斋恼羞成怒，决定先拿实力最强的渊子崖村开刀。他认为若是实力最强的村子都怕了他们，其他的还不得乖乖地臣服？于是，他带着二十几个伪军，趾高气扬地去了渊子崖村。岂料他们早有防备，直接关上大门，让他们吃了个结结实实的闭门羹。赵化斋站在城外拿着喇叭喊话，威胁说渊子崖村勾结共产党，本该立即剿灭，可他菩萨心肠，给他们一个改过的机会。只要交出粮食、猪肉和大洋等，就不再追究，否则，等攻进去，不论男女老少，统统格杀勿论。

连喊了半天都没人应声，赵化斋又让副官出面喊话。这时，城墙上冷不丁飞出一颗子弹，砰的一声击中副官额头，那副官立刻直挺挺地扑倒在地。其实那子弹原本是要取赵化斋性命的，谁知他命大没打着，不过也把他吓了个够呛，矮胖的身子一下子摔倒在地。待站起来，他恼羞成怒地叫嚣："敬酒不吃吃罚酒，开火！开火！……"此时自卫队民兵早已躲在暗处，伪军白白浪费了一些子弹。等他们架梯子想爬城墙时，村里人便抢起石头猛砸；伪军又用圆木撞门，民兵则用五子炮还击。折腾了大半天，伪军伤者众多，狼狈地逃回据点。

听完了打探来的故事，沭水村自卫队欢欣鼓舞之余，个个摩拳擦掌，说："若是敌人敢来咱们这儿，咱们也要学渊子崖村，给他来个迎头痛击！"

傍晚，沭水村自卫队的民兵站在城楼上，时不时能见到被冻死的喜鹊和山雀。生硬的小北风刮得脸生疼。他们暗自嘀咕，这么冷的鬼天气，日军还会出动吗？那时的他们并不知晓，日军早在十一月初就纠集了五万大军，准备对沂蒙山区进行大规模"扫荡"，把八路军彻底蚕食掉。

理　想

　　暗流在寒风中涌动，杀机四伏。第二天早上，大雾，整个沭水村白茫茫一片。林红苗往外泼洗脸水，就看到了两个人，抬着担架向她家这个方向跑来，因跑得急，<u>丝丝缕缕</u>的白雾在他们身边像小白蛇一样乱窜。林红苗心中咯噔一下，撒腿奔到大门口，怔怔地看着。人和担架越来越近了，只见担架上躺着一个伤员，盖着一床棉花都露在外面的破被子，肚子却高高地隆起。林红苗紧跑几步迎上去，就看到了一张熟悉的脸，竟然是好几个月没见的辛之华。她手中的脸盆啪的一声落了地，骨碌骨碌滚出老远。她顾不得去捡，扑到担架前焦急地问："出啥事了？出啥事了？"担架上的辛之华半睁着眼，勉强喊了声"红苗"，眼神热烈起来，却已虚弱得说不出更多的话来。

　　抬担架的其中一个男人简单地告诉林红苗，是前面的八路军把辛之华交到他们手里的，说她所在的部队遭到了敌人的包围，她正临近生产，却依然坚持随队战斗，不想腿部受了重伤。战友们一路抬着她突围，本想送她去医院，可医院随部队转移了，怎么找也找不到，实在没法子，只好把她送到沭水村来了。

　　林红苗赶紧让来人把辛之华抬回家，林大娘立刻钻进锅屋烧米汤。那两个抬担架的人眼见安顿好了辛之华，就要走。林红苗关切地说："等锅开了，喝口热乎的再走。""不了，我们再出去看看，有没有其他活着的伤员。"米汤烧好，林红苗舀了一勺，轻轻吹凉，喂到辛之华嘴边。辛之华喝了几口，方有了些力气，说："快……把我抬到山洞里……万一鬼子发现，咱们来不及撤。"

　　此时，林老汉在城楼站岗，林洪地在村口放哨，刘春兰裹着小脚，都没法抬着担架翻山越岭，林红苗赶紧出门去找庄枣。她之所以没去邻居家找梁文秋而跑去找庄枣，是因为庄枣平时做啥事都慢吞吞的，总是拖识字班的后腿，虽然她已经勇挑小先生重担，可识字班姐妹平时还是不愿和她搭档，身为识字班队长的林红苗当然要义不容辞地和她结为一组。再者，林红苗还有她的考虑，梁文秋稳重踏实，留在庄里，万一有什么突发状况，能应对过去。

于是，林红苗和庄枣一前一后抬着辛之华，跌跌撞撞地上了山。林红苗从小生活在沐水村，对附近的地形，包括一草一木都了然于心。她们找了一个极为隐蔽的山洞，乱石交错，洞口左上方还有个小孔可以观察外面。安置好辛之华，庄枣回家了一趟，拿回来一些纱布、煮熟的地瓜干和花生米，甚至还带来了一盒洋火。山上黑黝黝的，没有一丝亮光。

第二天傍晚，她们三个忽然听到洞外传来日军嘶哑的喊叫声。林红苗小心地趴在那个小孔上往外瞧，只见几个日军正端着枪四处搜寻，还用生硬的口音大声喊着。他们都已经走到洞顶的大石板处了，林红苗冷汗涔涔。她担心敌人发现洞口，想冲出去把他们引走。辛之华小声示意："等一等，沉住气！"

天快黑了，暮色像被晕染了的墨一样笼罩山林，洞口不远处，日军见一时搜不到人，索性在洞口不远处生了火，做起饭来，跳跃的火光映进洞里。洞外时不时传来日军的说话声，吓得林红苗和庄枣大气都不敢出。躺在担架上的辛之华侧耳听了听，判断他们只是暂时停留，她安抚着两姐妹："别怕，咱们不要弄出动静。"不知过了多久，外头的喧闹声逐渐平息，林红苗又趴在小孔上观察，只见那伙人晃晃悠悠地下了山。又过了一会儿，天全黑了，寒星微微闪烁，夜晚如同巨大的幕布，把整座山笼罩其中。辛之华说："警报解除。"

辛之华吃了些食物，精神明显好了许多。那天晚上，她们生起了火。在火堆微弱的光亮中，她跟林红苗和庄枣讲起了自己的经历，讲她是如何从一个家庭环境舒适的女学生成长为共产党员和八路军战士的，如何在枪林弹雨中与同志们并肩战斗的。辛之华问："你们有理想吗？"林红苗和庄枣不知所措，都摇摇头。"人没有理想怎么行呢？"庄枣问："那你的理想是什么？""我的理想，就是等革命胜利后，到一个鲜花盛开的村庄里，当一名小学教员，教书育人。"辛之华的眼睛在火光的映照下闪烁着动人的光芒，那是心中的光从眼睛里流出来了。庄枣问："那你不怕死吗？""革命为了什么？不是为了活命，而是为了国家的新生、亲人的安全、后人的幸福。既然如此，我还怕什么？哪怕我倒下去，也能唤起更多人的斗志。"辛之华一只手拉着林红苗，另一只手拉着庄枣，"我真高兴，识字班姐妹中的你俩，还有文秋、荞麦、凤枝，都成长起来了。"

辛之华一口气说了这么多，气力不支地靠在岩壁上休息。但她一脸热烈的表情，仿佛太阳在落山之前，把照亮人间的重任交给星星和月亮一样。

救伤员

林红苗和庄枣在山洞里悉心地照料着辛之华，山下的梁文秋从刘春兰嘴里得知此事，很担心她们的安全，有心去探望。可所谓万里如海一身藏，她们具体在哪个山洞，刘春兰也不清楚。梁文秋暗暗告诫自己别乱了阵脚。于是，内心虽如热锅上的蚂蚁一般焦急，脸上却始终保持着镇定的模样。

可仅仅坚持了一天，她就绷不住了。这天，离沭水村十几里外的渊子崖村，从上午开始，就不断传来炮声、手榴弹爆炸声和地雷轰鸣声。那汉奸赵化斋在渊子崖村吃了小亏，添油加醋向日军告了状，于是日本人出马攻打了渊子崖村。

沭水村里的男人分成两拨，梁文田带一拨留守庄里头，站岗、埋雷；村长林忠厚则率另一拨卸了门板，扛着去了渊子崖村支援。身为主心骨的林红苗不在庄里，梁文秋、王凤枝、赵荞麦只有四处送信，请各路同志援助渊子崖村，可都无功而返。有什么办法呢？整个山区正陷入日军大"扫荡"中，到处都是敌人，驻扎在这一带的八路军正在别处和日军作战。她们三个东跑西跑了一天之后，站在庄口的十字路口抱头痛哭，最终只能无奈散去。

天黑时分，枪声渐渐停息，梁文秋跑去门口张望了好几回，终于看到支援前线的回来了。然而，他们并没有像以往那样，提着担架，欢声笑语地拥着村长大步流星地走回来。反倒是抬着担架，担架上躺着鲜血淋淋的村长。原来，林忠厚在抬伤员的时候，被一枚飞来的子弹炸伤了腿。他们急慌慌地抬着担架，直奔村长家去了。梁文秋愣愣地站在原地，忽然产生了一个念头：去渊子崖村看看情况。

她没有惊动王凤枝和赵荞麦，姐妹们白天四处送信奔波了一天，已是筋疲力尽。虽然天黑得像一口铁锅扣在头上，路上来来往往的人却很多，都是附近的去帮忙的老百姓。梁文秋在横七竖八到处都是尸体的小道上，深一脚浅一脚地走着。她越走越心惊，战战兢兢地打着灯笼，照照这个，看看那个。走到庄西头的沟边，她发现沟底还躺着二十多具尸体，咬牙跳下去，用灯笼照照每个烈士的脸，用手摸摸每一个烈士的胸口。忽然，她摸到一个男人的胸口有轻微突突的声音，赶紧喊："同志，同志。"喊了两声，不见男人吭声。她也不知道自己哪里来的力气，毫不迟疑地把他背起来，脚步踉跄地就朝西边的鸡鸣山上跑去。到半路，阴了一整天的天空，飘起了雪花，寒风呼啸而至，比生铁还硬，砸在身上又冷又疼。

冰雪连天，山路崎岖，梁文秋不知跌倒了多少次才把伤员带进山洞。等她适应了黑暗，才看清楚她救的竟然是徐闯。徐闯在鲁中党校结业后，担任临东县县委宣传部部长。他到沭水村开展工作时，梁文秋见过几次，激昂的演说、渊博的知识，让她很钦佩。如今，徐闯满身血污，神志不清。有着从医经验的梁文秋知道，若想挽回他的性命，得先让他喝口水。出了洞口，雪花漫天交织，整个山间一片素白，仿佛在为渊子崖村的老百姓戴孝。她深一脚浅一脚地跑回沭水村，家里人都睡下了，给她留着门。她去锅屋烧了热水和米汤，把自己炕上的被子也一并带走。虽然当时食盐极其珍贵，家里炒菜都不舍得多放，但她还是毫不犹豫地拿走了盐罐子。梁文秋冒着风雪再次跑到山里，徐闯仍旧昏迷不醒。她一勺一勺地往他嘴里喂水，可他嘴唇紧闭，水顺着嘴角流个不停。她不敢气馁，只能一遍一遍耐心地重复着这个动作。终于，徐闯的嘴角微微张开了，水顺利滑入口中。他似乎发出了一声含糊的嘶哑喘息，梁文秋这才稍微松了一口气。

接下来数日，梁文秋几乎都没怎么合眼。徐闯一直在生死线上徘徊，他的胸前血污成块，一动就往外冒血，她不断用盐水给他清洗伤口，换上干净的布条包扎起来。他时而清醒，时而昏迷，第三天竟然发起烧来，惨白的脸上出现黄青色，急促地呼吸着。梁文秋昼夜不停地护理着，直到第五天，他的烧才慢慢退下去，可还是意识不清，气息微弱，双手时而胡乱挥舞，时而口中大喊"打！报仇！"一场生死的考验在山洞里一点点艰难地延续着。

梁文秋救徐闯一事，瞒得了外人，可瞒不了家人。她一次又一次跑回家拿吃食，有一天梁大娘截住了她，叹了口气说："你一个大闺女背着个男人，还和男人一起住在山洞里，这要是传出去，谁家还敢娶你啊。"梁文秋一边往罐子里倒米汤一边说："若真有婆家，因为俺救人而嫌弃俺，俺宁愿不嫁。"梁大娘还想跟她掰扯点什么，梁文秋又说："娘，你别拦俺了，这会儿俺救了别人家的儿子，将来你的儿子也会被别的闺女救的。"梁大娘怔怔地看着她抱着瓦罐、背着半筐草药，头也不回地消失在风雪夜中。

华　胜

这天傍晚，梁文秋抱着一罐热米汤刚出门，就和林红苗撞了个满怀。"文秋，赶紧跟俺走。"林红苗拉着梁文秋就跑，边跑边说，"俺找了好几趟了，都没见着你人影。你上哪儿去了？"梁文秋边跑边气喘吁吁地把救下宣传部部长徐闯的事简单地说了个大概。林红苗说："咱们现在就去找荞麦，让她先去照顾徐部长，你得跟俺走。辛老师快生了，你得给她接生去。""什么？辛老师快生了？"梁文秋傻了眼，"什么接生？俺不会啊。"林红苗不由分说地拉起她就跑："你是大夫啊，快走，来不及了。"两人一路跑到赵荞麦家，梁文秋把柳筐和瓦罐交给她，指了指鸡鸣山的方向，说："洞口有一棵歪着长的松树，快去。"来不及细说，梁文秋就被林红苗连拉带拽弄走了。

此时，大山山洞里，庄枣已经点起了油灯，烤热了剪刀。她焦急地趴在小孔上往外望，林红苗回去叫梁文秋去了，怎么还不来啊？旁边，辛之华疼得一个劲儿地低声呻吟，大冬天的，豆大的汗珠顺着湿漉漉的头发往下滚，难怪有俗语说"天上的菩萨，地上的母亲"。吓得庄枣攥着她的手，声音发颤："辛老师，您一定要坚持住啊。"仿佛过了一辈子，终于，洞口一暗，林红苗和梁文秋来了。庄枣赶紧迎上去说："你们可来了，我已经用锅煮了剪刀。"梁文秋忙问："你煮剪刀干啥？"庄枣有些迷糊："不知道哇，辛老师让我煮的。"林红苗说："俺知道，消毒。"梁文秋拿着滚烫的剪刀结结巴巴地说："好，好，小孩……从哪里出来？"三个人互相对视，都犯了难。是啊，小孩从哪里出来啊？辛之华开了口："我怎么说，你们就怎么做。"

漫长的黑夜在阵阵疼痛与匆忙中度过，折腾到拂晓时分，孩子终于生下来了，先是头，跟着小手、小脚，是个男娃。看到孩子的那一刹那，几个人热泪盈眶。生命如此美丽奇妙啊，让黑暗的山洞像初升的太阳一样散发出耀眼的光芒。林红苗脱下棉袄，手忙脚乱地把孩子包住，递给辛之华。辛之华望着这个新生儿，眼神瞬间柔和下来，眉宇间带着说不出的慈爱与欣喜，喃喃地说："孩子，我的孩子。"林红苗擦着泪水说："给孩子起个名字吧。"辛之华想了想，坚定地说："就叫华胜，我们的中华一定会胜利。"

小小的华胜哇哇地啼哭起来，声音很羸弱。辛之华恋恋不舍地看了一阵自己的儿子，抬头对三个姐妹说："你们把华胜带下山，给他找个好人家，留在这里，恐怕活不下去。"她们三个彼此对望，这阴冷潮湿的山洞确实不适合新生儿。林红苗说："俺抱回去让俺娘养着，免得你将来寻他，找不到。"辛之华虚弱地点点头，又把华胜捧过来，依依不舍地看着，眼神里满是难舍难分。忽然，她咬破了自己的手指，放进了华胜的嘴里，喃喃地说："孩子，你生下来没喝妈妈一口奶，那就吸一口妈妈的血吧。"

辛之华和识字班三姐妹一共在山洞里熬了十二天。这十二天里，姐妹们又有了新的觉悟。她们原本以为识了字，放了脚，剪了辫子，唱唱跳跳就算革命，谁料从辛之华身上见识了真正的血与火，才明白"革命"二字远非想象中的那样轻松。尤其是庄枣感触最深。她最初加入识字班是被动的，若不是那个叫刘中松的青年因为她落后而退婚，她怎么会进识字班呢？庄枣从小就学习了琴棋书画，再从"山上有只羊"开始学起，真心觉得枯燥乏味，并且还经常受到王凤枝的冷嘲热讽。她常常迷茫、彷徨，怕这怕那，不知道一辈子为了什么。而辛老师与她的家庭相似，却能够为了革命理想，不惜牺牲一切。庄枣的眼睛开始变得明亮，眼神开始变得坚定，她终于找到了学习的榜样。当一个人清楚了为什么活着时，就什么都不怕了。

和辛之华短暂相处的十二天里，庄枣觉得自己的人生之路，一天比一天清晰，一如黎明前那抹微光，虽然微弱，却足以指引她勇敢地往前走。

被　俘

再说赵荞麦那边。那天晚上，她拎着草药和吃食，顶着刺骨的寒风，一路沿着梁文秋所指的方向，左转右转颇费了些工夫，才找到那棵歪脖子松树。刚到洞口，她就看到寒冷的月光下，徐闯昏迷在洞口。后来她才知道，原来是他清醒的时候，想找水喝，糊里糊涂地爬出了山洞。赵荞麦吓出一身冷汗，倘若日军搜山，岂不是没命了？她忙抖了抖护耳帽，弯腰小心地把徐闯背回洞里，给他敷上草药，又往他嘴里灌了几口米汤。

在梁文秋这些天的精心照料下，第二天早上，徐闯竟慢慢睁开了眼。他的眼珠四下转转，只见昏暗的山洞里，有一个戴着护耳帽的男孩正在忙忙活活。男孩的护耳帽也不好好戴着，一边翻上来，一边耷拉着，他知道是此人救了他，就虚弱地开了口："谢谢你，小兄弟。""你醒啦？"赵荞麦抬起头来说，"啥？俺是女的。""对不起，对不起。"徐闯慌忙道歉。

一天，太阳从山峦的背后升了起来，洒下万道金光，有些地方还有冰雪未融化，被照得晶莹剔透的，赵荞麦把徐闯从山洞里背出来晒晒太阳。躺好之后，徐闯的身子在地上蹭来蹭去。赵荞麦疑惑地问："你在干吗？"徐闯不好意思地说："身上刺痒难忍。""你身上肯定长虱子了。趁太阳好，脱了棉袄，俺给你逮逮。"赵荞麦说着就去扒他的棉袄。徐闯扭捏着不肯脱，可是他身受重伤，稍微一挣扎，就会牵扯到伤口，忍不住低声呻吟起来。"瞧你怎么跟个大闺女似的，"赵荞麦不满地说，"俺经常给俺三个哥哥逮虱子的。"只见赵荞麦把他的棉袄抱在腿上，刚反过来，就啧啧连声："你看这里有一窝，这里还有一窝，不痒痒才怪呢。"她低着头，快速地用两个大拇指一挤，咯嘣咯嘣连声。"虱子遇见俺，算倒血霉了，估计你这回痒痒就轻了。"徐闯躺在阳光下，两眼望着这个戴着护耳帽像极了男孩的姑娘，但见她的双手在他的棉袄里游走着，时不时快速地用两个大拇指一挤，他的鼻子一酸，眼泪就滚落下来。赵荞麦抬起头来瞅着他，小心地问："伤口又疼了，是吗？"

与此同时，另一座大山里，三姐妹小心翼翼地照顾着刚产下婴儿的辛之华。她只能躺着，腿部的伤加上产后恶露，浑身已散发出一股臭味。这天，辛之华说："你们把我抬出去，洗个澡换身衣服吧，我觉得身体快要烂掉了。"三姐妹商量一番之后，决定下山，把她抬到林红苗家里。正在换衣裳的时候，庄里传来尖锐的哨声，那是日军搜山的预警声。姐妹们连忙合力把辛之华再抬上担架，往外突围。山路崎岖，行走艰难，刚跑出百十米，敌人就追上来了，机枪打得旁边的石头火花四溅。辛之华强忍疼痛，大喊："放下我，你们快走！"姐妹们坚决不肯，辛之华眼看日军越逼越近，拔出手榴弹，喝令："执行命令，我掩护你们！"说罢，她朝日军扔出第一颗手榴弹。硝烟翻滚中，姐妹们含泪将她放下，朝西边狂奔逃离。敌人见状大喊："抓活的！"辛之华挣扎着丢出第二颗、第三颗手榴弹。手榴弹扔光了，辛之华被俘了。

几天后，敌人据点的城门上挂起了辛之华的头颅。得知噩耗后，庄枣央求自己的父亲用重金疏通，把她的遗体带了出来。虽然遗体血肉模糊，没有头颅，但庄枣还是一眼就认出了辛老师腰间系着的那条苏联产的皮带，那是她与张光明的爱情信物。庄枣悲痛万分，泣不成声，又让父亲买了口棺材，将辛之华安葬在她家东面的树林里。

安葬那天，张光明闻讯赶过来，站在新坟前，一字一句地说："以牙还牙，以血还血，让我们一直斗争到胜利！"他去林红苗家看了看刚出生的小华胜后，化悲痛为力量，奔赴前线继续战斗。

自从小华胜住进了林红苗家里，林红苗娘俩每天多了一件事：拿着空碗，挨家挨户寻母乳。全庄人都知道华胜是烈士之子，常常宁可自家孩子少吃些，也要挤些奶送去。比如，李大嫂一见林红苗提着空碗到她家，欣喜地迎上前说："你来得正好，俺还没给孩子吃呢！"李大嫂解开衣服，把碗凑近怀里挤奶，旁边刚满五个月的孩子躺在炕上哇哇啼哭。再比如王二嫂，见林红苗提着空碗到了她家，敞开胸脯，挤了老半天，奶也才刚盖过碗底，满脸愧色地说："这几天，饭吃得不好，奶水少。你等等，晚上俺多喝点菜汤，挤出来再送过去。"果然，到傍晚，她端了半碗奶就过来了。

日、伪军对沐水村的拉网搜查终究来了。他们进庄后，一路自南向北挨家排查。端着刺刀的日军嘴里一直喊着，不放过任何一条街，不放过任何一户人家。那天，一个日军带着两个汉奸闯到林红苗家，四下翻找一番，没有任何可疑物品，正要离开，里屋传来小华胜哇哇的哭声。汉奸瞬间警觉地问："谁的？谁的孩子？"当时全家都傻眼了。

这时候，林红苗挺身而出："俺的。"她进了里屋，抱着肉乎乎的小华胜出来。小家伙嘴瘪着，哭得厉害，一个母亲最直接的反应是敞开胸怀给孩子喂奶，日军和汉奸瞪大了眼睛仔细瞅着。林红苗猛然想起辛之华曾咬破手指，给小华胜喂血一事，她转过身，悄悄地把手指咬破，塞进小华胜嘴里吮吸起来。果然，止住了哭声的小华胜成功地打消了敌人的疑心。

七声哨

日军在沭水村大搜查的时候，徐闯的伤口正在逐渐愈合。可他心急如焚，觉得自己好得真慢啊，这样子什么时候能打敌人报仇呀？这一天，赵荞麦又把他从山洞里背出来晒太阳，忽然掉下一件物品，却毫无察觉。赵荞麦把他放下，就进山洞拾掇去了。徐闯捡起来，是一个歪歪扭扭地绣着"赵荞麦"三个字的荷包，上面有一块灰，还有一团线头没扯干净。他也是农家子弟出身，见过不少绣工灵巧的荷包，从没见过做工这般笨拙的、脏兮兮的绣品，忍住笑，把荷包揣进了怀里。他一转头，发现身旁有一块不大不小的石头。他想试试自己的气力恢复了几成，就试着搬一下，谁知以前轻而易举就能举起的石头，现在不仅举不起来，还扯动了腹部伤口，一下子歪倒在地，起不来了。洞里忙碌的赵荞麦听到扑通一声，火速冲出来，看着石头，再看看歪在一旁的徐闯，一下子明白是咋回事了。徐闯向她伸出手说："扶我起来行吗？"赵荞麦却双臂一抱，一副事不关己的神情："你不是都能搬石头了吗？自己还起不来吗？"最后，大获全胜的赵荞麦把徐闯扶起来，重新背进了山洞，像个大人一样管教了他一番。看着能力了得的宣传部部长在她面前那副乖乖认错的模样，她忍不住意气风发地大笑起来。这一笑，让徐闯感到冰冷暗淡的山洞突然亮了，心中一热。

埋葬了辛之华之后，识字班三姐妹结伴上鸡鸣山看徐闯。在姐妹们眼里"了不得的大人物"一见到她们就告状："你们可来看俺了，荞麦这小丫头，年纪不大，脾气倒不小，俺被她收拾得服服帖帖的，以后可不敢不听她的话了。"他说完，回头瞅了赵荞麦一眼，目光里交织着宠爱和包容，也带着骄傲与依赖。梁文秋看在眼里，心里掠过一抹说不清道不明的惆怅。

徐闯在山洞养伤，终究只是权宜之计，林红苗托人打听到八路军医院转移至王家黄所村，两村之间隔着一座大山。为了让徐闯得到更好的医治，林红苗就带着她们抬着担架，翻山越岭把徐闯送到了医院。

她们回到家里，正巧赶上吃晌饭。林红苗觉得，一家人围坐桌前，咕嘟咕嘟地喝着热腾腾的糊豆，真是天下最幸福的事情。她举起碗小口地喝着，慢慢地感受着难得的逍遥。然而，还没等她把碗放下，耳边响起了尖锐刺耳的哨声，一声比一声急促，连续七声。那是识字班的暗号，只有出现重大事情才能吹这个信号哨。林红苗顾不得多想，把碗往桌上一搁，猛地起身冲出门，像溜溜的小北风一样刮到了识字班教室。

哨子是王凤枝吹的。

敌人一直在"扫荡"，识字班哪有工夫学文化呢？教室里已经落了一层厚厚的灰尘。林红苗第一个冲进教室，她气喘吁吁地问王凤枝："出啥大事了？出啥大事了？"谁知王凤枝怒气冲冲地根本不理会她。稍后，梁文秋、赵荞麦、庄枣她们这些识字班，都一一冲进了教室，甚至一向注重仪表的庄枣没顾上梳洗，披头散发地就来了。一进教室，她们一股脑儿地围在林红苗跟前，纷纷询问："出啥大事了？"林红苗朝王凤枝努努嘴，一副不明所以的样子。

"现在敌人'扫荡'结束了，阳历年也过完了，咱们姐妹的账也该算算了。"王凤枝看人员都到齐了，就停止了吹哨，她的嘴角带着嘲讽，"凭俺的脾气，能忍到现在已经是仁至义尽了。"林红苗以为她在说笑，就凑近了说道："凤枝，你发什么疯？"谁知王凤枝把手中的哨子啪的一声放在了土桌子上，说："是，俺在发疯，俺原不配和你们做识字班姐妹。"众人互相看看，一时不知如何是好，王凤枝厉声质问："这些日子你们忙东忙西，把俺撇到一边算怎么回事？"林红苗这才明白王凤枝生气的缘由，忙解释道："这些天来，俺们等于抛家舍业，俺半个月都没进自己的家门。俺寻思，你有家有业，还有四个孩子要照顾，不像俺们这些姐妹一样自由……"

话没说完，王凤枝嚷道："俺是有公公、婆婆、丈夫、儿女，可是俺什么时候给你们拉过后腿？"林红苗拉起王凤枝的手说："俺不是这个意思……"王凤枝却不想听她解释，猛地甩开了她的手说："够了，俺宣布，从此以后，俺退出识字班！"林红苗又欲过来拉她，她袖子一甩，恋恋不舍地看了一眼桌上的哨子，转身气冲冲地跑了。

却说花无百日红，人无百日好，这人与人之间的情分，最难敌的是猜忌。本来辛之华的牺牲就让识字班姐妹悲痛万分，如今王凤枝又闹脾气退出，剩下的几个人都垂头丧气的，难受极了。林红苗回家之后，像掉到冰窟窿里一样，从头凉到脚，好多天，只觉得莫名的疲惫与沮丧在胸中翻腾，做什么都提不起精神。她怎么也没料到，曾经感情那么纯粹和深厚的姐妹情谊，竟然出现了破裂，生出了一种深深的挫败感。

腊八那天，刘春兰熬了香喷喷的糊豆，喊了林红苗好几次，她才懒洋洋地过来。刘春兰抱着小华胜，一边喂着从庄里东家西家讨来的奶，一边说："烧火就那几块柴，姐妹拌啥嘴吗？"林红苗盛了一碗糊豆，放在桌上，却不想往嘴里送，神情落寞地说："俺不想当识字班队长了，也不想当妇救会会长了，又累又不讨好，还落埋怨……"她心头的委屈如竹筒倒豆子般倾泻而出。刘春兰打趣道："这点小挫折，就打退堂鼓了？想想人家辛老师，当年教你们这群睁眼瞎时，克服了多少难处？她可从来没泄气过。"一提到辛老师，林红苗心头猛地一颤，眼圈红了，羞愧起来。"是啊，辛老师为了抗战事业都献出了生命，自己受的这点委屈算个啥啊。"沉默半晌，她抬起头来说，"娘，俺想明白了。"说罢，她展颜一笑，端起搁在桌上的糊豆大口大口地喝起来。一碗糊豆下肚，林红苗心中那股寒意渐渐散去。她暗暗握拳，为自己打气：不管前面的路多么艰难，都要像辛老师那样，绝不放弃。曾经一起牵手迈进新世界的姐妹，怎能轻易就散了？刘春兰也跟着欣慰地笑起来，她相信自己闺女，只要功夫深，铁杵磨成针。

赵大进

那年的冬天，雪一场又一场地袭来。刚过腊八，又下起了大雪，凛冽的北风刮在脸上像刀割一样，生生地疼。部队上的两个人顶着寒风，咯吱咯吱地踩着雪走进了赵荞麦家。两人还没开口说话，赵荞麦就预感到发生了不好的事情。她的身体剧烈地颤抖起来，像外面被刮得东倒西歪的树，怎么都止不住。

果真，她的大哥，山东纵队二旅五团二营六连的赵大进，在前几天的左山战斗中，牺牲了。

屋门被风吹得哐当一声关上，又哐当一声弹回来。赵荞麦看着屋外的磨台和石榴树都不真实了，被雪覆盖的院子歪歪斜斜的，部队来的两个人说话的声音，好半天才传到自己的耳朵里。

北风呜咽，赵老汉鼻翼翕动着，找出赵大进的一件旧棉袄，给他修了个衣冠冢。撕心裂肺的亲人们趔趄着身子哭喊着："大进，回家啊，回家啊——"赵荞麦泪眼蒙眬中，仿佛看到了大哥笑呵呵地向她走来……

转眼就到了年关。

往年，一入腊月，沭水村就张灯结彩、鞭炮齐鸣，尤其去年识字班学会扭秧歌和排练了拉魂腔之后，十字路口那个高台子，天天有戏唱，天天有秧歌扭，一直热闹到正月十五日，才算过完了年。可这年的春节，整个临东县却像陷进了死寂一般。仅仅一个渊子崖村，就被日军残忍杀害了147人。各个村庄血脉相连，算起来，几乎家家都有亲人牺牲。再加上秋天的蝗灾，老百姓哪还有过年的心思？老百姓干脆把炮仗和火药送到村公所，让梁文田他们制造土地雷，准备痛打日军。

大年初一，天阴沉沉的，仿佛也在为人世间发愁。十字路口那个平日里用来唱戏、扭秧歌的高台子一片肃穆。梁文田站在台子中央，主持着大会，村长在前些日子的支前中受了伤，他成了代理村长。他简单说了两句，号召大家为辛之华、赵大进这些牺牲的英雄默哀。

默哀过后，一直默不作声的庄枣忽然走上台来，她说她想说几句。台下的庄老六惊呆了，他那女儿素来安静，几时在公众场合发过言？所有人都屏住了呼吸，默默地注视着她。庄枣说："我们曾经和辛老师在山洞里待过十几天，她的腿被鬼子打得稀烂，可是她从没有喊一声疼。相反，她还说，八路军里像她这样的人多的是，他们的牺牲就是为了让咱们能过上好日子。鬼子能烧毁咱们的房屋，却摧不毁咱们的抗战决心。只有共产党和八路军存在，咱们才有幸福的生活和光明的前途。"庄枣从小受到的教育就是三从四德，这回她勇敢地上台，说的话都打着颤儿。说完，她已泣不成声，捂住脸跑下台，伏在柿子树下不停地抽泣。

识字班姐妹都走过去围着她："庄枣，你讲得真好，你说出了俺们的心里话。"庄枣抹着眼泪，断断续续地说："这些话一直在我脑子里憋着，今天终于说出来了。"姐妹们的手紧紧握在了一起，她们没注意到不远处的王凤枝那五味杂陈的目光。

回家后，王凤枝婆婆问正在包饺子的王凤枝："你不是识字班了？""不当识字班多好啊，专心在家做饭，照顾孩子。""是不是俺这个老落后给你拖后腿了？其实你是识字班，俺这个做婆婆的脸上光彩着呢，"她婆婆说，"俺支持你回去，当识字班很光荣。"

连一向守旧的婆婆都对识字班的态度发生了转变，而她这个自诩"进步"的人，却一气之下退回家，当起了"落后分子"。王凤枝想起前几日的口不择言，甚至连哨子都撂下了，心里琢磨着：泼出去的水还能收回来吗？她看着面前那一团饺子面团，为前几天的冲动后悔了。

第三章 ——————————————

一九四二年

春　荒

一年中最难熬的时节终于还是来了。

沭水村的平常人家，单凭地里打的粮食是不够吃一年的。他们一年四季的主食是煎饼。煎饼是用地瓜秧和花生皮掺些粗粮，先用磨推成糊糊，再摊在鏊子上烙成的。可是，从开春到麦熟，时间太长了，煎饼也不够吃。有一个很形象的比喻：春脖子长。长长的春脖子，总是被饥荒扼住。于是，从草儿冒芽开始，老百姓就到野外挖荠菜、苦菜、马齿菜、灰灰菜……野菜挖回家，再捣上几个花生仁，熬汤，汤里再放一点黑乎乎的地瓜粉皮。地瓜粉皮撑肚，虽说难以下咽，但能缓解那股饥饿的折磨。

吃罢野菜，满山的树木又开花了，楝花、洋槐花一嘟噜接一嘟噜地开……鸟语花香对庄稼人来说这个时候没啥美感，只有能吃与不能吃的区别。庄户人从不赏花，只知道树上的花儿蒸熟可以充饥。再后来，吃榆树皮、杨树叶……林红苗觉得，树皮饼子最难吃，味道就像沭河里的淤泥一样。可是在春末，有树皮做的饼子吃，也是很奢侈的，难吃的滋味比饿着的滋味舒服多了。

偏偏这一年的春天最难熬。年前秋天的蝗灾，让庄稼严重减产，再加上冬天的"扫荡"，被抢走了很多粮食，老百姓只剩下空空的粮囤，可怎么熬到新麦黄熟呢？

春末，饥饿的老百姓把漫山遍野的树木扒得光溜溜的，眼看树皮也吃不上了。正在绝望的时候，县里忽然通知沭水村去领救济粮。代理村长梁文田闻讯大喜，立即带着青抗先，推着独轮车去了县里一趟，满满的十几袋粮食就被推回来了。原来救济粮是新上任的县长王东年带头捐助的。王东年是诸城人，他写信给老家，卖掉了祖坟老林的几十棵大柏树，换了二百多块银元，再换成粮食发放给灾民。王东年县长的信这样写道："母亲大人，我也知道卖祖林属于大逆不道，但自古忠孝不能两全，儿宁愿愧对列祖列宗，也不能愧对处于水深火热中的乡亲们！"有人看见，县长自家也在吃榆树皮与杨树叶掺的饼子，饼子有股刺鼻的味道，他一边吃一边说："别想，咽下去。"听梁文田说完，林忠厚坐在炕上，很感慨地说："哪朝当官的，能替咱老百姓这么着想呀？这才是好县长啊。"

惊蛰那天，天空降下一场痛快的大雨，让干了一冬的老百姓喜忧交加。喜在春雨贵如油，地瓜插秧，高粱下种，都有了保证；忧在粮缸又见底了，断炊的庄稼汉，哪有力气春播呢？

暮色里，庄枣看着桌子上的饭菜，打定主意要说服爹爹再捐些粮食给庄里，帮助庄里人度过春荒。庄老六为难地说："秋天的时候，你不把我应急的粮食捐给八路军，爹现在捐，是雪中送炭，乡邻还不念咱的好？""爹，你这种名利思想，可要不得。给八路军和老百姓捐粮，要发自内心。""你这小丫头说得轻巧，再捐的话，你真的要啃树皮了。""人家辛老师为了革命都牺牲了生命，我啃树皮算什么？"庄老六对闺女的固执己见很烦恼："去年收成少，佃户的粮也交得少，你开口革命，闭口革命，你这是革你爹的命啊。""爹，你不捐，早晚会后悔的。"庄老六觉得自己的头有些疼，就说："容爹再想一想。"

那天晚上，庄老六提着一壶高粱烧去了庄老七家。庄老七正在屋子里自斟自饮，他把庄老六让到了炕桌前，给他倒上了酒。两人盘坐在炕上，酒过三巡，拉起了知心呱儿。庄老七问："你觉得共产党能赢吗？"庄老六说："此话怎讲？"两人碰了一下杯子，把杯中酒一口闷了。庄老七边夹菜边说："远处不说，只说咱临东县。赵家庄据点的汉奸赵化斋，难缠吧？年前渊子崖村那一仗，庄里的八路军干部基本没剩下。听说还有被日军委任为保安队副大队长的朱百轩在石沟崖的据点，密实得连个苍蝇都飞不进去。还有，国民党——师三三一旅旅长孙焕彩在甲子山修工事，加固堡垒，抵制抗日。八路军是八面受敌啊。"

庄老六被庄老七的一番话，说得心乱如麻，回家之后，翻来覆去地思量，决定暂时先不捐粮了。可庄枣一大早就在堂屋等他，问过安后，就问他怎么还不捐。庄老六看着不知人间疾苦的丫头片子说："再捐，咱家就真得吃糠咽菜了。"庄枣不依不饶地说："咱们还能吃糠咽菜，很多人家都快饿死了。"庄老六不理会她，只管转头差遣下人，到农户家讨一盘树皮做的饼子。下人疑惑地出去，少顷端着一盘灰乎乎的饼子来了。庄老六对庄枣说："你爹我从来没舍得让你吃糠咽菜，这回你先吃吃试试。"庄枣看着饼子，不服气地撕了一大块，刚放进嘴里，就吐了出来："啊，呸呸，这么难吃！""吃下去，刚才不是你在说轻巧话吗？""我把这盘饼子吃完，你就捐吗？"庄老六点头。庄枣又重新撕了一块饼子，塞进嘴里，慢慢咀嚼，每一口都能尝到刺鼻的腥涩，干呕声不绝于耳。庄老六只在旁边看着却不阻拦，只想让自己的闺女体会到世间的疾苦。谁知庄枣虽然吃得很慢，可最后还是把一盘饼子吃干净了。吃完最后一块，她说："我一想到辛老师都献出了生命，仿佛这块饼子也不难下咽了。"不知是噎的，还是想起了辛之华，她的眼泪吧嗒吧嗒地往下掉。庄老六一时又心疼又气恼，说不出话来。

庄老六终归还是捐出了一些粮食。梁文田正为饥荒发愁，庄老六这次无疑是雪中送炭。一向看不惯庄里"两个爷"的梁文田，一脸由衷的感激，紧紧地握住了庄老六的手。

夺　粮

可庄老六捐的这些粮食，总归有限，只能撑几天。没过多久，粮食又告急了。

谷雨这天，草木已是深绿。一望无边的田野上，身为主角的小麦正奋力地将全部的劲儿都用在了孕育麦穗上。麦穗已经扬花，如点点繁星一样悬挂在一片绿色之中。这是最难熬，也是最有希望的季节。

这天，县里紧急召集村长会议，梁文田作为沭水村的代理村长去参会。会场里除了他，竟只来了四位。那四位，他很熟悉，都是附近村庄的村长。原来，有人从敌占区跑来报信，说伪乡公所和汉奸队征收了两万余斤粮食，囤在敌占区陈家湖的几户老百姓家里。县里早已派人暗中侦察过，证实情况属实，就当即制定了战斗部署：附近五个村庄的男丁分成两拨，一拨带枪阻击可能出动的敌人；另一拨则背口袋运粮，把老百姓的血汗抢夺回来。

春末山村的晚上，一片静谧，坎坷不平的土路两旁，庄稼随风摆动，影影绰绰，似幻似真。梁文田带着沭水村的自卫队民兵，按指定路线悄悄前进。四个识字班也背着口袋，掺杂在队伍里面。那是林红苗据理力争的结果。梁文田道："不知啥情况，会有危险的。"林红苗说："你们不怕，俺们也不怕，多一个人多一份力量。"

约莫半夜时分，五个村庄的队伍几乎同一时间到达陈家湖村。他们分头沿着几条胡同，急匆匆地寻找存粮点。如此多的人集中行动，哪怕步履再轻，也难免会惊动庄里的土狗。狗叫的声音使得黑夜更加深沉。奇怪的是，狗仅仅叫了几声，就戛然而止，仿佛同时被人捂住了嘴巴，林红苗暗自纳罕。后来他们才知道，当天夜里，当庄里响起第一声狗吠声，陈家湖村的村民就知道了他们在夺粮，可老百姓恨透了日军，唯恐狗叫声引来敌人，干脆把狗抱在怀里或者塞进被窝里，千方百计地不让其发出声音。于是，仅用两个小时左右，他们没费一枪一炮，就安全地运走了两万余斤小麦。相距五里路的赫家岭据点的敌人仿佛成了摆设，对此竟然毫无察觉。

发粮那天，大家都拿着口袋去了村公所，也都知道了这次夺粮有识字班的功劳，都称赞她们是花木兰、穆桂英。拿着口袋跟着队伍排队的王凤枝，无地自容极了，自己撤了出来，人家识字班干得越来越好了，见识越来越高了，都比自己高一大截子了，甚至连她婆婆都比她思想觉悟高。王凤枝觉得自己没脸回去，有时候就想独自干些大事，让识字班姐妹瞧瞧，可是一个人，能干出啥名堂呢？

前面，识字班姐妹们卷着袖子，热火朝天地帮着发粮。王凤枝奔拉着头，生怕别人和她搭话。林红苗发现了队伍里的她，停下了手中的活儿，朝她走过来。王凤枝的头更低了。但听林红苗说："再回识字班吧，识字班的姐妹天天念叨你呢。"王凤枝的头猛地抬起，简直不相信自己的耳朵："俺，俺……"她婆婆在旁边推了她一把："俺什么，还不赶快去帮忙称粮。"林红苗拉起了她的手，她顺势就跟着走到了队伍前面。林红苗把账本递给了她。站在姐妹跟前的王凤枝，一开始还有些扭捏，可忙着忙着，就像盐溶入水里一样了。直到最后一个人扛着粮食离开，王凤枝晃晃累得发酸的腰肢，心里却像温暖的春风一样明畅，她对姐妹们说："俺以后再不搞自由主义了。"大家相视一笑。

靠这些粮食的支撑，沭水村的老百姓又度过了一段艰难的春荒。

减租减息

小满那日，庄老六和庄老七一同去县里开了一场士绅名流的减租减息座谈会。开完会回来的路上，庄老七望着路两旁长势喜人的麦子，一脸惆怅和惶惑："这减租减息在哪里试点不行，非得在咱们这一片儿。"庄老六也转头看向了在初夏的微风中舞动着的麦子，麦浪翻滚，青麦泛黄，过不了多久就丰收了。他没有正面回应，而是答非所问地说："小满来了，青黄不接的日子就要结束了。"

消息传回沭水村，减租减息运动立刻如同野火燎原一样，迅速开展。一天，庄枣在拐弯处看到庄老七老婆神神秘秘地冲她招手，她纳闷儿地走过去。庄老七老婆说："枣儿，按辈分你得叫俺婶子呢，婶子有个事想求你。"庄枣闻言，心下疑惑："婶子，你说。""你跟林红苗、梁文秋这么好，都是识字班的，你偷偷跟她们说说，俺家最好的地由她们先挑，别真闹啥子减租啊减息啊，意思意思就行了。"庄枣真想学王凤枝那脾气，当场冲她脸啐口口水，可她做不出来，只能憎恨地说："你别做美梦了！"庄枣说罢掉头就走，回到家，兀自气愤不已。

当夜，庄老六去了庄老七家。庄老七家大门紧闭，他敲了敲门，就听院子里传出庄老七紧张的声音："谁？谁？""是我，菊生。"少顷，庄老七老婆把大门开了一条缝，扒着门往外瞅，庄老七的声音从后面传出来："老六不是外人，让他进来。"庄老六进门，只见庄老七正在西墙根挖洞，深深的洞一直延伸到邻居家。庄老六猜他打算将金银财宝藏到邻家院里，万一遇到意外，谁会想到他会埋在别人家？不过，这仅仅是庄老六的猜想，庄老七具体准备埋藏啥他也不想关心。反倒庄老七站在洞里，露出半个身子说："咱们是一路的，你可要帮我啊。""我就是为这个事来的，抓紧改变思想吧，减租减息，积极支持抗战。"庄老六停了一会儿，又补了句，"老七，再捂着不放，真要大祸临头的。"

这天，有人带着土地契约找到村公所，想找人算一算他那块地能减多少租子。梁文田本来就识字不多，何况文书还是用行书写的，一时有些头大。旁边的一个青抗先说："咱庄子里懂这些的只有老私塾了。"可是自从老私塾被打伤胳膊后，从思想到作风完全变成了一根软骨头，得罪人的事坚决不干。梁文田说："怕啥，咱们有识字班。"

正在教室里的识字班闻哨声而至。来了之后，个个都傻了眼，字一个一个单挑倒是认得，可是连起来就不知所云了。比如"长可""横可"等词儿，啥意思啊？这些连庄枣也不懂。林红苗把王凤枝往前推，说她会打算盘，应该懂得，王凤枝苦笑道："俺真不懂。"梁文田只好作罢："唉，还得厚着脸皮去求老私塾。"

果然，老私塾怕得罪庄老七他们这些大财主，不肯前来。无计可施之际，陆续又有两家带着契约找上门。识字班姐妹沮丧无比，这是她们自学文化以来首次遇到的挫败，人人垂头丧气的，像霜打了的茄子。忽然，庄枣眼睛一亮，想起家里的账房，跟她提到过算地、算利息的事。她们一下子精神振奋起来："还等什么？走，找这个账房去。"

那天，只有王凤枝听得津津有味。姐妹们都说，她们中数王凤枝最聪明。王凤枝不好意思地说："俺前几年学了算盘，有基础。看来多学是有好处的，早晚会派上用场。"她前一阵子弄了一出"自由主义"脱离了识字班，回来之后说话不如以前硬气，这回总算重新找到了以前的力量。

她们按账房教的方法，开始算地、算利息。这帮识字班，正在悄然改变着沐水村的旧格局，让减租减息的春天愈加明媚而鲜活。

耆老救护队

忙碌的夏收过去了，各家各户都余下不少粮食，喜悦之情无以言表。赵荞麦家的赵爷爷看着自家囤子里鼓囊囊的麦子，更是兴奋得一连好几天睡不着觉，很长时间不敢相信这些粮食真是自己家的。

这几年，日军踏了进来，就像蝗虫一样把老百姓逼到绝境。八路军他们不打扰老百姓的生活，还替老百姓打鬼子，还搞减租减息，教女娃识字。就连孙女巧妹，也跟男人似的跑上跑下干大事。他如今出去，庄里人都对他笑脸相迎，他知道人家是看小辈脸呢。包括自己那老实木讷了一辈子的儿子，也整天把"长期抗战，统一战线"挂在嘴边，笑话他是"老思想"。这世道咋如此神奇！

赵爷爷一生都在土里刨食，他只想种好自己的地，可种了大半辈子都没让全家人吃饱过。这回，瘪瘪的粮囤子像青蛙的肚子一样鼓鼓的，都是自己的了。他再也躺不住了，半夜爬起来，走到囤子边，双手抓一把饱满的麦粒子，就着月亮地反复地看，怎么看都看不够。看了一阵子，他把儿子唤醒："你说，这些粮食真的是咱的了？俺不是在做梦吧？"赵老汉揉着惺忪的睡眼说："爹，不是梦。是咱家自己的。"

人在被苦难压得喘不过气的时候，反而没心情讲话，如今赵爷爷心里高兴就想说道说道。"俺打小就拼命干活儿，一整年风里来雨里去，可拿到手的粮食，都被东家收走了。"赵爷爷摸着粮食的手打着哆嗦，"俺只寻思着儿子、孙子、祖祖辈辈都会走俺的老路，哪曾想过有一天，咱能吃饱饭啊。"赵老汉说："往后的日子还会更好。""已经这么好了，还能怎么好？"赵爷爷愣了愣，对以后的生活简直难以想象。

小货郎唐富贵又挑着柳筐担子进了沭水村，拨浪鼓咚咚咚地摇得很清脆。自从他和林红苗定亲后，他特别愿意往沭水村里跑，一心想早点娶她过门。可去年各庄死了那么多人，他若再有私念，不是人咧。今年吧，好饭不怕晚，良缘不怕迟。谁知林红苗一听鼓声反倒躲起来了，他不知道她的心思，只当她害羞。

王凤枝家的小牛子和他的弟弟妹妹可是盼着小货郎出现。他们盼呀盼，盼了好久。听到那熟悉的拨浪鼓声，他们馋得口水都快要流出来了。她婆婆挖了一瓢麦子，准备跟小货郎换些生活用品，四个小家伙亦步亦趋地跟着。她婆婆换了针头线脑之后，给小牛子他们每人买了一块糖。唐富贵笑着说："哟，大娘，这回舍得给孩子买糖啦？"她婆婆乐呵呵地说："这不是减租减息了吗？日子好过多了。"小牛子在旁边认真地听着。回到家，她婆婆碰到王凤枝拿着煎饼急匆匆往外走，急忙问："干啥去啊？""开会去。""啥会？饭都顾不上吃？""减租减息的事。"她婆婆挥手说："这是咱穷人的好事，快去吧。"小牛子把一切听在耳朵里，记在心头上。

那天，小牛子和一伙猴孩子在玩纸做的风车。他正玩得起劲儿，一个猴孩子忽然凑到他跟前，深吸几口气，说："你身上什么味儿，这么好闻？"小牛子拿出怀里藏着的那块糖，轻轻撕开花花绿绿的糖纸，猴孩子眼巴巴地央求："给俺舔一下行吗？"小牛子瞅着手中的糖犹豫了一下，说："轻舔啊。"

一块糖，你舔一下，我舔一下，哎呀，这是要当神仙吗？每个小孩都甜蜜地打了个寒战。真是说不出多么美妙的滋味啊！减租减息让他们成了天底下最幸福的小孩。于是这伙小孩摇着风车，满街乱跑，大喊"减租减息啦！

减租减息啦！……"庄里人听到了，逮住小牛子问："小子，你懂啥叫减租减息？"小牛子说："减租减息就是俺们能吃到糖啦！"

家里的粮食多了，能吃上白面馍馍了，沭水村老百姓的抗日积极性像田边一夜蹿高的庄稼，蓬勃地往上蹿。庄里的民兵自卫队哗啦一下壮大到八十多人，光青抗先就有六十多人。林红苗她们前一阵子忙着夏收，识字课耽搁了不少。她们在教室里抓紧补课，一口气学到了夕阳西下。林红苗猛拍额头："哎呀，今个是自卫队集合的日子，这个热闹不能错过！"她遂收拾课本，和大家一路小跑到庄里的十字路口瞧个究竟。此时，夕阳下的田野，褪去了白天的酷暑炎热，像极了一幅优美的画卷。天边的火烧云上来了，一会儿变成凶猛的大狗，一会儿变成打鸣的公鸡。

放眼望去，庄里的十字路口，已是熙熙攘攘。梁文田正在给六十多名青抗先分组，他把这伙人分成两个大队：南队与北队，分别把守南、北两个大门，每队又划分出侦察组、爆炸组和大枪组。南队由梁文田当组长，北队由赵二进当组长。梁文田在前面的喊话清晰有力："侦察组要眼观六路，不得疏忽；大枪组负责吸引敌人火力，扰乱敌阵，不可正面硬碰；爆炸组则埋设地雷，伪装掩护……"他又吩咐赵老汉："剩下的壮劳力，由赵叔您负责，负责抬担架、救护伤员等工作。"

林红苗挤上前去说："抗日可不只是男人的事，有啥事直接安排俺们妇救会。"梁文田说："好，那就把抗属（抗日军人的家属）和民兵家属编进妇救会，你们负责照顾。"这时，赵爷爷等一伙白发老头儿也来了，嚷嚷着要成立老头儿救护队。林红苗说："老头儿救护队不好听，不如叫耆老救护队。"赵爷爷说："耆老？俺们可不止七个老头儿啊。"林红苗憋着笑说："耆老不是你说的'七老'，而是指六十岁以上的老人。"赵爷爷说："杏花学了文化，起名字都中听，好，就叫耆老救护队。"林洪地也带着儿童团来了，他说："俺们就不成立什么队了，俺们还叫儿童团。团比队厉害，放哨的任务还是交给俺们儿童团吧。"

正在好不热闹的时候，后面传出一个洪亮的声音："哈哈，咱们庄老壮青妇少齐上阵，看小鬼子还敢来吧！"众人回头，只见村长林忠厚拄着拐杖一瘸一拐地来助威了。他一来，梁文田顿时感觉来了主心骨，赶紧迎上前。林忠厚说："文田，俺的腿还没好利索，自卫队的事，以后全靠你担起责任了。具体怎么埋雷，啥时候打枪，都要和他们仔细商量一下，越仔细越好。"

梁文田一直是林忠厚的副手，虽然当起了代理村长，可还是啥事都到村长林忠厚那里汇报的，他说怎么干就怎么干。这回村长忽然放手，他心里有些发慌："村长，咱们还是要一起合计合计……"林忠厚一只手拄着拐棍支撑着身体，另一只手拍拍梁文田的肩膀说："你要学会独当一面，筹划得越周全，小鬼子来了咱就越不怕！"这时候，一个青抗先道："文田哥，你放心，凡事有个开始，咱回头就先把埋地雷的事合计合计，让小鬼子尝尝咱们'铁西瓜（土地雷）'的滋味。""给鬼子安排了这么好吃的东西，他们还不得感谢俺们啊？"又一个青抗先的话音落地，引来一阵哄堂大笑。

当天晚上，家家户户的饭桌上，都在谈论着老壮青妇少为抗日出一把力的话题。着老救护队的新任队长赵爷爷更是热血上涌，饭都顾不上吃了，扯着嗓门满庄招募队员，他问其他几个老头儿："咱庄还有哪个老头儿没参加？""还有老私塾。"赵爷爷一拍脑袋，心想怎么把他忘了呢。赵爷爷遂带着一伙老头儿赶到老私塾家。他们拍了好久，门才打开，老私塾的老伴儿早已知道了白天的事情，手捧着油灯说："他最近生病了，这事儿干不来……"赵爷爷一行人不由分说地进屋，果然老私塾病恹恹地躺在床上，大热天头上还覆着白毛巾，一副病恹恹的样子。老头儿们只得遗憾地离开。待跨出门，一个老头儿说："老私塾肯定在装病。昨个，俺还看到他在门口择菜呢。"

温老嬷嬷

雨，是八月的特色之一，一场接一场。刚才火球般的太阳还毫不留情地炙烤着大地，转眼就变了脸，乌云翻滚，狂风骤起。一声惊雷巨响之后，整个世界瞬间被一层厚重的水帘覆盖，豆大的雨点劈头盖脸地砸向地面，像从天上直接往下倒似的。林红苗和梁文秋猝不及防地就被淋到大雨里了。

林红苗怀里还抱着一个婴儿，那是辛之华留下的血脉，小名叫华胜，八个月了。他头些天出了疹子，浑身像一块红布，用土方和草药治了一阵子，疹子轻淡了不少，就在林红苗一家人暗自松口气的时候，半夜他忽然发起了高烧，热得烫人，身上冒出很多水泡，还伴随着一阵阵惊厥。全家吓得六神无主，林红苗当机立断，立即带孩子去驻扎在环河崖村的部队医院——山东纵队二旅第一休养所。由于母亲裹着小脚，不宜走远路，她便叫上梁文秋。两人深一脚浅一脚地向环河崖村走去，到了后发现部队医院转移了。她们只好抱着孩子又深一脚浅一脚地返回，不料被大雨堵在了半路上。

梁文秋脱下外面的褂子，把席夹子摘下来盖住孩子，两人弓着腰在密集的雨帘中没命地狂奔。梁文秋在前面领路，边跑边说："俺记得前面有个废弃的屋子，咱们去那里躲躲。"果然，前方泥泞的田野里，出现了一座在风雨中飘摇的破旧房子，好像随时都会倒塌。两人又紧跑几步，钻了进去，第一时间摸摸怀里的孩子，还算干燥，只是呼吸更急促了。姐妹俩对望一眼，彼此眼里满是焦急：若孩子真挺不过去，可怎么对得起辛老师呀？

等雨稍歇，两人湿漉漉地抱着华胜一路跟跄着回到庄里，拐弯处碰到王二嫂，她问华胜是不是生病了。林红苗看着怀里的婴儿，愁眉苦脸地点点头。王二嫂说："温家庄有一家妙手堂，那里的温老嬷嬷医术相当高。"林红苗嗔怒道："嫂子，你干吗不早说？"看看怀里的孩子，梁文秋说："天太热，华胜也经不起折腾了，红苗你先把他抱回家，俺去请温老嬷嬷来。"梁文秋没等林红苗反应过来就跑走了。

温家庄离沐水村并不远，两庄只隔一条沐河。待梁文秋火急火燎地赶到温家庄，随便问了个路人就找到了妙手堂。温老嬷嬷正闭着眼给躺在门板上的一个男孩子诊治。她一头银发在脑后梳成髻，精神矍铄，着一身干净的大襟粗布褂子，褂子上缝制了一块白手绢。温老嬷嬷睁眼朝梁文秋看了看，梁文秋赶紧上前说了华胜的病情。她重新闭目给他人把脉，神情自若，时不时地"嗯"上一声，再不多言。梁文秋心急如焚，却不敢打扰，急得团团转。

只见温老嬷嬷诊毕，站起身，从旁边的蓝布包里取出一把长短不一的银针，在油灯芯上烧了烧，对着孩子这里扎一根，那里扎一根，瞬间孩子被扎成了一个刺猬。过了一阵儿，她又一根根地拔出银针，拍了拍孩子的小屁股："还不起来玩？"那个孩子竟揉了揉眼睛，竟真的坐了起来，孩子娘喜极而泣。梁文秋看得目瞪口呆，自己那几手"土法"，跟这老嬷嬷比，真是差远了。

温老嬷嬷给男孩的爹娘开了些药后，男孩的爹娘提着门板，领着孩子千恩万谢地走了。温老嬷嬷收起她的银针，一根一根地在火上过了一遍后，统统收回蓝包里。梁文秋看得急跺脚，又不敢催，只好在后面默默地跟着帮忙。收拾停当，她拄上一根深绛色的桃木拐杖，才正眼打量了一下梁文秋："走吧？"

到了院子里，温老嬷嬷牵出一头小毛驴来，问梁文秋："会不会骑？"梁文秋摇摇头。"该学学，技多不压身。"温老嬷嬷说得不疾不徐，却让梁文秋很惶恐："您尽管骑着小毛驴，俺跑步也能跟上。"温老嬷嬷看了她一眼，只说了一个字："好。"

林红苗望眼欲穿地跑到门外看了多次，终于看到毒辣辣的太阳下，一个银发苍苍的老妇人骑着小毛驴嘚嘚嘚地来了，后面紧跟着一个气喘吁吁的梁文秋。林红苗赶紧迎上去，把老妇人扶下来。趁这当儿，梁文秋已跟了过来，迅速接过缰绳把驴拴在门口的树上。温老嬷嬷回头看了梁文秋一眼说："你倒是真跟上了，没中暑，身体不错。"梁文秋抹了一把黏在脸上的头发，很自豪地一笑。

温老嬷嬷进屋看了看炕上的华胜，摸了摸额头，说："终究还是来早了。"两人不解，温老嬷嬷说："他身上的疹子倒是全部出来了，只是有些还没熟透。"林红苗还是不懂，老嬷嬷却见梁文秋点点头，暗想这姑娘多少懂点医理。她也不向林红苗解释，三人坐到院子树荫下歇息。

温老嬷嬷似乎只对梁文秋感兴趣，问她多大年纪。林红苗插嘴说："文秋和俺同岁，俺属牛，她可不也属牛嘛。"可是温老嬷嬷根本不接林红苗的茬，又问梁文秋识字吗，平时都做啥等等。林红苗嘴快又插嘴说："文秋是俺们庄里小有名气的女大夫呢。"平日里林红苗喊梁文秋"女大夫"，梁文秋嘴上不说，心里却暗自得意。可在温老嬷嬷面前，她觉得自己愧对这个名字，悄悄地扯住林红苗衣襟示意她别多嘴。偏偏温老嬷嬷对此饶有兴致："说吧，说吧。"林红苗本身就是个爽朗的闺女，此时受到鼓励，滔滔不绝地讲起了梁文秋平日的"医事"。

正讲着，刘春兰回来了，热情地打了招呼之后，加入了拉呱儿的行列。温老嬷嬷又问梁文秋说主了没有，梁文秋害羞地低下头。林大娘替她回答："还没有，现在的闺女眼界都高了，得有共同语言才行，不像咱那时候，蒙着红盖头就嫁了。"

天　花

外面下的那一场透雨，让树叶在阳光下泛着亮光，不时有积水从叶尖滴落，空气又潮又热。温老嬷嬷站起来说："差不多了，去看看孩子吧。"四人回屋，但见温老嬷嬷望闻问切了一番，把背上的蓝包袱卸下来。梁文秋眼疾手快地上前帮忙打开，温老嬷嬷取出一个小布袋，里面是些黑漆漆的粉末，捻起一些就往华胜鼻子里轻轻吹。梁文秋忍不住问："华胜这是得了什么病？"温老嬷嬷淡淡地吐出两个字："天花。"

"天花？"梁文秋心头猛地一跳。她早就听说过天花的凶险性，传染性极强，几乎是不治之症。温老嬷嬷倒很平静："天花在潜伏期时不传染，一旦发热出疹后就会传。我估摸着你们都已经被传染了。"林红苗和梁文秋面面相觑，温老嬷嬷又取出一些粉末，分别吹入林红苗、梁文秋以及刘春兰的鼻腔。"今明两天你们多半也会发烧，但很快会退烧，好了以后基本就免疫了。照我说的去做就成。"吹完，她转头对梁文秋说，"记住，日后你康复了，把身上的干痂收集起来，研磨成粉末，收好备用。"梁文秋连连答应，乖巧地收拾好老嬷嬷的那只蓝包袱。温老嬷嬷满意地说："你这孩子倒是心细机灵，好，好。"

几人又坐到树荫下歇息，温老嬷嬷说起她自己当年也是得了天花，差点儿死去，幸亏祖传药方救了她一命。她的康复让她一下子在十里八乡出了名，之后，很多人慕名而来。她当时把自己身上的干痂收集起来，研磨成粉，谁染了天花，就把粉末吹进鼻子里，轻则几日即好，之后也不再犯。她再把康复患者的干痂也收集起来，给更多的人治病，越治越出名，后来乡亲们就叫她"温老嬷嬷"。梁文秋在旁边听得痴迷。

聊了一会儿，温老嬷嬷道："还需开些药，给孩子服了方可全好。"她站起身来，目光落在梁文秋身上："还得你跟我去妙手堂拿药。"林红苗一听，连忙说："老奶奶，俺去，俺去。文秋一路跑得够辛苦了。"老嬷嬷却不容置疑："非她不可。"林红苗再直率也看得出来，她就想使唤梁文秋。梁文秋赶紧回答："俺不累，俺再跑一趟就是。"刘春兰欲留她吃顿饭，她摇头不肯。这回梁文秋牵着驴，和温老嬷嬷并肩而行。刘春兰望着她俩远去的背影说："这个温老嬷嬷怕是要把她的手艺传给文秋吧？"

其实刘春兰说对了一半。温老嬷嬷的确看中了梁文秋，也真有把自己祖传的针灸医术传给梁文秋的意思，不过她还有更深一层的想法。

却说梁文秋跟着温老嬷嬷到了药铺，等着拿药的工夫，看到了一个比自己大不了几岁的青年。他身形修长，五官分明，眼神温暖而亲切。他拿着一个针管，正对着一个病人的屁股打针，梁文秋一下子惊住了，这乡间小铺竟还有"洋医生"？惊呆之余又崇拜又羞愧，她这三脚猫的功夫，还敢称大夫？温老嬷嬷在旁边配药，把一切都看在眼里，这就是她那深层的意思了。

这个给病人打针的青年就是温老嬷嬷的独苗孙子，名字叫温长春，西医学校毕业，比梁文秋年长三岁，尚未婚配。温老嬷嬷感觉外面兵荒马乱的，就以自己年迈需要照料为由，把温长春拴在了身边。孙子的婚事一直是老嬷嬷的心上事，她到处行医，看遍四乡闺女，愣是觉得哪个都配不上自己的孙子。真是皇天不负有心人，这回她遇见了勤勉机灵的梁文秋，是怎么相怎么都满意。她已不动声色地牵了线，剩下的就看两人的缘分了。

配好药已到傍晚，温老嬷嬷热情地挽留梁文秋吃饭。梁文秋被折腾得一天没吃饭，早饿得前胸贴后背了，也就不再推辞，和温长春在一桌共用饭食。席间，温长春得知她是沭水村的小大夫，对她颇有兴趣。吃过饭后，天漆黑了，温老嬷嬷让孙子送梁文秋一程。

夏日夜晚的风吹在身上，很惬意凉爽。刚开始梁文秋还有些拘谨，可是后来谈起抗日的事情，梁文秋就挺直了小腰板，讲了一番抗日的道理。她平时读报，自有一些心得，这时讲得更是慷慨激昂，最后她坚定地攥起小拳头，说："好男儿都要参军，打鬼子！"她的脸甚至因激动而变得红扑扑的。

华胜喝了温老嬷嬷配的药，当天晚上就退了烧。第二天，林红苗、梁文秋和刘春兰也开始发烧、出疹，但程度轻微，过了十几日他们身体果真如温老嬷嬷说的那样，自然痊愈了。梁文秋把自个儿和其他人身上的干痂小心地收集起来，捣成粉末，装进一个布袋里。她觉得仿佛离自己行医的理想又近了一步。

梁文秋康复后的第一件事，就是牵出自己家里拉粮食的小毛驴，把它拴在树上，试图直接翻身上驴。可是小毛驴的背滑不溜秋的，还没骑上去，她就摔了个四仰八叉。她正揉着生疼的屁股，不巧被林红苗出来看了个正着。林红苗拍手笑道："文秋，你大早上折腾你家毛驴干啥啊？""俺要学会骑毛驴。以后有急事，就不会耽误了。"林红苗一听，也是心动得很，不过她觉得梁文秋笨死了，连毛驴背都上不去。"看俺的。"林红苗费了老鼻子劲儿才勉强骑上毛驴背，可毛驴一甩身子，她也摔了个四仰八叉，这才知道毛驴不是那么好骑的。她俩想起来，赵荞麦会骑。林红苗掏出了哨子，接连吹了四下，这是她们识字班区别于其他哨音暗号。

赵荞麦风一样地赶来，解开毛驴的绳子，噌的一下翻上驴背，两腿一夹，毛驴听话地嘚嘚嘚走了起来，令林红苗和梁文秋艳羡不已。赵荞麦在驴背上怡然自得："这算什么，俺还会倒骑。"正表演着，王凤枝、庄枣二人听到哨声，也赶到了林红苗和梁文秋家门口。林红苗说："今天咱们跟着赵荞麦老师学骑毛驴。"赵荞麦说："对，等都学会了，咱们将来骑驴去战斗。"林红苗笑着："哪有那么多驴让咱骑？"庄枣说："我家有毛驴，足够咱骑的。"

那天，四个识字班姐妹在"赵老师"的野蛮教学下，反复爬上驴背，又被反复掀下，反复了好几回，摔得屁股生疼，最后总算能磕磕绊绊地坐稳在驴背上了。那一刻，她们在骄阳下咧嘴大笑，意气风发。或许，有朝一日，她们真能骑着毛驴奔赴前线战斗呢？

芦　花

日子比毛驴跑得还快，转眼，夏天就过去了，秋收的号角又随风吹响。秋收忙完，还没歇上一口气，识字班就接到了一个任务：给八路军赶制军衣、军鞋。

时间紧，量又大，赵荞麦脑子灵光，提议道："索性咱们集中在一块儿做，这样比各家分散着做效率高。大家也能互相帮衬，还能一块儿唱歌。"她这主意一出，林红苗立刻拍手赞成。回到家，林红苗就托母亲、妇救会副会长刘春兰号召庄里中老年妇女，自己则号召识字班姐妹到十字路口集合。转天一大早，庄里女人们各自带着家什出动。有的把门板卸下来，当作临时的裁剪台；有的把芦苇席子拿出来，铺在地上，方便缝制；有的把晒干后的野蒿子拿出来，点着放在四周，驱赶蚊子……她们边做边唱歌，唱够了就拉呱儿，十字路口成了女人的天下。比如，林红苗兴致勃勃地讲："有一回，一伙伪军假扮八路军，想搞偷袭。他们穿着清一色的灰军装，装备齐全，很快就被老百姓识破了。你们说咋被识破的？"王凤枝抢答："真八路军的军服哪有那么干净，装备都破旧得很。"针线和剪子灵巧地上下翻飞，歌声和说笑声飞到云霄之外。

就这样做了几天，赵荞麦又有了新点子：把妇女们继续分工，有专门裁剪的，有专门缝制的，有专门上袖子的，有专门锁扣眼、钉扣子的……实行了仅两三日，效率就翻了倍。林红苗见形势一片大好，按照这个速度，定能提前完成任务，她体谅母亲及婶子大娘们的辛苦，决定让她们回家歇息，剩下的由识字班姐妹来完成。

可就在大家齐心协力的时候，意外却降临了。那天午后，林红苗忽然发现，还有几件军衣没做完，棉花却不够了。眼看任务期限迫近，大家大眼瞪小眼，怎么办呢？谁料一向少言寡语的庄枣站起身来说："我有办法。"不消多时，她就抱来四床棉被，往芦席子上一放。姐妹们像孩子似的欢呼起来，这下不仅棉花够了，连做军衣的里子布也有了。有了庄枣做榜样，林红苗把她娘给她做的出嫁被子也抱来拆了。晚上，庄老六要睡觉的时候，怎么也找不到被子，知道又是女儿干的"好事"，他无奈地说："你好歹也给咱自己家留一床啊。"十月的山村，晚上已经有了寒意，庄枣躺在床上，因为没有被子，只好穿着衣服睡觉。她一边冻得瑟瑟发抖，一边偷偷地捂着嘴笑个不停。

做完军衣，做军鞋。沂蒙山的闺女从小就给家里的老老少少做鞋，早练就了一双灵巧的手。一只鞋底要纳一百二十行，一行要过三十多针，每一针得先用锥子扎孔、穿线、走线、拉紧，要下大力气。有了做军衣的成功经验，她们又把做鞋流程拆分了，搓麻组、粘底组、纳鞋底组、上鞋组……林红苗三令五申："别让军鞋撑死的撑死，饿死的饿死，要弄得匀溜的。"

只是，她们以前每年只做几双鞋，还是茶余饭后捎带着做，哪像现在这样大批量赶制呢？搓麻组的小腿都被粗麻刮出血了，纳鞋底组的双手都被勒肿了。眼看收尾在即，又传来坏消息：棉花，再次见底。这回，赵荞麦自告奋勇地说："俺有办法。"谁都知道，赵荞麦家是沭水村数一数二的穷户，她哪有多余的棉花？暮色四合，大家在一片狐疑中收了工。

第二天一早，大家又在十字路口集合，还没坐下，就见赵荞麦抱来了一堆棉絮。林红苗暗暗称奇，问赵荞麦哪来的。赵荞麦缩着脖子，目光左右闪躲。林红苗顿时心里一沉，一把拽住她，捏了捏她的棉衣，不出所料，一根芦花从缝里漏了出来。原来，赵荞麦把自己衣服里的棉絮掏出来，塞上了不保暖的芦花。林红苗眼睛一酸，拿起剪子，咔嚓咔嚓一阵，也把自己棉袄里的棉絮掏了出来。其他人见状，有样学样，都把棉袄里的棉絮抖搂了出来。

忙完了给八路军赶制军衣、军鞋的浩大工程，识字班又恢复了晌饭过后去教室上课的习惯。有些字，若是搁一阵子不学习一下，就不认识了。姐妹们聚在久违的教室里，原本打算学上一下午，可林红苗却突然跟众姐妹请假，起身要走。最近她时不时这样，隔几天就请一次假，问她缘由，她死活不说。这弄得梁文秋满腹疑惑：她和林红苗自小一起长大，何曾有过秘密？可林红苗口风极紧，梁文秋只好悄无声息地弄个明白。

这天，林红苗又请假了。晌饭过后，但见她从家里出来，径自向后街走去。躲在麦垛后面的梁文秋，刚要尾随其后，却见哥哥梁文田也从家里出来，径自向后街走去。躲在一旁的梁文秋，眼珠子都要瞪出来了。她悄悄地跟着，只见林红苗和梁文田前后脚地拐进了村长家。梁文秋心头的一块大石总算落地：原来只是去村长家。可随后她又想不通了，去村长家有保密的必要吗？

她也想抬腿迈进村长家，可村长家的堂屋里竟然闩着门。梁文秋实在忍不住了，隔着门喊："红苗，红苗……"只听见屋里她哥哥压低了声音说："她又不是，来干啥？"林红苗也小声说："俺去看看。"门咔哒一声开了条缝，露出了林红苗的脸，她挤出去转身把门重新掩好，对梁文秋说："你不在教室里上课，怎么来这里？"梁文秋冷笑一声，说："兴你来，不兴俺来吗？"林红苗见好姐妹不悦，连忙说："俺们开会呢。"梁文秋说："开会还用闩着门？还有见不得光的会？"林红苗终于无奈地说："是党小组会。你不要生气，不是组织里的人，两口子也不能说呢。"梁文秋愣住，恍然醒悟，羞愧地退了两步："你们开，你们开。"

梁文秋转身回去，和王凤枝、赵荞麦、庄枣三个人撞了个满怀。原来她们也对林红苗动辄就请假产生了好奇，三个人一合计，决定结伴一探究竟。刚才林红苗和梁文秋的对话，她们可是听了个一清二楚。

四个人挤坐在村长家门口的大石头上，无精打采地垂着脑袋。原本五姐妹形影不离，一起参加识字班，一起参加妇救会，一起完成上级交给的各项任务，可现在林红苗比她们先行了一步，这回她们之间的距离可大了。四人沉默了一会儿，王凤枝忽然说："俺也要入党！"其他姐妹的眼睛霎时亮了，王凤枝说出了她们心里的话啊。

没多久，屋里的人散会了，她们四个围上了林红苗，迫不及待地说："你介绍俺们入党吧，俺们也想当一名共产党员！"林红苗拉着她们的手，点头说："当然行啦，俺太高兴了。不过你们需要接受组织的考验。"秋日的太阳照在身上暖洋洋的，特别舒服，姐妹们心中都产生了一种新奇、神圣的感觉。

识字啥用

林红苗即使再忙，每天也要去村公所转上一圈儿，哪怕待上一个时辰。有时自己去，有时约上姐妹们一起去。哪天不去一趟，她总觉得少了点什么。其实她并不是为了解相思之苦，而是在那里能听到许多新鲜的事儿。

老百姓自发把过年用的鞭炮和火药都送到了村公所。自从秋收秋种之后，梁文田和赵二进就带着几个青抗先天天在村公所的院子里研究怎么制造铁西瓜。青抗先们真是脑洞大开，在石头上打了窝，装上炸药，研制出各种怪模怪样的连环雷、母子雷……多达三十种。一伙青年对着笨笨拙拙的土地雷摩拳擦掌："他娘的，俺们一定要让鬼子尝尝滋味。"

起初，青抗先们对识字班的到来，持不太欢迎的态度。一个原因是俊俏的闺女站在旁边指指点点："咦，这个奇形怪状的，你们看像啥？""西瓜。""你们快看，那个像什么？""鱼篓？都快过来看，这像不像鱼篓？""真像，真像，你这个脑瓜子就是灵光。"……她们嘻嘻哈哈的，简直是在"扰乱军心"。尤其队长梁文田，见到林红苗更像猫见了鱼、狼见了羊，魂不守舍，赵二进曾经旁敲侧击地提醒过他，让他注意影响。梁文田一个劲儿地点头："一定注意，一定注意。"可下次见了林红苗以后，那些注意事项全部抛之脑后了。他人蹲在原地，眼睛却没出息地跟着林红苗转。赵二进打心眼儿里替"头儿"羞愧，人家都定亲了，他还屁颠屁颠的。

更深层的一个原因是这伙青抗先从内心深处就没把识字班放在眼里，觉得她们是妇道人家，仅仅识了几个字而已。她们上明校那会儿，他们上灯校，就像赵二进说的"坐在教室的板凳上，像有根针一直扎俺的腔，还不如打俺一顿来得痛快。识字啥用？能拿一个个字打鬼子吗？"青抗先们正值壮年，本来就过了识字的最佳年龄，又从心底里不重视学文化，于是，林红苗她们能读书看报了，梁文田他们仅仅识得了自己的名字。

有一回，邻庄送来紧急情报，梁文田展开纸条大声念："敌人出动，过了斤河，目啥朱啥……"队员们听得一头雾水，赵二进就急了："什么斤河？到底是什么河啊？"梁文田迟疑道："沂河？沭河？""可要弄清了，沂河和沭河相隔七八十里地，万一弄错了，要出大事的。""还有目什么朱什么的，乱七八糟的，到底是啥啊？"赵二进干脆一把抢过纸条，看着上面的字，也傻眼了。此时，另一个队员也把脑袋伸过来，赵二进趁机把纸条塞给了他："你能，你来读。"几个青抗先头挨头，也没研究出一二三来。

他们正没辙时，林红苗推门进来，她早已在外面听得一清二楚，慢悠悠开了口："拿来，俺看一看。"一名青抗先不服气地把纸条递给了她，林红苗大声读了起来："敌人出动，过了沂河，目标朱芦。"原来梁文田他们不仅不认识沂河的"沂"，目标的"标"也不认识，朱芦的"芦"更不认识。林红苗读完，说话也不客气："还不欢迎俺们识字班来呢，总共一行字，你们不认识仨。"青抗先们神色尴尬，挠挠头笑了。此后，一旦收到情报，他们必须让林红苗过目。若她没去村公所，也立即派一名队员去请她，他们终于懂得了文化的重要性。

减租减息后，区公所开始给沭水村送《大众日报》，基本保证了每两天送一次。听识字班念报纸，成了青抗先们最期待的环节。别看他们不喜欢识字，可是很爱"听"报纸。比如，粮食打下来了，怎么保存粮食；敌人出动抢粮的时候，怎么保护粮食；还有号召进行春耕、夏收、减租减息；团结开明士绅，开展敌占区工作；对顽军、伪军，既要打击，又要争取，其中包括争取他们的家属；有时还解读国际形势……

这样的生产知识和斗争方法不比听说书的更有意思？说书主要是说古，不知是哪个朝代的事儿，只能听个热闹，可《大众日报》上的都是青抗先们关心的问题和正在经历着的事情。日子一久，梁文田这伙青抗先们简直离不开识字班了，连赵二进对林红苗也改变了态度，说起她时，不再挖苦，反而带了几分敬意："头儿喜欢她自有道理，人家是有真能耐啊！"

就这样，识字班与青抗先彼此欣赏、彼此支援，共同面对那步步紧逼的日军与动荡不安的大时代。《大众日报》上的号召，在这小小村公所的院子里开始生根发芽了。

抗日树倒了

那天傍晚，林红苗叫上梁文秋一起来到村公所。梁文田下午去县里开了个反"扫荡"会议，正在和赵二进合计。他们的身影被煤油灯的光照到墙上，显得很威猛高大。赵二进说："鬼子来了，咱们就让他们吃地雷和子弹。"梁文田说："县里说了，不仅要让日、伪军吃地雷和子弹的苦头，还要坚壁清野。"赵二进问："'坚壁清野'啥意思？""就是把家里的粮食、东西全藏起来，叫敌人抢不到。"

林红苗又听到了一个新鲜的词：坚壁清野。她表态道："你们自卫队光埋雷和打枪就忙不过来了，坚什么壁、清什么野，就交给俺们妇女吧。"林红苗一时还说不完整这个词语。梁文田等的就是她这句话，说："好！"少顷，老壮青妇少的代表都接到通知赶来村公所会合。梁文田一一点将："耆老救护队、壮年救护队当前的任务是帮助妇救会把坚壁清野做好。儿童团则继续站好岗哨，查好路条。"老壮青妇少的代表齐声回答："明白！"梁文田又嘱咐道："坚壁清野不仅要藏好东西，也要藏好人，懂了吗？"老壮青妇少的代表纷纷道："懂了，现在回家就坚壁，今夜不睡觉了。"梁文田自从开完反"扫荡"会议后，心里一直七上八下，毕竟要独立主事带领全庄抗战，不知自己能否扛起这个重担。他眼下见大家如此齐心，心里稍微安稳了些许。

那天晚上，沭水村的老百姓或者在院子里点上灯，一家人抬着粮食送入地窖；或者背着鼓鼓囊囊的大包袱，三步并作两步去后山藏东西……连最"顽固"的庄老七家也在积极地坚壁；他们家的煤油灯一直亮到天明。一夜之间，很多人家的屋子里就只剩下一张光光的炕席，院子里剩下鸡、鸭、鹅、猪等一些活物了。

第二天一大早，识字班姐妹分头帮庄里人坚壁。林红苗正和王大娘在院子里忙着把一个盛面的小缸往土里埋时，忽然听到外面有人惊呼："鬼子来了！鬼子来了！……"她赶紧跑到门外，抬头远眺，但见最高山头上立着的抗日树倒了。这棵坐落在山头哨上的假树一旦倒下，就是日军逼近的信号。

全庄响起尖厉的哨子声，此起彼伏。林红苗没想到日军来得这么快，只觉脑袋嗡的一下，把罐子一扔，也不管摔没摔碎，回去扶着颤颤巍巍的王大娘就往外跑。王大娘欲挣脱红苗，说："俺的老母鸡还在窝里下蛋。"林红苗喊："咱不要了，保命要紧。"她生拉硬拽着王大娘跑了出去。

街上乱哄哄的，有左手抓着鸡，右手用小棍儿撵着牲口的；有挎着包袱，一手抱着孩子，一手还领着一个孩子的……人人都在你挤我碰、跌跌撞撞地抢着往后山沟跑。远远地，林红苗看到赵荞麦正领着一个白胡子老头儿混杂在人群中，她没看到其他识字班姐妹，估计都在领着抗属往外逃。

这时候，一个妇女在奔跑中猛地摔倒了，后面的人收不住脚，接二连三倒在了她身上，妇女被压得哇哇乱叫，身边的两个孩子也号啕大哭……林红苗把王大娘交给旁边的妇女照看，然后拉住了一个拼命往前挤的妇女大吼："别挤，别挤，越挤越乱！"这个妇女平时怕林红苗三分，这回日军来了，更慌了神，豁上去了，也大喊："人人都在挤，凭什么光拉俺！"庄老七老婆本来在减租减息中对林红苗就很有意见，乘机阴阳怪气地说："凭她是妇救会会长，柿子专挑软的捏呗！"妇女被这么一挑拨，干脆挡着路不走了，坐在地上撒开了泼："干部欺负群众了哇，干部欺负群众了哇……"

面对眼前的困境，林红苗急得直跺脚，却依旧束手无策，气得说不出话来。站在旁边的赵爷爷猛地一瞪眼，怒吼一声："鬼子这就到了，还撒泼，还要不要命了？"妇女一个激灵，低眉顺眼地赶紧爬起来，领着孩子落荒而逃。说话间，赵荞麦钻过人群挤到了林红苗跟前，两人合力维持着秩序。林红苗大喊："都别慌！等咱们庄口的地雷响了，再挤也不迟。"听她这么一说，大家猛地醒悟过来，有的甚至停下了脚步：是呀，慌什么，地雷还没爆呢，鬼子还远着呢。

正在大家议论纷纷时，远处山头的抗日树竟然又直立起来了。林红苗就有些奇怪：啥情况？鬼子这是来了还是没来呢？正发怔时，梁文秋从远处飞奔过来，边挥手边喊："大家回吧，鬼子没来！鬼子没来！……"

一场虚惊，这场大混乱到此时才戛然而止。

撂挑子

那天在抗日树倒下之前，梁文田和赵二进正分别带着青抗先在庄口演习。"埋好地雷，得看着，等庄里人都撤了，你们才能拔保险销，听到了吗？"听到了。"梁文田交代完爆破组的队员，又对大枪组的队员说，"他们埋地雷，你们去半坡掩护他们。"交代好南队人员，他准备再上北队看看，刚走了不到一百米，就见山头的抗日树倒了，心里顿时有些慌张。早上，邻庄的侦察员还传来消息说日军在据点里没动，怎么忽然就来了呢？这可真是措手不及啊，不知北队的地雷埋得怎么样了，不知妇救会那边带着庄里人坚壁得怎么样了，不知儿童团那边怎么样了。梁文田觉得村长真不是好当的，心劈成八瓣也不够使的。

他心急火燎地往北队方向跑，到半路，只见山头上的抗日树又竖了起来。抗日树归儿童团团长林洪地管，他的火气噌的一下子上来了，也不去北组埋雷的现场了，扭头就往山头上奔，倒要看看究竟是谁在胡闹。到了山头，只见儿童团团长林洪地正站在两个团员中间，涨红了脸，大声责问："是谁吩咐你们的？连鬼子影子都没见，就把树推倒？"其中一个儿童团团员指着另一个说："都怪他，非要和俺玩打拐（打拐是风靡在农村孩子之间的游戏，即游戏双方各抬起一条腿，单腿跳着攻击对方，谁的腿先落地谁就算输）。"被指的儿童团团员垂着头，一声不响。

梁文田没费多少工夫就弄清了事情原委：原来林洪地把看抗日树的任务安排给了两个儿童团团员，这两个团员原本在庄口查看路条，路上每天人来人往的，又新鲜又带劲，忽然让他们在山头上整天守着一棵假树，真是无聊至极。其中一个团员就提议，干脆两人玩打拐吧。正玩得欢时，一个团员猛然瞥见远处似有一队人马沿河而来，他俩来不及细看，就惊慌地推倒了抗日树。等抗日树倒下，才看清那并非日军，而是一支货物运输队。他俩这才慌忙地又把抗日树立了起来。只是他们不知道，这树一倒一立，害得各方乱了套。

梁文田怒火中烧，狠狠地批评了林洪地，说他没有领导水平，当团长不合格。林洪地被骂得灰头土脸，一个团员在旁边不服气地嘟囔："鬼子又没来，也没啥损失，用得着那么凶吗？"梁文田板起脸说："这是原则问题、纪律问题，懂不懂？"这一声吓得那个团员再也不敢吭声，他这才气冲冲地走了。

这天，梁文田很沮丧。这场虚惊折腾得庄里乱成一锅粥，怨声也随之而起："梁文田这个代理村长不如原来的村长沉稳，连个看哨的事儿都办不好。""老话还是很有道理的，嘴上没毛就是办事不牢。"……梁文田听着大家的议论，铁青着脸回到村公所，把老壮青妇少代表集合起来，又把儿童团狠狠批评了一顿，平素里很要强的林洪地终于受不了了，当场委屈地大哭起来。林红苗心疼弟弟，赶紧去哄他。众人也纷纷发言，说梁文田批评得太过分，林洪地毕竟是个半大孩子。场面十分混乱。梁文田听着大伙儿的七嘴八舌，感觉自己的一腔热血，被兜头浇下一瓢又一瓢的凉水，回家连饭都不吃了，决定去林忠厚家撂挑子不干了。

林忠厚坐在炕上，双拐放在脚边，给梁文田递了一块煎饼，说："小子，这点委屈就受不了了？"一句话，让梁文田的眼泪差点儿掉出来。林忠厚继续说："俺当年也和你一样，一受委屈就以为天塌下来了。后来看看人家共产党八路军，缺吃少穿，甚至可能丢掉性命，仍旧热火朝天地干革命，依旧热火朝天地保护咱老百姓。"梁文田心有触动，若有所思。林忠厚又说："当一名指挥官，和普通人要有区别。要学着独自决断，还要能容得下非议。如果别人有疑问，就用实际行动来证明自己，不必在意人家的风言风语。"林忠厚看着梁文田，脸上洋溢着笑容：这个年轻人，将来还会遇到很多坎坷和困难，那都是成为一个优秀的村长必须走的路。他趁热打铁地说："去年，鬼子'扫荡'，老百姓都说八路军全跑了。可八路军怎么做的呢？他们夜晚去老百姓家做工作，一晚上能跑五六户，让所有人都知道共产党还在，八路军没跑。咱们要学八路军，有人质疑的时候，就用实际行动去证明。"梁文田的心中忽然像开了扇门似的豁然开朗："是，村长，俺懂了。"

林洪地坐在他家门口的大石头上哭泣，林红苗在一旁安慰着他。梁文田这时回来了，他上前拍了一下林洪地的肩膀，做起了自我批评。这一拍让林洪地愈发地委屈，嘴张得像瓢一样，号啕大哭起来，鼻涕一把泪一把的，弄得梁文田哭笑不得。林红苗说："其实今天发生的这场意外，未必不是一件好事。"梁文田纳闷儿地看着她，连林洪地都止住了哭声。林红苗继续说："咱们应该感谢儿童团，正是这场虚惊，让咱们看到了咱们应急能力的不足。发现不足，就要及时改正，等真正的敌人来了，就不会像今天这样乱成一锅粥了。"林红苗的一席话说得林洪地破涕而笑。他用袖子擦了一把鼻涕，羞答答的像个小姑娘一样，为刚才的声泪俱下不好意思起来。翌日，老壮青妇少各自带着人马，列出这场虚惊里暴露的种种问题，一一寻找应对策略。在这番挫折后，他们在人生的道路上又成长并成熟了一大步。

接下来的日子，梁文田带领民兵睡在村公所。一天半夜，他们睡得正香，就听梁文田扬声大喊："鬼子来啦！"只见一个青抗先抱着地雷赤着脚跳下炕；一个青抗先拿着埋地雷的铁铲就往外跑；一个青抗先慌得连鞋都找不到了，光着脚往外冲；还有一个青抗先咚的一声，头撞到门框上……长枪组也是手忙脚乱的，一个青抗先的手榴弹没拿；一个青抗先落下了枪，睡眼惺忪地往外跑……

他们乱哄哄地跑到大门口，只见梁文田站在清冷的月亮下，很严肃地说："全庄千把口子的身家性命，都指望着咱们呢。从今天开始，加强训练。"

拔钉子

转眼冬天来临，北风夹着刀子般的冷意一阵紧似一阵。日军一直没来沭水村。尽管林红苗一直提醒，老百姓的防备心理还是有些松懈。最不把她的话当回事的当属庄老七家，他家的油坊又开始隆隆作响，原先藏在地窖的豆子、花生也被堂而皇之地搬了出来。林红苗跑过去警告说："鬼子若是突然来了，可就危险了。"庄老七老婆弓着腰往四周看了看，像羊粪豆一样的小眼睛眨呀眨的，很是狡黠："真是拿鸡毛当令箭，整日嚷着鬼子要来，哪有？哪有？哪个鬼子会奔咱这穷山沟？""等来了，后悔都来不及了，别怪俺没提醒你。"庄老七老婆扑哧一声笑道："谢谢你的好心肠了，你八成是看俺家挣钱眼红了吧？"林红苗气得扭头就走了。

　　林红苗一大早看到梁文田去县里开会了，知道又会带来新闻。她拐去了村公所，果然一进院就听到一个新消息，说八路军准备第三次攻打甲子山，那是顽军孙焕彩盘踞的地方，若能一举攻克，就能彻底拔除这颗钉子，打通滨海与胶东的联系。"俺得带民兵们去支援前线，你们这段时间的坚壁清野可别松劲儿。"梁文田激动地说着的同时，将目光落在院子里的一个地雷上，现学现卖地强调起攻打甲子山的重要性，"县里说了，日本鬼子是外来侵略者，只能通过伪军来巩固他们的地盘。八路军要一个个敲掉伪军据点，让日军成为被敲掉牙、被打断腿的狼一样孤立无援。"林红苗闻言激情高昂地说："俺们也去支援前线吧。"梁文田说："上级说只需要薛庆区的群众支援。"林红苗有些不太高兴了："俺们又不是群众。"

　　关于甲子山、孙焕彩等词，林红苗已经不陌生了。报纸详细报道过八路军和孙焕彩的两次交手。她读过不止一遍，有的篇章甚至都能背诵下来。甲子山区，群山连绵，大大小小近百个山头。第一一一师第三三一旅旅长孙焕彩盘踞甲子山，在山上修堡垒工事，扣押共产党员，抵制抗日，八路军一直想拔掉这颗钉子。第一次拔钉子是在一九四二年八月，由山东分局书记朱瑞和山东纵队第二旅旅长孙继先、政治委员江华统一指挥。那次孙焕彩丢盔弃甲，带着残兵败将溃逃，八路军收复了甲子山。第二次是在一九四二年十月，孙焕彩纠集顽军卷土重来，八路军与其展开激战。后来，由于日军"扫荡"滨海地区，为组织反"扫荡"，八路军撤出，孙焕彩重新占领甲子山。

　　现在是第三次攻打甲子山了。林红苗申请支援前线被拒，怏怏不乐地走在路上，心里忽然冒出了一个大胆的主意。她摸出哨子，很快就把王凤枝、庄枣、赵荞麦、梁文秋招到教室。见到她们，林红苗从土桌子上蹦下来，说："梁文田他们要出征甲子山，咱们不能干看着，对吧？"王凤枝说："需要俺们识字班做什么，俺们就做什么。"林红苗说："这次因为甲子山离咱们比较远，不需要咱们做什么，不过俺想啦，咱们五个也去支援前线好不好？"赵荞麦机灵，首先反应过来："骑驴去战斗？"林红苗笑着说："是。"庄枣说："好，咱们上我家去牵驴。"

于是，识字班五个姐妹，在庄里人惊讶的注目礼下骑着小毛驴，迅速向东行去。远山逶迤，万物萧瑟的冬天一片荒芜，唯有路旁的蜡梅傲然迎着严寒开得热烈，黄色的花瓣清丽脱俗，风姿绰约。五姐妹没有心思驻足欣赏，只管把驴屁股拍得震山响。她们风尘仆仆地赶到薛庆区，立即就被分配到各自擅长的岗位上。林红苗和王凤枝因为会烙煎饼，被编入做饭组；赵荞麦和庄枣去担架组抢救伤员；梁文秋因为会医术，去了后方医疗所，给伤员清洗包扎伤口。

梅开五朵，先表其中两朵。林红苗和王凤枝一到做饭现场，直接被震撼到了。只见宽阔的打麦场上，烟雾缭绕，饭菜飘香，简易炉灶、鏊子、锅灶，一眼望不到头。大姑娘小媳妇正忙着烙煎饼、蒸馍馍、做大饼。天气寒冷，可是这里热火朝天，甚至有人穿着单衣。领她们来的，是龙头村的识字班队长，年纪和她们差不多，叫魏秀玉。魏秀玉告诉她俩："一百四十多家呢。为了不耽误事，俺们把他们都集中在一块了。"

林红苗和王凤枝被分配在两个鏊子前，两人二话不说，挽起袖子就烙起了煎饼。她们累了就蜷在旁边的麦秸堆里合会儿眼，醒了继续翻面、糊面糊、摊煎饼……烙到第十几天的一个晚上，忽然有人喊："胜利啦！胜利啦！……"瞬间欢声雷动，不多久她俩一头栽倒在麦秸里睡着了。接着，鼾声此起彼伏，响了一大片，大家都累到了极点。

再表另外两朵。赵荞麦和庄枣领到了一副旧门板。炮火连天，烟尘漫天，担架组有男的有女的，两人一组，抬了伤员就跑。看着战士被炸得血头血脸的样子，两人的心情都很沉重，谁也没有心思说话。可几天后，伤员忽然少了起来，有时候一整天也抬不上一个伤员。她俩又高兴又诧异。高兴的是，八路军战士受伤的少了；诧异的是，打仗就会有流血牺牲，少了说明什么呢？她俩百思不得其解。直到一同抬担架的民兵告诉她们，是罗荣桓政治委员下了命令，停止强攻，把敌人围死在甲子山。赵荞麦问："这法子行吗？"民兵兴奋地说："肯定行，俺们这里早都坚壁了，今秋甲子山里的敌人没抢到粮食，那么多张嘴，撑不了几天的。"

再来说说第五朵。梁文秋被带到龙头村，和山东纵队医疗二所的同志一起救护伤员。庄里的妇救会和识字班给伤员喂水、喂饭，梁文秋和其他医护人员对伤员进行检查、手术和换药。炮火轰鸣，伤员源源不断地被送来。这天，她正专心地给一名重伤员换药，忽然听见了一个熟悉的声音，抬头一看，那不正是她曾在温老嬷嬷那儿初识的温长春吗？他正对着医护人员讲着："要从实际情况出发，比如对骨头的固定用夹板最好，没有夹板用树枝、镰刀把甚至高粱秸固定也可。如果这些都没有，用鞋也可代替夹板，因为鞋底是硬的。"

温长春这时也看到了梁文秋。彼此对视的同时，脸上都露出关切的神情。两人同时发问："你怎么在这里？""我参军了，所以在这里。"温长春先回答，他看着她的眼睛熠熠生辉，"你说过，好男人就要参军打鬼子的。"梁文秋想起和他说过的一番慷慨激昂的话语，脸上飞起了淡淡红晕，她低声道："俺们识字班是来支援前线的。"两人彼此又对视了一眼，各自忙开了。那几天，他俩经常相遇，有时候说一两句话，有时候仅仅用眼神交流一下，却胜过千言万语。战争，让两个年轻人的心紧紧地连在了一起。

这天，下来一个被俘的国民党团长，姓赵，和他一起的还有个大肚子的女人，是他的夫人。所里的同志对他进行了思想政治教育，劝他弃暗投明。"我是败军之将，无话可说。"他一副死猪不怕开水烫的模样，硬气得很。可是梁文秋发现，他只要一看到他夫人，无所畏惧的脸上就会有难得的温柔。他夫人马上就要生了，一问年龄，四十二岁，是头胎。几天后的晚上，他夫人分娩了。立位，脚和整个身躯都顺利娩出，只是胎儿的头，怎么也娩不出来，急得助产士慌忙喊："快去喊温医生。"温长春正在别的房间，以最快的速度赶来，加入接生的团队。孩子终于出生了，望着那一团柔软的小人儿，赵团长对医生们充满了感激，脸上没有了"要打要杀，悉听尊便"的傲然。

很多年后，梁文秋成了著名的妇产科大夫，她问自己的丈夫温长春："你身为男人，为女人接生孩子，那时候还不像现在这么开放，就不怕难为情吗？"丈夫仍一脸宠溺："记住，我们是救死扶伤的医生。"梁文秋又问："你不怕别人议论吗？""记住，我们是救死扶伤的医生。"

温长春为赵团长的夫人奋力接生的时候，八路军攻打甲子山胜利了。敌方被围在甲子山，饿到断炊，又无外援，强撑十四天后终于军心涣散。孙焕彩突围时被八路军逮了个正着，最终八路军歼敌大半。滚滚硝烟散去，甲子山再度插上了八路军的红旗，宣告拔钉子成功。

沭水村的识字班姐妹会合到一起，骑上小毛驴，欢声笑语地踏上了回家的路。寒风从耳边吹过，路边的梅花更加娇艳了，淡雅的幽香一阵阵地往鼻子里灌。

走马灯

她们回到沭水村时已是傍晚，各家各户的烟囱腾起袅袅炊烟，呼唤着归来的人儿。她们依依不舍地在十字路口分别，各回各家。回家后，林红苗虽然浑身疲惫，可是她很兴奋，嘴巴像沭河的水一样滔滔不绝，叽叽不停地跟她娘说着甲子山战斗的见闻。她娘也告诉了林红苗一件事：她刚去支援前线的第二天，小货郎家就请林红苗的大姑又送来了年礼，催着腊月成亲。腊月是山里人约定俗成的男婚女嫁的日子。林红苗的大姑说："都说成两年了，不能总拿捏人家。去年死了不少人，不嫁情有可原，今年没理由再不出嫁吧？"刘春兰告诉他们，按说是这个理，只是真不巧，林红苗去薛庆区支援前线了，不知啥时候回来。刘春兰讲到这里，小心翼翼地看了闺女一眼。林红苗本来正意气风发地有说有笑，闻听此话，腾地站起来，一个箭步扑到炕上，用被子蒙住头，说："俺累了，要睡觉了。"刘春兰跟过去说："这个小货郎送的年礼倒是蛮厚实的。"林红苗从被子里撂出来一句话："要嫁你嫁，俺不嫁。"

刘春兰只好悻悻地离开。谁知一挨枕头就应该睡个天昏地暗的她，此时脑子里却一直在跑东跑西。人就是这样，太累了，反倒睡不着。直到快天亮，她才迷迷糊糊地合上眼睛，一直睡到被外面的一阵拨浪鼓声吵醒。

小货郎果然善于抓住良机，知道临近年关家家户户都需要添置东西。可对林红苗来说，拨浪鼓声简直刺耳。她自从和小货郎定亲后，只管躲着他不见，缺个针头线脑也让弟弟帮着捎回来。林洪地这个鬼精，每次都是就地还价，两头揩油。这次他又乐颠颠地跑来，跟姐姐说他想买一些过年的摔炮，问需要捎东西吗？林红苗经过昨天和娘的一番对话，心中正烦恼，可自己缝衣服的黑线、白线都用完了，还是拿出了自己的私房钱来。眼瞅着弟弟欢天喜地跑了出去，她的烦躁之意更甚。

她正在锅屋卷煎饼，林洪地提着两盏灯笼回来了，是两盏走马灯。一盏灯里，日军在前面逃着，八路军在后面提枪追赶；另一盏灯里，一个短发女人抱着识字课本在路上走，眉眼像极了林红苗。灯一直在转，煞是好玩。林红苗纳闷儿地问弟弟："怎么没买炮仗？"林洪地把黑线和白线递给姐姐，瞅着花灯里转动的人影儿，说："货郎哥说啦，今年不卖炮仗了，留着硫黄等，制造土地雷，打日本鬼子。"他把那盏识字班走路灯递给林红苗："灯是俺货郎哥扎的，他让俺把这盏送给你。"林红苗一时接也不是，不接也不是。林洪地却不管这些，硬塞进姐姐手里，提着另一盏灯出去找小伙伴玩去了。他边走边嘟囔："你说这个灯笼是怎么做的？人在里面怎么能一直转动呢？"林红苗看着手里的走马灯，心想这个小货郎倒是手艺巧妙，思想也进步，只可惜自己心里，早已经有了文田哥。

过小年那天，庄里忽然来了几匹长发披肩、四个蹄子都有碗口的大青马，来接沭水村的识字班姐妹去薛庆区参加祝捷联欢晚会。直到这时，大家才知道了五个识字班骑驴去支前的故事。姐妹们都是第一次骑马，感觉像要飞起来一样，连一向潇洒自如的假小子赵荞麦也抓紧了缰绳，不敢动弹。可在大家眼里，蓝蓝的天空白云飘，白云下面高高的马背上，五个识字班像打了胜仗的女将军一样威武。

那是一场军民大联欢的晚会。曾经烟雾缭绕、饭菜飘香的打麦场上，依旧是人山人海。有穿着破棉袄吸着旱烟袋的老汉，有梳着发髻的婶子大娘，有清朗的青抗先，有俊俏的识字班，也有像泥鳅一样钻来钻去的猴孩子，还有穿着灰军装的八路军。表演者非常卖力，表演的节目也花样百出，高跷、跑旱船、唱对台戏是保留节目，还新增了军民鱼水情谊深等节目。在一片叫好声中，还夹杂着卖花生、卖柿饼子的吆喝声："柿饼子，柿饼子，都来尝尝俺的柿饼子……""花生，好吃的花生！"……所有的节目表演完毕，群众呼喊着"想看识字班扭秧歌"。沭水村的识字班和薛庆区的识字班早有准备。她们把长长的红绸带拿出来，扭起了秧歌。英勇的八路军和平实的老百姓，跟随着识字班，扭跳起来，笑声、掌声震得天上的星星都挤着脑袋看起了这人间热闹的景象。

转眼就过大年了。暮色中，暖融融的橘黄光亮从家家户户的窗棂里流淌出来，将整个村庄温柔地笼罩住。林洪地把那盏八路军追日军的走马灯也挂到了屋檐下。大年初一，来来往往拜年的老百姓又口口相传了一件趣事儿：腊月二十六日那天的刘庄大集上，有五个正理发的汉奸被身着便装、腰藏手枪的八路军特工队抓住了，被押着在街上走的时候，群众看到汉奸理了一半的头，都放声哄笑，真解气啊！

大年初一的笑声仍在耳边回荡，大年初二出嫁的女儿要回娘家了。林红苗姐姐抱着儿子，坐在姐夫的独轮车上回娘家了。小毛头还不到一岁，头戴老虎帽，帽上插着花，见了林红苗就笑，露出两颗刚长的新牙。姐姐说："你看，小毛头都知道他小姨是个女英雄。"林红苗被哄得抱着小毛头就不肯撒手了。"赶快自己拾（生）一个。"林红苗姐姐趁她高兴的劲儿打趣道，"你和小货郎……"林红苗姐姐才刚起了个头，只见林红苗把小毛头往姐姐怀里一塞，扭头走了。林红苗姐姐只能抱着孩子跟着进屋，但见林红苗已经跑到炕上，用被子蒙住了头。林红苗见姐姐进来，猛地一掀被子："你是来当说客的是吧？谁来也不好使，这亲俺退定了。"林红苗喘着粗气，翻了个身，用后背对着姐姐，因胸口起伏，后背抖动得十分厉害。林红苗姐姐对着抖动的后背说："杏花，不是爹娘不想退。小货郎家送的白面，咱家吃了；咱家拉的外债，他也替咱扛了。你若退亲，咱就得把这些都还回去。咱家的情况你也了解，咱爹、咱娘是还不动了。本来咱该有两个弟弟的，谁知大弟弟死了，家里就剩铁蛋这根独苗了。他可能会为了替你还账，连媳妇都娶不上，你就忍心让他替你还账，打上一辈子光棍？"林红苗抖动的后背就像冬眠的蛇一样僵在了床上。

过了年，庄里又有十七名青抗先报名参军。赵二进要给哥哥报仇，也报了名。扭秧歌送兵哥哥，是识字班过年期间必不可少的一项活动。林红苗带领识字班，给青年们戴上大红花，扭着秧歌，一直把他们送到接兵站。

林红苗觉得，这一年于自己而言，真是悲喜交加，就如那旋转的走马灯，不知道它下一秒会转向哪一格。可无论如何，她都要像那走马灯里的人影一样，脚步坚定地往前走，决不回头。

第四章

一九四三年

女民兵

大年初二那天姐姐的一番话，让林红苗心如死灰。可过了一段时间，她的心思又活络起来，思来想去还是不甘心。她想，她识了字，翻身得了解放，为啥不能追求自己的婚姻自由呢？大不了欠小货郎的账，由她和文田哥成亲后一起偿还。一想到和自己的心上人成亲之事，她就像被春风吹开的一朵花，红霞漫上了脸颊，心怦怦直跳。

她决定找梁文田谈谈，看看他到底是什么想法和态度。说来也巧，她刚出门就遇到了心上人。她鼓足了勇气，嗓音微微发颤："文田哥，咱俩……"她话还没说完，梁文田就急匆匆地打断了她："红苗，俺很忙，咱们回头再聊。"说完，梁文田就脚不沾地地走了。林红苗愣在原地，剩下的话被生生堵在喉咙里，连呼吸都变得艰难起来。但凡多情女遇到无情男，自是要受一番伤害。她一步一挪地往家走，心如刀割，心里默默地说："再见了……"

其实她不知道，梁文田整个春节都忙得焦头烂额，甚至连大年初一的饺子都没心思吃，满脑子都是沭水村的工作。上头再三敲响警钟，说不要掉以轻心，日军随时都会来"扫荡"。对于沭水村的坚壁工作，他并不担心，林红苗的能力搁那里摆着呢。他真正发愁的是自卫队的侦察、埋雷、打枪等问题。他的"四梁八柱"基本都参军了，费尽心血训练的连水都泼不进来的"铜墙铁壁"，如今成了一个四处漏水的木桶。尤其是赵二进，这个他从小无话不谈的玩伴、最好的搭档和助手，也去了部队，这个重大损失让他措手不及。他仿佛是一只折断翅膀的雄鹰，哪有心思和林红苗谈情说爱呢？

年后，梁文田把剩下的青抗先重新编组，自己仍然担任南队队长。赵二进参军去了，他的工作只能一分为三。赵三进是个当队长的好苗子，但目前还稚嫩，只能当北队大枪组组长，一个叫刘子成的青年当北队侦察组组长，可是爆炸组组长一直难以确定。他们三个聚在村公所，把庄里能用的青抗先翻来覆去地选了几遍，都没找到合适的人。

这时候，林红苗来了。自从那天被梁文田打断话语，她自怨自艾，觉得一定是自己不够优秀，才让他不屑一顾。男女之间只要窗户纸没捅破，总爱胡思乱想，对方的一丝风吹草动都能带来地震般的感受。她发誓要掐断这段情思，可情到深处，越想掐断，越放不下。知道他在村公所，她终究管不住自己的双腿，又一次去找他了。全身心扑在工作上的梁文田压根儿不知道林红苗内心的百转千回，忙打着招呼说："红苗，你来得正好，帮着推荐一个爆炸组组长的人选。"林红苗精神一振，说："你们还真忽略了一个人。"三人齐声问："谁？""俺呀。"

三个男人瞬间泄了气："你是女的，女的怎么能打枪埋雷？"林红苗火了："女的怎么啦？识字比你们多，读报比你们强。"梁文田皱着眉说："打游击可不是学文化。"林红苗不服气地说："天底下学文化最难，俺都能学会，埋雷、打枪，俺也能学会，谁也不是生下来就啥都会的！"这话一出口，她猛然一愣神。这句话很熟悉，当年她嫌赵荞麦矮，嘲笑她没有扫帚高，赵荞麦就梗着脖子说："谁也不是生下来就啥都会的！"她这才意识到曾经对赵荞麦的伤害，一股羞愧涌上心头。

赵三进挠挠头说："也是，俺只要一看到那些曲里拐弯的字就头疼，识字可比打枪、埋雷难多了。"梁文田沉吟片刻说："埋雷可不是一个简单的活，要让敌人发现不了，还要根据现场的实际情况动脑子，随机应变。"赵三进说："其实，埋雷最需要胆大心细，这倒是识字班们的长处，俺觉得可以让她试试。"梁文田仍然有些犹豫："老百姓转移那摊也很重要，谁来管？"林红苗接着道："识字班姐妹都能独当一面，个个不比俺差。"梁文田终于点头了："只能这样了，可以让林大娘代理妇救会会长。"林红苗说："刘春兰小脚，怵路，还不识字，仍旧当副手带领中老年妇女；王凤枝泼辣能干，代理妇救会会长可以让她干。"

梁文田暂时同意了林红苗的提议。第二天，林红苗意气风发地跟着青抗先到了打谷场。正学着怎么埋雷的时候，得知消息的识字班姐妹们都来了，她们哪甘居人后呢？学到手里就是自己的本事，她们呼啦啦一窝蜂涌了过来，都嚷嚷着要学。梁文田索性一块教。他用土地雷给她们讲解布设要领，带她们实地埋设，反复演练麻雀战、突袭战、伏击战、闪电战，又教她们如何打枪、如何躲避炮火、如何保护自己……他再三强调，打枪是为了掩护，要采用打游击战术，不要和敌人正面冲突……识字班英姿飒爽地站在打谷场上。呼呼的北风吹过，虽然她们拿枪的手被冻得僵硬，脸颊仿佛被刀割一样，却没有一个退缩的。

论打枪埋雷，最出色的还数赵荞麦。她脑子灵活，手脚麻利，一学就会，连林红苗都自愧不如。赵荞麦央求梁文田："俺要进自卫队！"梁文田正色道："让林红苗进，是不得已。你们四个都来，群众转移怎么办？"赵荞麦不服气地说："打枪埋雷，红苗姐不如俺！""你个人能力突出，组织能力弱。"赵荞麦嘴噘得老高，可也打消了当女民兵的心思。林红苗看着这场景，心中五味杂陈，想起自己当初也嫌弃过赵荞麦，如今被嫌弃的却成了自己。

撤　离

他们练着练着，正月就过去了，早春二月悄然而至。泥土解冻，开始变得柔软，一群又一群鸟儿飞落枝头，打探着春天的讯息。这天，忽然从山头传来了凌厉的哨声，紧接着，山头上的抗日树也轰然倒下。后来林红苗才知道，那次两千余名日、伪军对临东县进行了"扫荡"。

兵分多路：梁文田带着一队民兵，扛上大枪，装上地雷直奔南门口；赵三进、林红苗、刘子成各自带领民兵去了北门口。与此同时，刘春兰带领中老年妇女，王凤枝带着识字班，指挥庄里人迅速向大山转移。

大家已经从上次的虚惊中积累了经验和教训，也想到了应对的法子，可真正听到"鬼子来了",场面依旧很混乱。一个老百姓的毛驴驮着一大袋粮食,压得毛驴的腿都短了几分,走到半路,毛驴直接不动了。驴主人一脸慌张,急着解下粮袋,打算扔掉以减轻负担。王凤枝快步冲过去,厉声道:"你干啥?"驴主人急道:"扔粮食,俺可不想让鬼子连人带驴一块堵住!"王凤枝拍了拍驴背:"听俺的,鬼子来不了那么快。"驴主人说:"听你的?俺的驴要是被鬼子抢走咋办?"王凤枝急了:"等地雷响了,你再扔粮食也不迟。"这才让驴主人放了心,继续前行。王凤枝又转头问另一个人:"你慌啥?"那个人说:"别人都慌了。""你看别人慌,别人也看你慌,慌来慌去,鬼子还没到,自己就先乱了。"

在王凤枝的指挥下,大家牵着羊,逮着鸡,背着粮食,领着孩子,向庄外有序地转移着。大山里,到处都是奇形怪状的山洞,每逢战乱,老百姓都会躲进这些天然屏障里避难。他们在洞中铺上干草,支起锅灶,暂时生活下来。

安顿好大家,王凤枝和庄枣一组,梁文秋和赵荞麦一组,分头到各家各户的山洞里巡查。王凤枝与庄枣本来不合拍,可是王凤枝通过上次离开识字班,意识到自己太过自由主义,行为和言语上有些收敛,再加上她现在是代理会长,时时提醒自己,不要弄些小女儿情态,遂主动要求和庄枣一组。两人先到了抗属李奶奶那里,山洞潮湿阴冷,李奶奶缩在角落里,身边连根干草都没有。庄枣要把她家的麦秸抱过来一些,王凤枝说:"抱俺家的吧,俺家离得近。"李奶奶赶紧拉着她说:"使不得,出门在外,谁家也不容易。""您年龄大,连根草都没有,怎么行呢?""侄孙媳妇,俺是怕你婆婆不乐意,俺知道做媳妇的难处。""现在不是早先了。"王凤枝挣脱了老人的手,回自家山洞抱麦秸去了。

李奶奶和庄枣聊着前方打仗的事,王凤枝抱了麦秸来,两人帮着老人铺好。李奶奶感动得不知如何是好,翻遍口袋,掏出一把花生,硬要塞给她们。她们怎么会要老人的食物呢?正你推我让的时候,外面传来一阵叫嚷声,两人赶紧跑了出去。

原来是庄老七老婆在外面闹了起来。她竟然要在山洞外面生火做饭，被梁文秋当场制止了。庄老七老婆吵嚷起来，尖细着嗓门说："你不就仗着你哥当村长，欺负人吗？"梁文秋涨红了脸说："跟俺哥有啥关系？"说话间，王凤枝和庄枣过来了，王凤枝批评起庄老七老婆："这也不是平时过日子，若都像你家一样，让鬼子看到烟火暴露目标，不连累全庄人吗？"这一番道理，说得庄老七老婆哑口无言，她悻悻地说："早这么说俺就听了。可是巧妹她刚才不分青红皂白，端起一盆水直接把俺的火浇灭了，俺以后生火还得费不少事！"

王凤枝为了息事宁人，让赵荞麦道歉。赵荞麦拉不下脸，可是眼前有那么多事情要做，只好大事化小，小事化了。赵荞麦绷着脸，声音闷闷地对庄老七老婆说："对不住，俺态度不对。"虽然这事像纸一样被揭过去了，可是赵荞麦对王凤枝的态度明显冷淡了许多。五个姐妹中，平日里赵荞麦和王凤枝关系最好，可往往亲近的人反而更容易生气。王凤枝看在眼里，不转脑门也知道赵荞麦为啥不搭理她，可她又不知道怎么做赵荞麦的思想工作。此刻，她才真正体会到当妇救会会长不是那么容易的事，更为自己曾经犯过的自由主义而羞愧。

王凤枝闷闷不乐地回到自家山洞，她婆婆正在给小牛子兄妹四个卷煎饼。她婆婆边剥鸡蛋边不满地说："你干吗把咱家的麦秸给李老嬷嬷那么多啊？""娘，李奶奶的孙子在前线保护咱们，咱们给点草不算啥。"王凤枝正说着，有人在外面喊她，她答应一声就跑了出去。她婆婆在后面叹了口气，早先做媳妇的整天围着锅台转，现在的媳妇可好，整天不着家，可是她又为儿媳妇自豪。她家本来在庄里的地位不高，可现在人人都对她笑脸相迎，可都是看着儿媳妇的脸面呢。她一会儿觉得围着锅台转的媳妇好，一会儿又觉得出去干大事的媳妇更有光彩，在心里反过来倒过去地来回纠结着。

王凤枝可没工夫管她婆婆在想什么。自从她识了字、学了文化，心胸一下子打开了，眼界一下子开阔了，她忙着呢。王凤枝召集姐妹们，开了个小组会。"第一，别光等着民兵送信，咱们也站个哨，这个由赵荞麦负责。第二，看看咱们庄的都来山洞了吗，别有掉队的，这个由庄枣负责。第三，民兵们在同敌人作战，咱们要保证他们不饿肚子，这个由林大娘负责。第四，现在大家躲在洞里，别闲着生事，编成互助组，这个由俺和文秋负责……"王凤枝任务分派得井井有条，姐妹们各负其责，分头行事。

日头西斜，庄枣过来跟王凤枝汇报：除了没见老私塾一家，其他人都在山沟里。王凤枝傻眼了，老私塾一家去了哪里呢？

晚上，月亮弯弯的，像一个细细的银钩子，勾着人们想起他们的颠沛流离。夜深了，人们睡了，羊睡了，鸡睡了，虫睡了，连天空和大地都睡了，可识字班没睡，她们在外面放着哨。

此后几天，识字班挨个山头送饭的时候，时不时地探听外面的消息：八路军老五团在各庄民兵的配合下，采用游击战术，把敌人打得晕头转向。最让人骄傲的是，她们沭水村的民兵用像西瓜、鱼篓的土造地雷炸死了三个日本兵。

又过几日，敌人撤退了，大家浩浩荡荡地回了庄。刚进庄口，一股浓烈的臭味就扑鼻而来，庄里到处是日军丢下的骨头、肉皮、鸡毛、猪肠……一清点，因各家的坚壁工作做得到位，没有受多大损失。只有庄老七家，油坊里的粮食统统被日本鬼子抢走，黄豆缸里……竟然被日军拉满了屎尿！心疼得老两口儿在院子里骂天骂地、骂日军。骂累了，庄老七说："唉，都怨咱太麻痹，不听八路军的话，不听识字班的话，咱不好好坚壁怪谁呢？"庄老七老婆说："怪你！咱当初若像老六一样，捐了粮食，还落个好。是你分析过来分析过去，这不，家底子全分析光了……"庄老七恼羞成怒，蹦起来，一记老拳挥过去，他老婆在地上撕心裂肺地号了起来。

入　党

那几天，大家一边骂一边清理街头巷尾臭气熏天的垃圾。不过，沭水村熬过了这场残酷的斗争，因坚壁工作做得到位，没让日本兵捞着太多好处。晚上，在自家炕头上的老百姓，除了庄老七家，都睡了个踏实温暖的觉。

村公所的油灯亮着，青抗先、识字班围坐一圈儿，都在兴奋地谈论着这次作战的情况。这次日本兵踩进的地雷阵，是林红苗带领的爆炸组埋设的，大家纷纷称赞她干得漂亮。一个青抗先说："这伙狡猾的家伙刚走近庄头，就拐弯向南去了。组长对俺们说，要引他们上钩，不能让这伙杂碎溜走！说完，就带着俺们绕到鬼子背后，朝着他们放了几枪。鬼子果然掉过头来追赶俺们。轰，轰，轰，他们就像狗吃屎一样吃了咱们的铁西瓜。"

林红苗刚加入青年民兵自卫队，就立了一功，自是在油灯下神采飞扬。正热闹着，县委宣传部部长徐闯来了。他曾经在渊子崖保卫战中受伤，经过梁文秋和赵荞麦的细心护理，又送到部队医院医治，如今已经痊愈，重新回到了工作岗位。"徐部长！"青年们一齐迎了上去，梁文田更是激动地一把握住他的手，一直握到屋里才松开。梁文田说："县里部署得太好了，这次'扫荡'的敌人被各庄民兵和游击队打得找不到北。"徐闯说："是你们做得好，县里只出计划，具体还是靠你们操作。"一个青抗先挠着头不好意思地说："这都是文田哥平时带着俺们训练的结果。"梁文田说："主要还是靠你们身手敏捷、机动灵活。"

"打了大胜仗，怎么都谦虚起来了？"门被推开，是梁大娘她们带着一大篮子花生和柿饼子慰问来了。一个青抗先故意叹气："慰问光有花生和柿饼，总觉得还少了点啥。"林红苗不解地问："少啥？"那个青抗先贼兮兮地笑道："少了识字班扭秧歌呀，俺们怎么看都看不够。"王凤枝坐在旁边，抬手拍了他脑袋一下，笑道："你们要是天天打胜仗，俺们天天扭秧歌，让你们看个够！"屋子里顿时笑声一片。

众人边剥花生边继续欢声笑语。刘春兰说："现在外面都传，说鬼子走到哪儿，哪儿就轰隆隆炸开花，直接把他们送上天。"梁大娘也笑着接话："还说现在鬼子进庄，都吓得像乌龟一样爬着往前走！"徐闯把一粒花生仁扔进嘴里，哈哈大笑："不过，咱们的地雷无处不有、无处不在，倒是真的。毛主席的《论持久战》里讲的，烧死日本鬼子这匹野牛的火阵，不就是这样吗！"

直到深夜，村公所的油灯才熄灭。翌日，沭水村又恢复了往日的生机，林红苗回归识字班。一天晌午饭后，她急匆匆走进教室，脸上带着掩饰不住的激动，大声喊道："姐妹们，俺要宣布一个好消息！"众姐妹哗啦一下围了上去。王凤枝不小心碰到了赵荞麦，赵荞麦眼皮一耷拉，身子一闪，转身站到梁文秋旁边去了。林红苗敏锐地察觉到了两人的不对劲儿，皱了皱眉，问道："你俩咋回事？"王凤枝不说话，赵荞麦也不说话。梁文秋就讲了两人闹别扭的经过，讲完后，补了一句："这事，俺支持荞麦，凤枝太纵容庄老七老婆了。"

林红苗听完，沉默了一阵，脸色严肃起来："咱们怎么能和群众起冲突？咱们要学习八路军对待老百姓的态度，严格要求自己。这个事，俺支持凤枝。"赵荞麦就是这点好，一旦意识到自己的错误就会立即改正。她走到王凤枝面前说："俺犯了自由主义错误，俺不对，向你道歉。这回是真心的。"王凤枝拉过赵荞麦的手说："俺前一段时间也犯过自由主义错误，经过这回，俺也理解了红苗的不容易。"姐妹的手紧紧地握在了一起，心和心也再一次连在了一起。"做思想工作，咱们谁都不如红苗，句句都能说到点子上，"梁文秋站在一旁，感叹道，"俺们的大会长，你的好消息呢？都卖了半天关子了。"林红苗深吸一口气，清了清嗓子，脸上露出难得的郑重，用清脆昂扬的声音，一字一句地说道："姐妹们，你们入党的事，组织上批准啦！从今往后，咱们一起过组织生活！"教室里爆发出热烈的欢呼声，大家激动地拥抱在一起。

日头偏西，识字班姐妹下了课，仍旧沉浸在成为共产党员的激动与自豪中。她们感觉好像重担压在了肩头，走起路来，也不再像以前那样蹦蹦跳跳、嬉笑打闹了，变得沉稳安静了许多。她们正暗自奇怪着这种感觉，从远处跌跌撞撞跑来两个妇女，身后还跟着两个孩子，惊慌失措的，仿佛受了极大的惊吓。

走近一看，竟然是老私塾的老伴儿、儿媳妇和孙子。老私塾的老伴儿见到林红苗她们，腿一软，扑通一声瘫倒在地。林红苗赶紧扶起她问："老私塾呢？"老私塾的老伴儿嘴唇哆嗦着，话都说不出来。她的儿媳妇哭了起来："俺公公，还有俺当家的，都被鬼子抓走了。"

原来，自从老私塾被打伤胳膊后，仿佛被吓破了胆子。他白天不敢出门，整日缩在家里，每次听见庄里自卫队的练枪声，就瑟瑟发抖，嘴里喃喃地念叨着："要遭报复的，要遭报复的……"他越害怕，就越觉得敌人厉害；越觉得敌人厉害，就越害怕……最终，这份恐惧吞噬了他的理智。日军"扫荡"那天，他生怕被八路军和自卫队连累，竟然带着全家躲进了另一处山洞。可谁知，越怕什么，越来什么！藏到山洞后不久，老私塾一家就碰到日军搜山了，老私塾的老伴儿从山洞的小孔里看到：四个日本兵，扛着枪，踩着乱石，一步步逼近。其中一个走着走着，忽然一脚踩进了松软的灰坑，灰坑冒起了一阵青烟。他们以为是地雷，瞬间趴倒在地，趴了半天，才战战兢兢地爬起来。听到这里，王凤枝气得指着老私塾的老伴儿说："咱们不是早就说过不要在洞外做饭，以防暴露目标？不是说过很多次了吗？"

谁都知道，做饭的灰还冒着青烟，说明人应该就在附近。日本兵开始仔细搜寻起来，很快发现了一个洞口。此洞口正是老私塾全家的藏身之处。他们只听见洞口外的喊话："出来，不出来的话，死了死了的。"声音狰狞，他们吓得不敢出去，这时一个日本兵朝洞里扔了颗手榴弹。虽然没炸到他们，可是他们不敢再待在洞里了。老私塾临出去时，反复交代："千万不要反抗，保命比什么都要紧。"然后，他、他老伴儿、他儿子、他儿媳妇、他两个孙子，一个个举着手做投降状，连滚带爬地出了山洞。老私塾边往外走边告饶："别打，别打，我们都是老百姓。"日本兵看见他们，立刻把老私塾的儿子捆了起来，准备再捆他大孙子的时候，谁知他大孙子趁乱猛地一扭身，钻进了山洞深处。一个日本兵立刻抬枪，要冲进去抓"这个兔崽子"，被他儿媳妇死死地拖住。日本兵回身举刀欲劈时，忽然刺刀停在了半空中，瞅着她狰狞地笑了起来。然后，他抓着她的头发像老鹰抓小鸡似的朝一块石头后面拖去。稍后，日本兵提着裤子出来，接着另一个日本兵也边解裤腰带边朝石头后面走去。老私塾的儿子挣扎着要拼命，被老私塾声嘶力竭地喝住。老私塾扑通跪倒在地，招呼他老伴儿、儿子、孙子跪下，磕头求饶。日本兵哈哈大笑着，把老私塾和他儿子一同带走了。

听完老私塾老伴儿的话，所有人都恨得牙根痒痒。过了几天，梁文田打听到消息：老私塾的儿子被抓去给日军修筑围墙，当苦工；老私塾因识字，被安排在日军身边做事。庄里人都义愤填膺地说："给日本人做事，那不就是汉奸吗？"老私塾的家人都不敢出门，走到哪里背后都有人指指点点、窃窃私语；家里的孩子也不敢出来玩，怕被其他小孩子吐唾沫。

开　荒

庄户人跟土地最亲，把土地当命根子。躲过日军"扫荡"的庄户人，又一次扛起锄头，走向田间，开始了新一年的春耕春种。新翻的泥土带着潮湿的气息，那是希望的味道。然而今年，一些没人愿意耕种的荒地里，多了一些穿灰军装的八路军，他们一边与敌人斗智斗勇，一边参加大生产运动，用自己的双手种下粮食，以应对战争的长期消耗。林红苗决定带领识字班也加入这场大生产。去年，为八路军赶制军衣、军鞋，由于棉花短缺，识字班绞尽脑汁。如果今年春天种上棉花，到了冬天做军衣、军鞋，还用发愁吗？

和大山紧相连的一座山叫蝎子山，蝎子山的半山腰有一块闲地，赵荞麦提议把它开垦出来种棉花，得到了识字班姐妹的一致赞同。这个年纪的闺女不知道累是什么，一呼百应，卷个煎饼，边吃边挎着柳筐，扛着镢头，意气风发地向山上进发。

蝎子山的荒地多石、难耕，有些石头看着只露个尖儿，实则大半身子埋在地下。她们的第一步任务就是把这些石头清理出去。不到一个时辰，庄枣的手就起了水泡。"你初次干活儿，镢头不认得你，必然要让你吃些苦头。"林红苗笑道，并贴心地让她歇一会儿。庄枣犹豫着，掏出一块手绢，想铺在地上坐着，可余光一瞥，正好撞上王凤枝投来的意味深长的眼神。她耳根一红，赶紧把手绢收起，学着王凤枝的样子，一屁股坐到地上。

尽管庄枣获得了林红苗的特殊照顾，可回到家后，还是累得腰酸腿疼，一头倒在床上，连晚饭都没吃就睡了。平日里羸弱的她经常失眠，可是那天晚上，她一觉睡到天明。三天之后，她的疼痛感消失了，回家就嚷着"饿死了"，一顿吃一个大馍馍。这让庄老六很诧异，庄老六心想：这还是自己那个整天病恹恹的、茶不思饭不想的闺女吗？

这天，识字班继续往外捡石头，梁文秋半蹲着，把捡拾的石头放进柳筐里说："今早俺娘还问俺，闺女家家识了字，还要到地里干活儿，像男人一样受大累，图啥？""图心里舒坦，千金难买俺乐意。"林红苗一边龇牙咧嘴地撬着一块大石头，一边说，"自从辛老师来教咱们识了字，学了文化，俺觉得俺像喝了水的庄稼苗，舒展了，精神了。"这么一说，姐妹们都觉得她不愧为识字班队长、妇救会会长，一番话说到了自己的心坎里。姐妹们的干劲儿更足了。

正干得热火朝天，赵荞麦忽然发现远处走来了一个小脚女人，是神婆子何仙姑。林红苗低声说："别理她，她来准没好事。"果然，何仙姑小脚点点走来，挥舞着双手大声喊："哎呀，你们这些死妮子！怎么敢动这座山呢？"众姐妹各自忙着手里的活，谁都懒得搭理她。何仙姑拍着手，又蹦又跳："蝎子山，是神山，大小石头都不能搬。谁敢动一动，叫他全家进鬼门关。"林红苗轻哼一声："看来揭露的还不够，你还搞封建迷信。"

何仙姑脸色一变，想起了前阵子脸抹锅底灰挨批斗的情景，自讨没趣地下山去了。"让你再装神弄鬼！"赵荞麦大喊着，捡起一块小石子，对着何仙姑的背影扔了过去。姐妹们都知道，赵荞麦只是想吓唬她，否则凭她的准头，即使是树上的一只鸟儿也能打下来。小石子准确无误地砸在何仙姑前面，吓得她哎哟一声坐倒在地。瞅着何仙姑的狼狈样子，众姐妹笑得前仰后合。

那天，识字班还没下山，她们即将大祸临头的谣言就已经在庄里蔓延开，这种闲事都是长了腿的。她们相视一笑，并不理会，回家照样吃得香、睡得甜，白天照样上山干活儿。几天之后，见她们平安无事，谣言不攻自破。庄里人都说再也不相信何仙姑的鬼话了，纷纷帮着识字班搬石头、翻土。没几天，荒山就整好了。

识字班没有种地经验，一伙老头儿自动来帮忙。他们就是赵爷爷和他的耆老救护队队员。赵爷爷拄着拐杖，咳嗽了一声："种地的事，还得俺们这些老家伙来教你们！"这群和土地打了大半辈子交道的老人，熟练地示范着翻耕、选种、播种等农事，手脚麻利得很。识字班们围在田边，认认真真地听、看、学。不久之后，一粒粒泡好的棉籽被她们怀着满满的期待，小心翼翼地种进土里。她们站在田埂上，凝望着还是一片荒芜的土地，期盼着每一粒棉籽都能在土地的滋养下生根发芽，苗壮成长。因为棉花的丰收，对于她们来说意义非凡。

只要用心

此时的识字班，除了每天中午会合在一起学上两个小时的功课，其他时候都像陀螺一样忙个不停。林红苗跟着民兵出操，练习打枪埋雷。梁文秋跟着温老嬷嬷学习针灸，已经成了庄里小有名气的医生，经常被人请去看病。王凤枝成了庄里的会计，庄里所有账目都交由她管理。连庄枣都开始忙碌起来，庄里要创办抗日小学，需要教员一名，林红苗力荐她："当然非庄枣莫属啊。她识字最多，还懂古文，关键是有耐心。"

种植棉花，不是把种子撒在地里就万事大吉了，而是像赵爷爷说的"它们是地里拴着的孩子，得精心伺候"。识字班姐妹集体商量的结果是谁有空谁就去"伺候"这个"孩子"。去年有着种植西红柿经验的赵荞麦，成了去棉花地里最多的人，她把庄老六捐助的一个小黑板，放在地头，上面写"明天浇水"或者"明天拔草"之类的，不仅提醒自己，也让每个进棉花地的姐妹一目了然。

不久，天气暖和了，路上的行人换上了单衣，棉花芽钻出了地面，有一拃多长，青枝绿叶的，煞是喜人。与此同时，沭水村的抗日小学也开始准备复学了，还是使用原来的庄小学教室。自从老私塾被日军抓去后，庄小学教室一直闲置着。庄枣稍微改动了一下，把教室正中央挂的孔子画像，换成了毛主席和朱总司令的照片，四周墙上贴满了抗日标语，还在院子的篱笆周围撒上了粉豆、满天星、绣线菊的种子。她记着辛之华的理想，等抗战胜利后，到一个鲜花盛开的村庄里教书育人。她看着还是一片荒芜的土地，默默念叨："辛老师，不久的将来，这里就会开满鲜花。"

报名的时候，庄枣给每个小学生按照辈分起了大名。有了大名的小娃娃穿着过年才穿的新衣裳，由庄枣领着，向毛主席和朱总司令三鞠躬。第一课，庄枣在黑板上写了个大大的"人"字，用树枝重重敲打："人！跟我念！"孩子们一开始很害羞，不敢大声念。在庄枣的反复鼓励下，学生的声音逐渐响亮起来。他们的父母路过，会停下脚步，脸上露出欣慰的笑容。识字班路过，静静地听了一会儿，林红苗说："那年，辛老师就是这样教咱们的。"

这天，赵荞麦发现棉花小小叶子的背面生了蚜虫，赶紧回家找赵爷爷取经。赵爷爷捋着胡须，不慌不忙地说："棉花天生爱生虫，得赶紧治。要不，叶子很快就卷起来了。"赵荞麦二话没说去了蝎子山，在地头的小黑板上写道"明早治虫"。

傍晚，林红苗忙完之后去了棉花地，见到小黑板上的字，就拐到赵荞麦家。赵荞麦此时正趴在锅底掏草木灰，身上、脸上这里黑一块那里黑一块的。林红苗扑哧一下笑了："你在干啥呀？都快赶上何仙姑了。"赵荞麦踌踌满志地说："俺正在捣鼓治虫子的水。俺刚跟俺爷爷学的，他说人勤地就收。"林红苗闻听此言，卷起袖子，和赵荞麦一起掏，不一会儿工夫，脸也抹得像花脸猫似的。两人舀了水一点一点地淋在草木灰上，淋好后装进罐子里。弄完这些，赵荞麦又找了几根小木棍，小木棍头上绑了棉花，兴致勃勃地说："棉铃虫是日本鬼子，明天咱们彻底消灭它！"本来忙了一天的林红苗有些疲倦了，被赵荞麦这么一形容，反倒生出了兴奋和期盼之心。

第二天一大早，林红苗先去了邻居家找梁文秋，可梁文秋天不明就被庄里人叫去看病了，不在家。她就自己一个人去了赵荞麦家。一直以来，比朝霞更早的是庄户人。这回，为沐水村天色破晓的，是识字班。林红苗和赵荞麦两人拿着罐子和木棍，深一脚浅一脚地踩在清晨剩余的夜色里。

她俩自以为已经够早了，殊不知王凤枝和庄枣已比她俩先到。庄枣望着棉花棵上，一个个青黄色的棉铃虫正在缓缓蠕动，生了畏怯之心，忍不住后退了一步。王凤枝鄙夷地斜睨庄枣一眼，又鄙夷地斜睨虫子一眼说："瞧你这个胆小样，连个虫子都不敢捉，以后怎么和日本鬼子作斗争？"说着她一把抓起一只虫子，提着在庄枣面前乱晃。庄枣深呼吸一下，闭上眼睛，鼓足勇气把手伸向了正在扭动的虫子。

"庄枣，你别听凤枝的，咱们用这个治。"林红苗和赵荞麦及时赶到，制止了庄枣伸向虫子的手，把涂了草木灰水的木棍递给她。"抹这个，既省力，又不会脏手。"王凤枝不冷不热地撇嘴道："大小姐能干这种活儿吗？""都是姐妹，开玩笑要适可而止呀。"林红苗制止了王凤枝，又拍拍庄枣的肩膀说，"凤枝，刀子嘴豆腐心，别和她一般见识。"庄枣感激地点点头，王凤枝则有些讪讪的。这人和人的情分，就是这么玄妙，王凤枝虽脾气刚烈，却为人极其通情达理，可就是与庄枣不睦。

棉花田的第一次战斗，在晨曦中拉开帷幕。姐妹们一手提着罐子，一手拿着木棍，专心致志地为棉花叶抹草木灰水。

抗日小学的学生在琅琅的读书声中，像一棵棵小树一样苗壮成长；蝎子山的棉花也在识字班的精心培育下长得像一棵小树了，结结实实的秆子撑着浓绿纷繁的枝叶。一天上午，赵荞麦在黑板上写道："明天施肥。"下午，黑板下面压了一张纸，上面写道："庄稼一枝花，全靠粪当家，明儿俺挑担子大粪上地。"看字体是王凤枝写的。傍晚，纸上又增添了三行字："明儿一早俺没事，俺来。""俺也来。""俺明儿一早也来。"

　　第二天，天边刚泛起第一抹晨色，林红苗扛着镢头、拿着水瓢，刚出门就遇见了梁文秋。"文秋，这么早啊。"梁文秋举着水瓢说："咋了？光兴你积极吗？"两人边熟练地斗着嘴边往前走。半路上，蒙蒙亮光中，前面一个俏生生的人正扛着锄头向前走着，走近一看是庄枣。她俩很吃惊，庄枣竟然比她俩还先进。到地头，一个像假小子的人正在地里给棉花打杈子。林红苗、梁文秋、庄枣互相对视一眼，有些汗颜，赶紧钻进地里也打起了杈子。不一会儿，身边多了一地的枝杈。太阳升起，王凤枝挑了一担大粪晃晃悠悠地来了。已是春末，暖暖的小风吹过来，大粪的味道十足，庄枣忍不住干呕了一下。王凤枝瞅见忍不住又讽刺道："庄稼都是粪养出来的，你吃饭的时候怎么不干呕？"庄枣的眼泪像受惊的鱼一样在眼眶里乱转，过了一会儿，她羞愧地说："对不起，我一时没忍住，习惯了就好了。"姐妹们舀起粪水，精心地灌进一棵一棵棉花的根里。林红苗敏锐地察觉到庄枣好像有心事，赶到她面前问："真生凤枝的气了吗？"庄枣的眉心结了个疙瘩："与她无关，我在想棉花能打杈，若是小学生出了杈子，怎么打呢？"

　　原来，随着地里的青草越来越茂盛，抗日小学的学生却一天比一天减少。庄枣望眼欲穿地站在教室的院子外，看到她的一个个学生，纷纷往庄外的田野走。她逮住一个曾经读书最积极的学生，问他怎么不上学。那个学生委屈地往后缩着，不说话，只管低头瞅着自己的脚。庄枣着急地给他讲读书的重要性，那个学生终于憋不住了说："俺爹让俺放羊，说读书都是有钱人家孩子的事，俺就这瞎命。"另一个学生也停下来跟着附和："俺娘让俺打猪草，俺斗争过，没用。"他们挣脱了庄枣的手，背着筐，撵着羊，继续往前走去，最后学校里竟然只剩下两个学生。

　　见庄枣发愁地蹙着眉，林红苗说："辛老师曾经说过，只要用心，办法总比困难多。那年识字班姐妹不去上课，你是怎么做到让她们生产、学习两不误的？""去她们家里教，纺线的时候教纺线，织布的时候教织布。""就是嘛！怎么到小孩子头上就不知怎么做了？"庄枣思忖半天，声音中难掩喜悦地说："我明白了！"

当天晚上，庄枣把父亲曾经赠送给识字班剩下的小黑板找了出来。庄老六帮着把小黑板锯成两半，钻上孔，系上绳。庄枣编了一些朗朗上口的词句，比如"大羊大，小羊小，山上山下吃青草"，"种瓜得瓜，种豆得豆"，"小鸟天上飞，大马地上跑"……她把这些一一写到小黑板上。第二天，她站在路口，分别发给放羊、割草的学生们，让他们别到柳筐上、挂到羊角上。孩子都是三五成群的，庄枣就到割草的这边教教，到放羊的那边教教……

夜　收

忙来忙去，阳光渐渐毒辣起来，田间饱满的麦穗被压弯了腰，又到了麦收的季节。梁文田从县里开会回来，带回一条上级指示：白天不要割麦子，要等天黑之后再割，以防敌人来抢。林红苗一拍脑袋说："咱们怎么没想到呢？晚上敌人都躲在据点里，借给他们一百个胆子，他们也不敢来啊。"梁文田说："那就今晚动手，咱们先帮抗属收割！"

吃过晚饭，识字班们拿着磨得锃亮的镰刀，站在了麦田地头。林红苗半眯着眼说道："咱们庄里有句俗话，镰怕五张。俺这会明白啥意思了。咱们这么多姐妹一起，这些麦子还撑割吗？"王凤枝站在地头上笑得花枝乱颤："俺拿着镰刀往外走的时候，俺婆婆说，割自家麦子都没见这么积极过。俺说，抗属家的男人在打鬼子，能一样吗？"

月色如银，所有姐妹头上都系着白羊肚汗巾，唯独庄枣没有，她好奇地问："晚上没太阳，你们戴汗巾干吗？"林红苗从大襟褂子里掏出一条，递给她："就知道你没戴。"姐妹们站在白晃晃的月光下，像一阵夏天的风，轻盈地滑进了麦田。

庄枣羡慕地看着其他人，但见她们像老鹰逮小鸡似的一把薅过麦子，镰刀唰唰作响，麦子成片倒下，身边随之开阔起来。她手握镰刀，像螃蟹那样支棱着手脚，一会儿就热得满头大汗，麦芒和汗水粘住褂子，浑身刺痒得难受，汗水混杂着泥土流进眼睛里，眼前变得模糊起来，可此时的手根本不敢触及身体。她用白羊肚汗巾悄悄地擦擦脸，眼前清晰起来，从心里感激起林红苗来。她也学她们的样子，一把薅过麦子，谁知镰刀总是不听她的话。她攒足吃奶的劲儿，依旧被她们拉下一大截。

倒数第二的是赵荞麦，她把头上的白羊肚汗巾拉下来，擦了擦汗，觉得还是热得要命，索性脱了外褂，只穿着贴身的小衣服。她游到庄枣身边说："不热吗？除了咱们也没有外人，你也脱了吧。"庄枣看看月光下她白花花的胳膊，直咂舌，她可没有赵荞麦的胆子和勇气。"就知道你不敢！"赵荞麦冲她调皮地吐了吐舌头，总归要弄出些动静的，"这样干活太闷了，俺给你们唱首歌解闷吧。""锣鼓响，咚咚锵，日本鬼子来'扫荡'，烧光杀光又抢光，孤苦流浪到四方，无依无靠多凄凉……"

谁知姐妹们只顾埋头收割，竟没有一个人响应。她失望地央求林红苗："队长，咱们边割麦子边唱歌好不好？"林红苗头也不回地说："鬼子会来'扫荡'，赶紧抢收，哪有心思唱。""瞧瞧你们吓掉了魂的样子，俺还盼着鬼子来'扫荡'呢，让他们尝尝铁西瓜的味道。"见仍旧没人理她，赵荞麦接着说，"抢收又用不着嘴。你们看，俺边割边唱，保准不比你们弱。"

赵荞麦讨了个没趣，赌气不再开口，闷头猛割。突然，林红苗轻轻地哼了一句："劝老乡细思量，赶快准备反'扫荡'，举起锄头拿起枪，组织起来打东洋。"赵荞麦呆住了："你不是说没心思唱歌吗？""被你引得，不唱歌，心里怪痒痒的。唱着歌有干劲儿，但咱们小声唱！"林红苗抓过一把麦子，用镰刀一把割下来，接着低声唱了起来，"老乡们想办法，茅草盖在水井上，过冬的二升毛穇子，瓦罐下面地雷藏。男女老少山沟里躲，牛羊鸡鸭也窖藏，庄内不留任何物，叫鬼子啥也抢不到。"姐妹和上一句："坚壁清野做得好！"她们低声唱着歌儿，镰刀唰唰地划过金黄的麦子，歌声和收割声交织在一起。她们干得更欢实了。

一块又一块的麦子被收割干净了。姐妹们把麦秸捆了，看着光秃秃的像刚被剃过头的田地，实在受不了困劲儿，一倒头，直接躺在麦秸上睡着了。直到赵爷爷他们耆老救护队赶着驴车来了，把她们叫醒。王凤枝用手摘去头上的麦秸，问赵爷爷："俺家的麦子割完了吗？"赵爷爷边往车上抱麦子边纳闷儿地说："你婆婆让你放心，说家里的事不用你管。你婆婆原来贼小气，现在咋这么豁达了？"王凤枝哈哈大笑了起来。林红苗问："梁文田那边怎么样了？抗属的麦子都割完了吗？"赵爷爷回答："都割完了。"一个老头儿插嘴道："瞧青抗先和识字班这个干劲儿，多少麦田也不撑割呀。"

识字班和耆老救护队把捆好的麦秸抱到驴车上，一辆辆驴车满载着金黄的麦子而去。此时天边开始露出曙光，识字班收拾好镰刀，朝着庄里走去。路上，她们互相瞧着彼此狼狈的模样，大笑起来，咯咯咯……笑声像麦子不小心掉在地上，蹦蹦跶跶的，到处都是。

识字班们前仰后合，笑声响亮，只有庄枣抿着嘴乐，偶尔歪头看看姐妹，也只是咧咧嘴巴，不像其他姐妹那样忘形。林红苗在旁边看着，忽然发现庄枣很美。经过一夜的折腾，大家都灰头土脸的，庄枣虽然也蓬头垢面，可她的背和腰仍然很直溜，在一群识字班姐妹中显得很特别，像庄里那棵亭亭玉立的小白杨，有种含蓄娴静之美。"也许这就是大家闺秀吧。"林红苗心里想着，也像庄枣那样，只咧嘴不出声，却像东施效颦，自己先别扭起来。庄枣可不知道林红苗的心思，她只知道以前接受的教育是笑不露齿，行不动裙，最近跟着识字班吃苦受累，还时不时地挨王凤枝讽刺挖苦，可竟然像笼中鸟入林，有一种说不出的痛快。

大家不知不觉到了林红苗家门口，林红苗提议说："要不上俺家喝口水再走吧？"姐妹们一夜没睡，嗓子渴得都快冒出烟了，此刻经林红苗一提，更是难忍，而且经过一夜的抢收，姐妹之间生出一种恋恋不舍的情谊。于是大家涌进了林红苗家。林老汉他们在地里抢收还没回家，林红苗进锅屋烧热水的工夫，姐妹们已挤到水缸前，拿起水瓢。但见一个个脖子鼓了一下又一下，水珠顺着下巴滴下来，委实把她们渴坏了。庄枣皱皱眉，犹豫着喝还是不喝，王凤枝夺过她的水瓢说："俺们这样喝习惯了，你还是不要喝了。"这回王凤枝敢对天发誓没有一点儿讽刺庄枣的意思，人家比她们识字多，跟着她们劳动一夜，她若再嘲笑她，不是人哩。"我要喝。"可庄枣从她手中夺过水瓢，咕咚咕咚喝下大半瓢，然后学着王凤枝那样用袖子一擦，一屁股坐在地上喘着气。

第二天中午，睡醒觉的姐妹准备挎着柳筐，结伴去捡拾遗落在地里的麦穗。哨子吹响后，唯独庄枣没来，姐妹也没多想，因为她们经常凑不齐。捡完麦穗就到晌午了，林红苗提议去看看庄枣。庄家是庄里的大财主，虽然减租减息之后，威望和威风下降不少，可是她们都没去过她家。她们敲门，仆人出来，见是识字班，立刻笑脸相迎。

庄枣躺在雕花大床上病恹恹的。原来她在林红苗家喝了凉水之后，回家就开始拉肚子。她支撑着身子感谢众姐妹来看她，想建议大家以后喝热水，又怕被王凤枝讽刺，欲言又止。这时，丫鬟端了泡好的茶，给姐妹们一一斟上。她们见过很多大老爷喝茶，也端起茶杯，小口小口地抿起来。王凤枝率先皱起眉，呸的一声吐了出来："茶太难喝了，这么苦！庄枣，你还是叫人给俺弄碗红糖水吧。"坐了一阵子，众姐妹告辞，庄枣说："等我身子好后，请姐妹们来我家吃饭。"

几天后，识字班换上她们认为最好的衣裳，去庄家赴宴。那天，一盘盘精致的小菜摆满长桌，光是盘子的样式就让她们眼花缭乱。姐妹们正襟危坐，小心翼翼地夹菜，一言不发，笑得极其矜持。终于挨到结束，众姐妹逃跑般离开了。回家后，林红苗直奔锅屋，卷了个煎饼，大口大口地吃起来。她娘打趣道："你不是去吃大餐了吗？""看来俺没有大家闺秀的命，吃了那么多好吃的，转眼就饿了。"

脸黑棉白

整个夏天，识字班都像男劳力一样在田间劳作。仿佛一抬头一低头的工夫，秋天就来叩门了。红火火的高粱、金灿灿的玉米、黄澄澄的谷子，都在风里快活地扭动着身子。庄里又接到上级通知：高粱和玉米的秆子不能砍倒。林红苗忽然发现，一到关键时刻，上级都会适时出现，给各庄下达精准指令。那些指令既英明又细致，既周密又严谨。当时越不领悟上级意图，等事情过后，就越发觉得上级仿佛会神机妙算似的，越发从心底由衷地佩服上级。就像这次"庄稼不能砍倒"的命令，当时的林红苗并不明白，只管听话地不分白天黑夜地帮助抗属家劈玉米棒子和杀高粱头。后来才知道，这样一来，这些站立的庄稼可以作为掩护，供游击队和民兵作战时隐藏；二来，这些庄稼砍倒堆成垛后，容易被敌人纵火烧毁，而火烧柴垛往往是敌人用来传递信号的一种方式。

秋收刚结束，蝎子山上的棉花也到了采摘的时节。每一棵棉花都挂满了硕大的棉桃，胖乎乎的棉桃快要把外壳撑破了，绽放出的棉花如同天上的云朵被洒落在田间，在轻风中轻轻摇曳，洁白无瑕。

秋分这天，忽然打了个响雷。赵爷爷扛起镢头就往外走："秋分响雷，遍地是贼。俺得赶紧去把地里的大葱起出来。"赵荞麦不解地问："啥意思？秋分响雷，遍地是小偷？"赵爷爷边走边说："不是那意思，是指秋分打雷，会出现连阴雨，影响收成。庄稼歉收，雨可不就是贼吗？"赵荞麦顿时睁大眼睛："下雨？那棉花不是也要受影响？""可不。""不好！"赵荞麦大叫一声，赶紧吹响了紧急哨子。识字班姐妹像风一般地从四面八方跑来。见面后，林红苗果断决定："咱们赶紧回家拾掇拾掇，去蝎子山抢收棉花！"

拾棉花需要一个棉兜。在一块麻布四个角上各缝一根长长的带子，对折后，把带子系在腰上，就是棉兜了。她们把棉花一把一把地塞进去，直到整个兜子塞得鼓鼓囊囊的。等棉兜满了，再倒进地头上的大布袋子里。姐妹们一个夏天都在地里晒着，脸黝黑，和棉花的白相互映衬。很快，她们的腰前就鼓起了一大坨，只能用手托着两边，走起路来摇摇摆摆的，像一个快要生孩子的孕妇，又像一只摇摇晃晃的鸭子。她们互相看着，都笑得直不起腰，似乎被棉桃壳和枯枝划得横一道竖一道的手背也不疼了。姐妹们歪歪扭扭地又唱起了歌谣：

> 过去社会老封建，
>
> 妇女受罪真可怜。
>
> 打小爷娘瞧不起，
>
> 咬着牙根把足缠。
>
> 大门不出，二门不迈，
>
> 好比哑巴吃黄连。
>
> 越思越想越难受，
>
> 何时才能得自由？
>
> 来了中国共产党，
>
> 咱们妇女得解放。
>
> 勤学习，多纺线，
>
> 谁也不敢瞧不起！

识字班负责捡棉花，耆老救护队负责赶着驴车运送。看着快要擦到天上的棉花被驴车拉走，她们终于可以歇歇了。她们坐在地头的扁担上，用草帽扇着风。林红苗忽然来了兴致，提议："为了庆祝棉花丰收，咱们来个赛诗会吧？"大家纷纷鼓掌赞成。

赵荞麦一蹦三尺高，跳到田垄边。大家正在想这个鬼妮子又要整什么新花样时，她嘴里衔着一截草儿，跑了回来，怀里抱着一大把五彩斑斓、开得正盛的野花。她得意地宣布："咱们编个花环，谁是第一名，就给谁戴上！"众姐妹又是一阵鼓掌声，个个跃跃欲试。

庄枣：一个大姐刚十七，手拿锄头出门去，来到了庄头西。

林红苗：大姐要到哪里去？

庄枣：俺家本是种地的，俺要去锄地，打些好粮食。

林红苗：你家里都有谁？

庄枣：爹爹今年六十一，妈妈今年五十七，上了些年纪。

赵荞麦：你没有哥哥弟弟吗？

庄枣：三个哥哥都当兵，一个弟弟也抗日，就剩俺自己。

梁文秋：鬼子到过这里吗？

庄枣：提起鬼子真生气，杀人放火不讲理，还要抢东西。

识字班：鬼子来了，你怎么办？

庄枣：鬼子来了有主意，一把钢刀门后里，敢把鬼子劈。

姐妹们喝彩：大姐好胆量！

庄枣：侬家虽然是女的，也知道鬼子坏东西，不能饶了他。

王凤枝：大姐有婆家吗？

庄枣：跟着爹娘长大的，不知婆家啥东西，你问他怎的。

王凤枝：你不想找个小女婿吗？

庄枣：东家孩子不成器，西家孩子是地痞，不随俺心意。

识字班：你要找个什么样的？

庄枣：身强力壮有骨气，拿起枪刀去杀敌，他是抗日的。

……………

庄枣毫无悬念地夺得了第一名。大家心服口服，郑重地把花环戴在庄枣的头上。其实，林红苗提议举行赛诗会的时候，就已经预料到结果了。谁会比庄枣更会写诗呢？自从辛老师走后，庄枣成了她们的先生，现在又是全庄孩子的先生。其实，林红苗想用这种方式对她表示一下谢意。

那一刻，头上戴着花环的庄枣，坐在金色的黄昏里，眼里闪着光，像个仙子一样，美丽极了。一直以来，她在识字班里很自卑，做鞋、烙煎饼、拾棉花都比其他人慢一拍，总被姐妹们笑话。她知道她们并无恶意，可心里总有一丝说不出的酸楚。尤其王凤枝老爱捉弄她，有时候她都想甩袖而去，可是，姐妹们那么有活力，那么有激情，那么有干劲儿，她越来越离不开识字班了，离不开这种忙忙碌碌的真实。这天的她，第一次发现，即使是一只卑微的萤火虫，也能绽放出属于自己的光芒。

回到家，庄枣把第一次获得的荣誉挂在了墙上，视若珍宝。这不仅仅是一个花环，更是她在识字班里找到了归属感的象征。

又是一年做军鞋

摘了棉花之后，秋雨一场接一场地下了起来。雨水冲刷着屋檐，也打湿了识字班匆忙的脚步。雨虽不停，但支前的工作却不能耽搁，识字班把为八路军赶制军衣、军鞋的任务分派到各家各户，可她们还是喜欢聚在一起。姐妹们选择去梁文秋家，一边缝制一边说笑，仿佛这样才更有干劲儿。坐在曾经辛之华老师结婚时的炕上，她们谈论起去年做军衣、军鞋的情景：庄枣把家里的被子献出来，林红苗把她出嫁的被子献出来，赵荞麦把棉衣里塞了芦花……她们笑得眼角都渗出了泪花。

今年可好了，她们亲手种出的棉花大丰收，再也不用为棉花发愁了。这回，她们要把军衣和军鞋的棉花塞得厚厚的，让八路军穿得暖暖和和的，去战场上狠狠地打敌人！此情此景，庄枣抬头望了望窗外的秋雨，轻声念道：

下雨天，

棉花白，

做成军衣一件件。

棉油灯，

拨得亮，

做成军鞋一双双。

姐妹们鼓掌叫好，手里的针线越发灵巧了。

几场秋雨过后，树叶萧瑟，残荷凋零。这天，儿童团团长林洪地领着部队上的一个战士，来村公所催收军衣和军鞋。梁文田一听，立刻召集人手清点仓库。一查，军衣数量够了，军鞋还差几双。王凤枝翻出记账本，对照了一下，发现还有三户人家没有交军鞋，分别是林常河家、唐化生家，还有庄老七家。

"咱们得赶紧去催！"林红苗拉着王凤枝，挨家挨户地去收取。她俩先到了林常河家，他老婆从屋子里面拿出三双布鞋说："刚做好，正要去送呢，你们就来了。"林红苗仔细检查了一下，鞋底结实，针码密密麻麻，于是叮嘱道："以后要自觉些，别让俺们催了。"

她俩又去唐化生家，他老婆一脸歉意地说："军鞋和其他东西一起坚壁藏起来了，刚找出来，正要去送呢。"说着也把三双军鞋递了上来。林红苗又检查了一下，虽然需要催交，可也没有偷工减料，也嘱咐他家以后要自觉上交。

最后，她俩抱着军鞋到了庄老七家。她俩一进门，庄老七老婆就满脸堆笑地招呼她们："快进来坐坐！""不坐了，"林红苗直截了当地问，"军鞋做好了吗？"庄老七老婆一边往屋里走一边说："做好了，做好了，正要去送呢。"她递给了林红苗三双军鞋。林红苗看了一眼，脸色顿时沉了下来，说："这个不行。""怎么不行？你可别故意刁难俺们家啊！"庄老七老婆的脸一下子垮了。林红苗很严肃地说："你看看，鞋底太软太薄，针码太稀，鞋帮子只用糨糊粘了一下，根本不合格！"王凤枝更是火冒三丈："八路军穿这鞋是要打仗的，不是穿着去赶集的！你这是让他们上战场掉鞋底吗？"庄老七老婆脸上挂不住了，赶紧塞了一把枣子过去："哎呀，都是俺家儿媳妇手拙，不会做，通融一下，下次注意。"林红苗连连后退两步，不仅不肯接，还眼神凌厉地盯着庄老七老婆："抗战的道理，你可比谁都会讲。俺通融了，八路军跑了几步，鞋底掉了，你让他们赤脚为咱们打日本鬼子吗？"

这时，里屋走出一个年轻的媳妇，手里拿着三双新做好的军鞋，对庄老七老婆小声说道："娘，你拿错了，这三双才是。"林红苗接过来，仔细检查一番，才点了点头，转身和王凤枝抱着军鞋离开了。她们的身后传来庄老七老婆的怒骂声："就你能！你这个败家的娘们儿！"儿媳妇低声反驳："咱家的粮食被鬼子抢了，黄豆缸里被鬼子拉了屎，八路军可是在帮咱报仇呢。"王凤枝气得在庄老七家门口狠狠啐了一口："俺真想上去打她一耳光，打醒这个良心被狗吃了的！"

两人路过林红苗家，林红苗忽然想起了什么，说："等一下，俺要送双鞋垫儿。"林红苗进屋翻开橱子，找出两双鞋垫儿，一双绣着杏花和嗡嗡飞舞的蜜蜂；另一双一只绣着"抗日"，一只绣着"到底"。她犹豫了一下，把绣着杏花的鞋垫儿重新放进橱子里，将绣着"抗日到底"的鞋垫儿塞进了刚收到的军鞋里。她说："不知哪个当兵的会穿俺绣的这双鞋垫儿打鬼子啊。"王凤枝朝橱子努了努嘴巴，眼神狡黠地说："那双带杏花的，是不是给那个人绣的？"林红苗一怔："哪个人？"王凤枝坏笑着说："东唐庄的小货郎呗。"林红苗沉默了。她绣鞋垫儿时，可从来没想过东唐庄的那个人，在每一针、每一线里，她都在想着她的文田哥。林红苗压在心底的念头又翻涌上来：新时代了，俺要退亲。

后来有一天，军营里的一名八路军战士分到了一双鞋，这双鞋比别人多了一双绣着"抗日到底"的鞋垫儿。他左看右看不舍得用，小心地把鞋垫儿藏进了背包。后来那个战士牺牲了，在收拾遗物的时候，发现了一双崭新的鞋垫儿，上面绣着四个鲜艳的红字——"抗日到底"。

消灭赵化斋

深秋，正是收获与闲适并存的季节，可沭水村的气氛却丝毫不见轻松。识字班刚为八路军赶制完军衣和军鞋，县委宣传部部长徐闯就来到了沭水村村公所。寒暄过后，他开门见山地说明来意：八路军准备消灭汉奸头子赵化斋。

林红苗一听"赵化斋"这三个字，顿时恨得咬牙切齿："渊子崖村那一仗，就是这个汉奸头子造下的，早该找他算账了。""现如今，日军、顽军都像乌龟一样缩在各自据点里，赵化斋也倚仗着赵家庄后山坚固的工事和强大的火力，气焰很嚣张。"徐闯停顿了一下，又说，"不过，这个赵化斋是个戏迷，尤其喜欢听拉魂腔，咱们要利用这一点。八月十四日是赵家庄的大集，林红苗你们识字班唱一曲拉魂腔，把他引出来。我看《童女斩蛇》就很好。"

"八月十四日的大集？"林红苗赶紧记在心里。赵家庄逢四逢九是集市，也就是每个月阴历的四日、九日、十四日、十九日、二十四日、二十九日是集市。平时为小集，老百姓在集市上买些生活用品；而八月十四日和腊月二十四日是大集。前者是备中秋，后者是迎新年。届时，挑担子的、推车子的、赶驴的、牵羊的……络绎不绝地从四面八方赶到，很热闹。这回八路军就是要利用这场繁华大集，将那赵化斋勾出来。徐闯仿佛看出了她的疑惑，解释道："这个赵化斋狡猾得很，本来想让抗大的女学生来唱，可她们的拉魂腔总没有沂蒙韵味儿，他肯定会起疑。十里八乡的谁不知道你林红苗唱拉魂腔最好听？只有委屈识字班姐妹出马了，这样才能麻痹他。"

林红苗领了任务，扒拉着手指头一算，离八月十四日只剩几天了。她回家把辛之华曾经送给她的那本厚厚的剧本集找了出来，带着这个本子到教室，吹哨子集合大家。姐妹们头挨着头，字字斟酌，又增添了一些老百姓喜闻乐见的俚语，抓紧时间在教室里日夜排练，势把《童女斩蛇》演得娴熟。

转眼就到了八月十四日，赵家庄的集市果然热闹非凡，粮食、布匹、蔬菜、熟食、海货、牲口、果品、玩具、鞋帽、木器、铁器、石器、铜器，理发的、说书唱戏的、打拳卖艺的、耍猴套圈儿的……五花八门，应有尽有。识字班就在集市一角搭起的临时戏台上开唱了，林红苗的拉魂腔一开嗓，台子四周就围满了老百姓。

果不其然，才唱了没一会儿，赵化斋就现身了。他大模大样地坐在台前，身后几个伪军全副武装地跟着，一副耀武扬威的派头。识字班见"主角"来了，演得更带劲儿了，甚至身后的伪军都忍不住跟着叫好。当林红苗扮演的童女怒目圆睁，挥剑斩蛇之时，一个靠近赵化斋的卖花生小贩突然弯腰，压低声音说："长官，又香又脆的炒花生，买一些吧？"赵化斋目不转睛地盯着台上林红苗的表演，摆摆手表示不要。小贩继续说："看戏吃花生，赛过活神仙呢。"他佯装要从篮子里掏花生，却猛地拿出一把手枪，抵在赵化斋肚皮上，砰砰砰，连开三枪。一切发生得太快，围观的百姓霎时惊呼四起，其他伪军想要反击，却被暗处的八路军一拥而上缴了枪。只有戏台上，林红苗随着锣鼓声，唱着拉魂腔，在众人惊疑未定的目光中，从容收场。

那天，识字班一路兴高采烈地唱着《童女斩蛇》的片段胜利地回到了沭水村。到十字路口，她们分手各自回家。林红苗刚进屋，就瞧见她爹和大姑父正坐在炕上喝酒。她心里一咯噔，掉头就走。"站住！"林老汉吆喝一声，"过来！"

林红苗极不情愿地重新进了屋。"红苗是越来越水灵了，俺庄里和她这么大的闺女，孩子都满地跑了，唐家盼着今年腊月成亲呢。"原来她大姑又替唐家传话来了，"自从说成了这门亲事，已经拖了三年了，拿线纺纺哪个庄里能找到比小货郎家还通情达理的？"林老汉扫了一眼角落里的一袋粮食，颇有几分愧疚："也是，小货郎家每年送的节礼都怪厚实的，再拖咱也不仁义了。"林红苗低着头瞅着脚尖："俺要为辛老师守孝三年，再谈出嫁。"

她大姑说："辛老师又不是你亲爹亲娘，你这不是胡闹吗？"林老汉瞪了一眼自己的亲妹妹："你咋说话的？"她大姑自知说了冒失的话，讪讪地闭了嘴。林老汉怎么会不了解自己闺女的脾气？她这是故意找借口拖延呢。可他这次下了狠心，一拍桌子，桌上的酒盅跟着往上跳了一跳："腊月就出嫁，今年就是俺死了，也得把这亲事办了。"林红苗想起姐姐曾回娘家劝她时说的一番话，只能愤愤地扭头跑出了屋子。

她大姑和大姑父完成了传话任务，吃完晌饭就走了。林老汉独自坐在石榴树下的青石板上，掏出烟袋锅子，半天不见他抽一口。刘春兰又一次劝道："俺看，这门亲，实在不行，咱就退了吧。"烟叶慢慢燃尽了，林老汉把烟锅子慢慢地在脚底板上磕着，叹息着说："做人不是这个做法，都说成三年多了，现在退亲，咱老林家在庄里还能抬起头吗？将来咱铁蛋还会有好人家闺女敢跟吗？"闻听此言，刘春兰也只能叹口气，不再言语。

而此时，林红苗在她的屋子里，望着窗外灰蒙蒙的天，心乱如麻。她从没想过自己会被婚约逼到无路可退的地步。厚重的云彩低垂在村庄上空，似乎也在叹息着这片土地上此刻仍未消散的旧枷锁。

走出去

秋收秋种之后，地瓜、萝卜等入了窖，日子就跨进老百姓的闲冬了。如今青抗先和识字班可不像以往那样清闲。他们借着闲冬，一个个走出沭水村，去看看外面的水多深、天多阔、能人有多少。

一入冬，梁文田就获得了去滨海区轮训半个月的机会。刚到培训地时，梁文田面有得意之色，觉得自己又聪明又有本事。毕竟在县里，他已是被多次表扬的优秀村长和优秀民兵队长。然而，第一天自我介绍时，梁文田就感觉到自己以前真是井底的青蛙，见识短了。参加培训的二十名学员，人人都配合八路军作过战，都带领自己庄的民兵打过多次埋伏，有的还缴获过敌人的橹子手枪、大洋刀呢。他们都是庄里的人尖，各有各的本事。他这点小成绩，顿时显得微不足道了。

尤其在学习炸药构造、引爆原理等知识时，梁文田更是头大。他识字不多，听那些复杂的理论简直像听天书。但越难，他越不服输。不懂就问，他遇到难题就问教员、问同学。同时，他暗暗下定决心，回去一定要跟识字班好好学习文化。

当然，梁文田也有自己的优势。他认为现在用的边区造雷体笨重，杀伤力不大，将自己在家试验的用大花雷改造土地雷的经验分享给学员，令大家佩服不已。此时的他已经很谦逊了，把自己不明白的难题一一摆在众人面前，三个臭皮匠还顶个诸葛亮，何况二十名聪明又肯钻研的青年呢。没几天，他的所有难题都迎刃而解了。

这次的轮训，他们还学习了围点打援，重点突击，打伏击战怎么选择有利地形；埋雷的时候，怎样学伪装，拉弦怎么隐蔽，怎样布置才能与正常路面无异，是挂发还是触发，是独个的还是子母的……半个月下来，无论是理论还是实践，都得到了飞速提高。

梁文田回来后，当青抗先、识字班围着他，要他说说学习的收获时，他只说了一句话："不出去学习，不知道天外有天，人外有人。"林红苗接着道："俺那年参加妇救会培训，也是这种体会。"梁文田认真地说："有机会，大家都出去学习学习。"

没多久，果然有了机会。王凤枝去滨海中学师范班学习了半个月的会计。赵荞麦去县里学了半个月农业的培育。梁文秋则被推荐去县里学习接生技术，可要学整整一个月。去之前，梁文秋有些犹豫，她还是个大闺女，去学这种活计总觉得不好意思。林红苗鼓励她："文秋，这是多么好的机会！咱们要为自己奋斗，有啥不好意思的呢？别人说三道四，只当耳旁风。再说，你也不是没有接生经验。"梁文秋想起那年给辛之华老师接生的情景，哑然失笑道："俺那算什么接生经验啊。"到了县里，她惊讶地发现，培训班的主讲老师竟然是温长春。经过一个月的学习，她不仅掌握了接生技术，还与温长春的感情更加深厚了。

识字班姐妹轮番出去培训，回来无不感慨：外面的能人太多了。庄枣虽未参加培训，但她却在《大众日报》上发表了一组诗歌，让全庄人为之震惊：可了不得，庄枣写的字都能上报纸喽！

原来，前一段时间《大众日报》记者郭子路又一次来到沭水村，他此次不是为梁文秋而来。虽然他对梁文秋一见钟情，可也知道强扭的瓜不甜。他是为林洪地而来，前年林洪地的那句"俺将来也要到字最多的地方工作"的豪言，给郭子路留下了深刻印象。这不，机会来了，驻在沭河边古城村的《大众日报》第四印刷厂缺个排字工人，他一下子就想起了沭水村那个机灵能干的儿童团团长林洪地。

郭子路到达沭水村的时候，林洪地正带着儿童团操练。他一边分组站哨，一边带孩子们喊口号："哥哥大，背大枪；弟弟小，挂小刀。拿起红缨枪啊，去打小东洋……"郭子路问："这是谁编的？"林洪地答："识字班的庄枣，你见过的，她编的诗可多了。"郭子路大喜："报纸正缺这样朗朗上口又有针对性的诗歌呢。"

郭子路又问林洪地："你愿不愿意去《大众日报》印刷厂工作？"林洪地有些犹豫地说："俺想参军，打鬼子。""打鬼子有很多方式，报纸是共产党八路军的喉舌，印刷厂是红色播种机。"林洪地就这样被说服了。于是郭子路带走了林洪地，也带走了庄枣的一组诗歌。林洪地跟着郭子路走了，王凤枝的儿子小牛子，大名李荣生，补缺，成了儿童团团长。

一天，抗日小学放学后，庄枣刚出屋门，林红苗就来了。她神神秘秘地拉住了庄枣，东扯葫芦西扯瓢了半天，终于扭扭捏捏地从兜里掏出一张折叠得四四方方的纸来。林红苗扭捏着说："庄枣，俺……俺写了一首诗，请你帮着改改。"庄枣接过纸，但见上面写道：八路军来了俺翻了身，八路军真是俺的救命恩。"诗歌来源于生活，想象力和灵感也来自生活，这首诗虽然来自生活，不过……"庄枣不仅没笑话她，还有一种找到知音的喜悦，接着详细讲解了诗歌的平仄、韵律、对仗等技巧。"其实，我自己也还没入门，咱们共同进步。我觉得咱们先不要死守规则，拘泥平仄，先写出来，再推敲揣摩。白日不到处，青春恰自来；苔花如米小，也学牡丹开。与君共勉。"庄枣羞涩地看着林红苗的眼睛。

发传单

山乡又一次被寒冷吞噬，枯萎的芦苇在北风中瑟瑟发抖。闲冬时节，识字班却一点儿也闲不下来。这一次她们的任务是把传单送到敌占区，让伪军看了心里发慌，从内部瓦解他们的心理防线。林红苗犯了难："走到桥边就被轰回来了，咋办？"自从八路军在赵家庄击毙汉奸头子赵化斋后，伪军就更胆怯了，一个个缩在据点里，对敌占区防守得十分严格，还在沭河西岸的桥边增设岗哨，不许生人进入。想要把传单送进去，可不容易。

赵荞麦先去侦察了一番。果然她一上桥，立刻有一个伪军跳出来，恶声恶气地吼："回去！回去！谁也不准过！"赵荞麦继续往前走："俺去河西岸走亲戚。""走亲戚也不行，再走我就开枪了。"无奈的赵荞麦只好回来了。她蹲在芦苇荡后面，瞪着眼睛观察着河对岸的伪军。辛之华老师曾说过："只要用心，办法总比困难多。"可这次她纵是足智多谋，也感觉束手无策。北风一个劲儿地往骨子里钻，没一会儿她的腿就失去了知觉。忽然，她看到河对面的伪军在换班吃饭，岗哨松懈，顿时有了主意。

她一路小跑赶回庄里，吹哨召集识字班。看到姐妹们到齐后，她得意地说出了自己的计策：等到伪军换班吃饭时，迅速冲上桥，行至一半，立即向后转，等伪军换完班，势必以为她们是由西往东，会喊她们回去，如此可以顺利地到达西岸。林红苗有些拿不准："这法子行吗？""俺看这法子可以一试，不过要练习几遍，否则俺可保不准有些人……"王凤枝倒先点头赞成，瞅了一眼庄枣，意识到了自己的不对，急忙打住。林红苗说："事关重大，真得练熟。听俺口令，向后转。"

识字班在教室的院子里操练了一下午向后转的动作。第二天，她们挎着篮子，里面放了传单，用布蒙住，上面再放些花生、柿饼、栗子等零碎东西，出发了。到了桥头，姐妹们隐藏在芦苇荡后面，耐心地等待伪军换班吃饭。

芦花雪白，孤鸟飞返。中午时分，林红苗一挥手说："抓紧上桥。"姐妹们从齐人高的枯苇丛中闪出来，迅速冲上了桥。走到桥上不到一半，林红苗喊口令："向后转。"姐妹们齐刷刷地转过身来，动作干脆利落，宛如一支训练有素的队伍。她们果然听到身后传来了伪军的大喊："任何人不准过河到东岸，快回来，再不回来就开枪了。"就这样，她们巧妙地跨过最危险的地段，进入了敌占区。然后，她们分头行动，把传单放到各个显眼的地方。

谁也没料到，最谨慎的梁文秋出了意外。她刚把篮子里的传单拿出来，放在一个空亭子下，用石头压好，就被端着枪巡逻的伪军发现了。她扭头就走，一个看起来像队长的伪军喊："别动，再动就开枪！"梁文秋挎着篮子僵在原地。伪军队长上来，用枪托拨开传单上的石头，狐疑地问："是不是你放的？"梁文秋镇静地摇头："不是。""不是？那这是谁放的？带走！"伪军队长冷笑着说。

千钧一发之际，远处传来嘚嘚的驴蹄声，一个背着蓝花包袱的老妇人骑着驴走来了，竟是温老嬷嬷。她远远地喊："文秋，你怎么在这儿？"伪军队长显然认识温老嬷嬷。当兵的受伤是常事，他可不愿意得罪医生，斜着眼问道："她是你什么人？"温老嬷嬷说："我孙媳妇啊。"梁文秋立即会意，机智地回答："奶奶，可让俺好找，家里来了个急病号，咱快回吧。"伪军队长见此，态度也缓了下来，一边赔着笑，一边挥挥手，示意她们赶紧走。待那些伪军继续巡逻后，梁文秋说："谢谢您，救了俺一命。"温老嬷嬷笑眯眯地说："你都叫我'奶奶'了，咱是一家人，谢啥？"梁文秋的脸腾的一下红了。

温老嬷嬷拉起梁文秋的手，让她吃了饭再走。可梁文秋已经和其他识字班说好了天黑之前集合，也不敢耽搁，就挥挥手和温老嬷嬷说了再见。梁文秋赶回沭河西岸，与其他识字班姐妹成功会合。趁着伪军晚饭换班的时机，她们照旧快步冲上桥，故技重施，顺利归来。

赵二进

进入腊月，天一直阴着不开脸，好像在憋着什么似的。赵爷爷抬头看了看天色说："要下大雪了。"果然这天，从清晨开始，天空就飘起了细碎的"盐粒子"。到下午，整个沭水村仿佛披上了一身厚厚的素装，天地间一片苍茫。赵荞麦默默地站在窗前，每逢下雪天，她总会想起她的大哥赵大进。这时候，她又看到了两名身穿灰军装的男人踩着咯吱咯吱的雪，在她家门口。赵荞麦以为自己出现了幻觉，赶紧揉揉眼睛，果然有两个穿灰军装的男人，站在她家院子里，踌躇了好一会儿。终于，屋门"吱呀"一声被推开了。赵荞麦的心猛然收紧，身体止不住地颤抖起来。

不幸的消息又一次传来，她的二哥赵二进，在活捉刘雨亭的战斗中牺牲了。

又一次白发人送黑发人，赵二进的遗体被亲人埋在了哥哥赵大进的身旁。一个烈士证还簇新着，又增添了一个，怎能不叫亲人撕心裂肺？赵爷爷最先承受不住了，呜呜地哭了起来，老泪一滴滴滑落，流进了沟壑纵横的皱纹里。一家人的哭声压抑而绝望，只有两个烈士证静静地躺在桌子上，簇新得刺眼，像两个穿了大红衣裳、模样很乖的小娃娃一样。

数日后，赵家庄集市上，县里召开公判大会，正式宣布了刘雨亭背叛抗日、破坏地下党组织、投靠日寇、出卖民族、为非作歹等罪行。宣判之后，刘雨亭被当场枪决。站在军属区里的赵老汉青筋暴起，目光里透出刻骨的仇恨："俺与鬼子不共戴天，俺要让三进也参军，为他两个哥哥报仇！"

离林红苗出嫁的日子越来越近了，可她依旧忙碌着庄里的大事，仿佛出嫁的事与她无关。由于战事，八路军主力部队急需补充战斗力，她带着识字班姐妹挨家挨户地动员。梁文秋劝她："红苗，你马上要出门子了，赶紧忙一下自己的事情吧，动员工作由俺们来做。"林红苗很悲伤地说："俺若没有识字，嫁人、生儿育女，一辈子就这样稀里糊涂过去就算了。可是，俺识了字，翻了身，仍要遵从媒妁之言、父母之命，俺很痛苦。让俺干吧，忙忙活活的，痛苦还轻点。"

虽然林红苗晓之以理、动之以情，动员工作却收效甚微。这两年，随着战事的频发，烈士通知书一封封送回庄里，让一些青抗先对参军产生了恐惧心理，甚至老人们觉得参军就是去堵炮眼儿，产生了很强烈的抵触情绪。林红苗焦急万分，简直磨破了嘴皮子："只有打跑了鬼子，咱们老百姓才能过上好日子，参军打鬼子是光荣的。不要顾虑家里，咱们庄会想尽一切办法解决一切困难。俺们识字班的姐妹，也保证会帮助照顾每一家……"庄里的几个青抗先听到这里，嬉皮笑脸地起哄："你先动员东唐庄的小货郎参军，再来劝俺们吧。"还有几个青抗先针对王凤枝："你光知道动员俺们，怎么不回家动员动员俺木匠哥？"几个思想落后的老婆子和小媳妇也跟着说起了风凉话。林红苗和王凤枝哑口无言，在众人的哄笑中落荒而逃。

这句话深深刺痛了林红苗，眼看第二天庄里就要举行参军动员大会了，她回到识字班，当机立断："人家说得很有道理。咱们不能要求别人做到的事情，自己却做不到。俺先去动员东唐庄的小货郎参军！"王凤枝挺了挺胸脯说："只要你能动员小货郎参军，俺就让俺家那口子也报名。"赵荞麦说："俺也回家动员俺三哥。"林红苗和王凤枝异口同声地劝阻："你家男丁就剩你三哥了，你还是别劝了……"

这时，庄枣忽然大胆地发言："俺想，咱们要嫁就嫁参加八路军的人！"梁文秋羞涩地说："俺没落后，俺喜欢的人，已经成了八路军。""啊？"众姐妹都涌上来，七嘴八舌地发问，"保密工作做得这么好，快说，是谁？"梁文秋说起了她和温长春相识相知的故事。姐妹们齐声给她祝贺，王凤枝打趣道："让她坦白坦白,几时和那人好上的。"林红苗由衷地说："你这是自由恋爱啊!文秋,俺真羡慕你。"随后,识字班姐妹商量着具体怎么动员身边人。她们羞涩而庄重地发誓,只嫁给参加八路军的人,只爱参加八路军的郎。商量了一会儿,她们信心满满地各自回家,动员亲人参军去了。

先说林红苗。她回到家就开始写信:"唐富贵,你想和俺成亲,就在你庄里带头报名参军,不然俺庄谁第一个报名,俺就嫁给谁。这话不是说着玩的,俺们识字班发过誓了,只嫁给参加八路军的人。"写完,她把这封信叠得四四方方的,也学着鸡毛信那样,画了根鸡毛代表十万火急。然后,她带着信就去了东唐庄。到了庄口,她拿出信,交到一个在庄口站岗的儿童团团员手里,让他转交给唐富贵。

黄昏,唐富贵正在院子里摆弄着他的货筐。刚才在庄口站岗的那个儿童团团员,一边喊着富贵哥,一边跑进来把信递给他。他看了信一眼,赶紧问儿童团团员:"送信的人呢?""走啦。"唐富贵赶紧跑到庄口,可是哪还有林红苗的身影?

再说王凤枝。王凤枝是从旧社会爬出来的,她从小就给地主的女儿当丫鬟,挨打受骂都是平常事。即使地主的女儿生了伤寒,她也要衣不解带地服侍。后来她到了婆家,一连生了四个孩子,还是挨打受骂,她以为这就是女人的命。可是共产党八路军来了,冲毁了很多旧习惯和旧思想。她放了脚,识了字,拿起了算盘,挺直了腰杆。王凤枝发自内心地感激共产党、感激八路军,她早就想劝丈夫参军了。那天晚上上炕后,丈夫冲她嘿嘿地笑着,她娇媚地剜了丈夫一眼说:"你驴眉驴眼的,瞅俺笑啥?"李木匠得寸进尺地凑了上来:"你真好看。""净哄俺。""哄你是驴。""你若参军,俺就同意。""不参呢?""那你就别想了。"李木匠往旁边一躺,故意说:"不想就不想。""别人当家的都当兵,俺怪眼馋的,打仗立功,赶跑日本鬼子,多光荣啊。"

此时的王凤枝像一只小绵羊似的,李木匠翻身就把她死死地抱住了:"其实,俺也很感谢八路军,他们治好了咱小牛子的病,俺明天就去报名。"

那晚的王凤枝和李木匠，像一炉旺火碰到另一炉旺火。

第二天一大早，李木匠向他爹娘宣布他要报名参军。他爹娘刚要阻拦，他豪迈地一挥手："俺已经决定了，好好打鬼子，争取立个功回来。"

再说赵荞麦家。当天晚上，赵爷爷极力反对赵三进参军，他说他不是落后分子，只是赵大进、赵二进都牺牲了，只剩一根独苗了，等过几年赵三进成亲给赵家留个后，再参军也不迟。赵三进首先不同意："抗战能再等几年？几年后日本鬼子早被赶跑了。"赵三进、赵荞麦、赵老汉轮流给赵爷爷讲抗战的道理，最终赵爷爷拗不过了，只能叹气地点头："你们三个，都犟得跟头驴似的！"

动员会

第二日太阳升起，沭水村召开参军动员大会，十字路口演戏的高台子下面站满了父老乡亲。县委宣传部部长徐闯讲话后，梁文田也开始了动员发言，接着林红苗代表识字班上台。她一走上台，就有青抗先起哄道："东唐庄的那位小货郎报不报名？"林红苗不接茬，只管发言，到最后，她高声说道："俺们识字班要嫁就嫁参军的人！东唐庄那位要是不报名，咱庄谁第一个报名，俺就嫁给谁！"

林红苗的这句话一下子把青年人报名的热情推上了巅峰，台下一片沸腾。其实林红苗的这句话主要是说给梁文田听的，她想用这种方式让他第一个报名参军。可遗憾的是，林红苗发言的时候，梁文田被徐闯拉到场外商量事情去了。

林红苗话音刚落，一个精壮的青抗先跃上了台子："俺第一个报名！"台下掌声、口哨声响个不停。他叫赵柱子，虽然其貌不扬，倒也不失为一个壮实的青年，只是家里太穷了。爹有痨病，长年卧在炕上，娘眼神不好，一个弟弟一个妹妹，妹妹因照顾爹娘，也没上识字班，全家五口人共住在一间破茅屋里。

接着，李木匠报了名，赵三进报了名，刘子成报了名……正热闹的时候，梁文田和徐闯从外面走进来。林红苗失望地看着梁文田，她多么希望他能第一个报名参军啊。她不知道，其实梁文田头天晚上是准备带头参军的。谁知就在刚才，徐闯把他叫了出去，像看穿了他的心思一样说："抗战有很多种方式，参军去主力战场是一种。而带着庄里的民兵打游击，牵制敌人的一部分力量，让主力部队打起仗来更得心应手，也是抗战的一种方式。"就是徐闯的这番话，打消了梁文田时不时像泥鳅一样乱窜的参军念头。他不知道，就是他的这一念之差，让他与美好婚姻失之交臂。命运有时候就会阴差阳错。

会后，赵柱子在青抗先的一片起哄声中，兴奋得像刚挣脱围栏的小马。他找到梁文田，不敢相信这枚熟透了的香喷喷果子会落进他的嘴里。赵柱子要村长给他作证："林红苗说的，谁第一个参加八路军，她就嫁给谁，全庄可全听到了。俺是第一个报名的，还作数吗？"刚才已经有人跟梁文田汇报了林红苗的壮举，梁文田一时心中五味杂陈。不过，他很快调整好自己的情绪说："如果东唐庄的小货郎没报名参军，就作数。"

同一时间，东唐庄也在进行参军动员大会，唐富贵刚要第一个报名，谁知这个庄的识字班队长也喊道："谁第一个报名参军，俺就嫁给谁。"唐富贵只想娶林红苗，就想等一会儿再报名。就在这时，他妹妹急匆匆地跑了过来，对他说："哥，娘病了，你快回去看看！"唐富贵想先回家看看，再报名也来得及。谁知他刚踏进屋门，便听身后屋门哐当一声关上了，还上了锁。他大喊："娘，娘，放俺出去，俺要报名参军。"这话不说不打紧，一说，他娘直接把长长的钥匙放进她的大襟褂子里，搬了一个板凳坐在了门外。唐富贵在屋里喊："俺要打鬼子立功。"他娘像根秋后的老藕——一肚子私心，大喊道："立功？你以为功那么好立啊？娘知道青年人都应该去打鬼子，可是你若有个好歹，怎么办？天要是塌了，赚个金山银山又有啥用？"

践行诺言

　　唐富贵没报名参军的消息迅速传到了沐水村，林红苗不仅没有悲伤，反而松了一口气。她对梁文秋说："俺很庆幸，幸好没嫁给一个落后分子！"

　　大家同住一个庄，梁文秋知道柱子家的情况，心疼地看着这个自己从小玩到大的姐妹："红苗，你真的要嫁柱子？你再好好想想，这关乎你的终身幸福……"林红苗反倒安慰起一脸忧愁的梁文秋："柱子他虽然长得不算人高马大，家也穷了点，但他是一个有志气的男人。他能第一个报名参军，说明他思想进步，这门亲事俺认！""可他家那么穷，还有病爹瞎娘，你嫁过去，日子会很苦的……""俺不怕苦！俺要的不是家底子厚实，要的不是长得排场，而是志同道合！"梁文秋还想再劝林红苗，被她制止了："俺宁肯嫁柱子，也不嫁东唐庄那个落后分子，就像辛老师说的'道不同不相为谋'！"眼见林红苗话说得如此坚决，梁文秋也没啥好说的了。

　　林红苗在会上的豪言壮语早已像长了翅膀一样，先行一步飞到了林红苗的家里。她刚进院子，她娘就苦口婆心地劝开了："别的不说，单说柱子他爹长年卧在炕上，是个填不完的药罐子，他娘腿瘸眼还半瞎。红苗，你现在反悔还来得及。你大姑说了，咱年前就嫁到小货郎家。"林红苗是铁了心要嫁给柱子了，很平静地说："您跟俺大姑说，咱家欠小货郎家的，放俺身上，俺慢慢还。一年不行，就两年，早晚有还完的时候。"林大娘一脸的忧愁："红苗，你没嫁过人，还体会不到过日子的艰难。那年，俺嫁给你爹，就因为你爷爷和你奶奶身体不好，为了给他们治病，俺和你爹拼了命，还是欠了很多外债。现在，你改变主意还来得及……""娘，俺说出去的话，就像俺泼出去的水，收不回来！"她爹咆哮着："收不回来，你就去往那穷坑里跳！去跳！现在就去跳！"矮墙上长出了一排黑压压的脑袋，像麻雀在屋檐上蹲了一排似的，都是看热闹的街坊邻居在等着这场大戏如何收场。

林红苗要嫁给赵柱子的事，成了庄里的热门话题。"挑花的，挑狸的，最后挑个没皮的。""家里门槛都被踏平了，最后找了个全庄最穷的。"……各种好话孬话，像春天地里生出的芽，在庄里四处乱冒。可不久后，附近的几个庄也传出了类似的消息，洙边村的识字班队长梁怀玉，对全庄人宣布："谁第一个参军，俺就嫁给谁！"还有几个庄的识字班姐妹，也纷纷发出了同样的豪言壮语，识字班争相嫁给兵哥哥，原本被看作离经叛道的行为，竟成了一股新的潮流。

庄里的青抗先终于意识到林红苗嫁给赵柱子是板上钉钉的事了，羡慕得眼都红了，一直懊恼自己当时怎么就犹豫着没报名，让赵柱子占了先呢。青抗先见到赵柱子都会捶他一拳，解恨地说："你小子，简直捡了个天大的便宜。"赵柱子只管搓着手嘿嘿地笑个不停，嘴巴都咧到耳后根去了。不久，徐闯也登门来作工作，林红苗的爹娘终于不再干涉了，婚事很快定了下来。

林红苗一如既往地去教室里学文化，识字班姐妹都为她的婚事担忧。梁文秋说："婚姻大事，可不能儿戏。"王凤枝说："这个赵柱子，哪辈子修来的福气啊？"赵荞麦说："你可以反悔呀，俺觉得赵柱子配不上你。"庄枣说："相知相爱的人互相扶持，才能过得美满幸福。"林红苗说："你们别劝俺了，俺考虑清楚了。人生在世，活得就是一个心胸。"

林红苗践行了自己的诺言。腊月二十八日，在全庄人的围观下，在一众青抗先的艳羡下，她嫁给了赵柱子。正月十五日，林红苗和识字班姐妹亲手给赵柱子、李木匠、赵三进等青年戴上大红花，一路扭着秧歌，把新战士送到区上。全区欢送新兵的大会，在张家莲子坡村隆重召开。庄里搭了个大戏台子，缀满了鲜艳的纸花，挂满了彩灯、彩绸，五颜六色的标语口号贴满了竖立的几十副门板上，秧歌队、高跷队拥着自己庄的参军青年陆续来到会场。

这是一个坚定信念的岁月，每个人都在为抗战做出了自己无怨无悔的选择。

第五章

一九四四年

唐富贵

正月里，庄子里热闹得很，家家户户张灯结彩，欢声笑语不断，可唐富贵却像霜打的茄子，整日没精打采的。他的俊俏媳妇跑了，出来进去听的都是庄里的闲言碎语，刺得他心里生疼。他闷着头，把货郎担子一甩，径直躺在炕上，眼神空洞地盯着屋顶，像是连叹气的力气都没了。

他娘摊完煎饼，欢畅地喊着："刚摊的煎饼，香。"唐富贵不动。他娘起身，进里屋夹层抓了把黄豆，放铁锅里炒了，满屋飘香。里屋夹层的那点黄豆，是富贵娘的秘密，那是留着二月二吃的，平时可是一粒都舍不得动。他娘扔一粒放嘴里，嚼得嘎嘣响："刚炒的黄豆，香。"唐富贵不仅不像往常一样起身走到饭桌前，反而身子一扭，头朝墙，背对着他娘。

他娘慌了神，一屁股坐在地上，双手拍地，号啕大哭："你不吃饭，饿坏了身子，娘活着还有啥意思？"瞅着娘哭得鼻涕一把、泪一把，唐富贵躺不住了，猛地坐起身，赌气地说："吃，吃。"他娘破涕而笑，赶紧把炒黄豆往儿子面前挪了挪。

第二天一大早，李二狗、赵三娃两个猴孩子站在大门外，扯着嗓子喊得起劲儿："唐富贵，胆小鬼，一听鬼子吓瘫腿。唐富贵，胆小鬼，一听鬼子吓瘫腿……"唐富贵黑了脸，把煎饼摔在桌子上，一小碟咸菜跟着蹦了三蹦。富贵娘提着棍子就跑了出去，撵得猴孩子飞跑，嘴里骂着："你们这群小杂碎，再喊，打折你们的狗腿。"

逢年过节，是货郎生意最红火的日子。往年这个时候，唐富贵早已挑着担子走街串巷，可今年，他眉间拧成一个肉疙瘩，整天躺在家里，用后背对着自己的娘，愁得他娘直叹气。

正月十六日，县委宣传部部长徐闯忽然来了，富贵娘一脸愕然，心下嘀咕：儿子的亲事，怎么惊动了八路军干部？徐闯笑着拱了拱手说："大娘，我来和富贵兄弟交交心。"富贵娘忙不迭地进锅屋烧水。一锅水烧开的工夫，半个月没从炕上挪窝的唐富贵竟然坐了起来，并且脸上的烦恼烟消云散。第二天，他重新挑起了箩筐，一群猴孩子跟着，依旧喊着刺耳的童谣："唐富贵，胆小鬼，一听鬼子吓瘫腿。唐富贵，胆小鬼，一听鬼子吓瘫腿……"可是唐富贵不气不恼，脚步稳稳地往前走着，仿佛那些话语再也无法刺激到他。富贵娘不由得从心里钦佩八路军，他们就是会做思想工作！

林红苗结婚后，搬进了赵柱子家的破草屋里。赵柱子参军走后，她开始和小姑子一起伺候瘫痪的公公，照顾眼神不好的婆婆。短短不到一个月，她就摸清了家中各位的脾性，小姑子桃子虽不识字，可勤快能干；小叔子根子性格虽闷，可明白事理；公公虽瘫痪在床，也是通情达理；唯有婆婆经常强词夺理，处处挑她的刺儿。果然，自古以来，婆媳关系就是一道无解的难题，她也没能幸免。

这天，林红苗早早起床，在锅屋里忙活了一通，准备妥当了饭菜，刚要扛枪出门，她婆婆就挡在了门口："你干啥去？""这不和别的识字班商量好了去练习打枪嘛，饭在锅里，一会儿您让桃子盛出来。"她婆婆脸一沉，说："一个嫁人的女人，还天天没有个女人样。"林红苗停下脚步问："嫁人的女人该是啥样？""嫁了人就该待在家里，操持家务，开枝散叶，不应该天天在外面野。"林红苗正要解释，桃子走出来解围："娘，你这样说就太没有良心了，嫂子又不是出去玩。"外面的哨子声越吹越急，她朝林红苗递了个眼色，林红苗来不及多言，扛着枪出了门。

等林红苗带着识字班训练归来，已近晌午。刚到庄口，就见她婆婆蹲在避风的墙根下和几个老嬷嬷在拉呱儿。一个老嬷嬷跷着大拇指说："杏花是咱看着长大的，相貌和人品是这个。"另一个老嬷嬷也说："你家有福气啊，能娶上这么一个又俊又能干的媳妇。"柱子娘嘴一撇，把拐棍狠狠地往下杵："哼，俺儿子若不是为了那个丧门星，哪会去当兵追炮眼呀？"正说着，几个老嬷嬷发现了林红苗这群识字班，顿时识趣地闭了嘴。可柱子娘的这句话已全部被识字班姐妹听到了耳朵里。林红苗来不及阻拦赵荞麦，她已拿着长枪对着柱子娘一指，吼道："你再说一遍！"

"俺再说八遍也行，要不是她这个丧门星，俺柱子能去参军吗？"赵荞麦怒道："你儿子不参军，俺红苗姐那么好的人儿能嫁给他？图你家穷吗？""你小丫头长能耐了，有种你一枪崩了俺这个瞎眼老嬷嬷吧。"柱子娘一时语塞，恼羞成怒地说着，就迎着赵荞麦的枪拱了上去，吓得赵荞麦连连后退。林红苗赶紧上前抱住她婆婆，赵荞麦趁势跑开，边跑边喊："红苗姐，她家又穷又不讲理，你算倒了八辈子霉了，你图啥哟？"柱子娘气得举起拐杖就朝赵荞麦奔跑的方向打去，一不小心，拐杖脱了手，赶紧蹲下身抖抖索索地寻找。

林红苗叹着气，把她婆婆的拐杖找了回来。柱子娘接过拐杖，跺得咣咣响地往家走。林红苗疾行几步，欲挽着她，却被她狠狠甩开。由于甩得狠了，老嬷嬷一个趔趄，林红苗赶紧扶住她。王凤枝在后面悄悄地说："唉，多厉害的婆婆，也怕闹腾的媳妇。不是东风压倒西风，就是西风压倒东风。她这样让着，以后有罪受了。"

柱子娘一路上埋怨个没完没了，林红苗只赔着笑脸慢声细语地哄劝。柱子娘到家后，仍唠叨个不休："嫁到俺家，成天往外边跑，中看不中用。"小姑子气得跺脚："娘，你别仗着俺嫂子脾气好，就欺负她！"林红苗示意小姑子不要说这些，耐心地安慰她婆婆："咱打了这么多年的日本鬼子，却不知道何时才能彻底把他们赶走。咱庄老爷们都上了前线，俺得带着识字班保持高度警惕，时时刻刻防止敌人偷袭。"小姑子打心眼儿里崇拜嫂子，她拍拍胸脯道："嫂子，俺支持你。你尽管忙大事，家里有俺！"林红苗笑了，伸手搂住了小姑子的肩膀。

果然像徐闯说的，日军和八路军的交手日益频繁。梁文田经常接到上级指令带着民兵打游击，常常十天半个月的不在沭水村。家不可一日无主，林忠厚又成了村长。只是他的腿一直没好利索，于是带领庄里剩余民兵埋雷打枪的重任，就落到了林红苗肩上。眼看着庄里的青抗先一部分参了军，一部分被梁文田带着打游击，所剩男青年寥寥无几，林红苗干脆把识字班动员起来，带着她们练枪、埋雷，成了一手打仗、一手搞生产的女民兵队长。

埋　雷

　　二月的山村，清冷朴素，枯枝横斜，树干上的一道道很像眼睛的伤疤，或怒目圆睁，或丹凤俊秀。林红苗像八路军指导训练沭水村的自卫队一样，对识字班也进行了队列、拼刺、投弹和射击训练。她们都知道将来面对的是长着铁皮脑袋的日本兵，训练得都很认真。最后，队列、拼刺、投弹三项姐妹们都练得有模有样，而射击训练只有林红苗和赵荞麦合格，尤其是赵荞麦，枪法很准。她把树眼当靶子，举起庄老六捐助的汉阳造步枪，嗖嗖嗖地一通射击，枪枪射中树眼。大家都鼓掌称赞她是女神枪手，她却很惭愧地说："听说有个老嬷嬷会使双枪，俺比她差远了。"

　　练射击和拼刺刀之余，林红苗又带着女民兵学习埋雷、起雷。赵荞麦提议："横竖庄子就这么大，咱们把庄里的道路都试一遍，摸清适合埋雷的地方，做到心中有数。等鬼子来'扫荡'的时候，咱们就不慌了。"她已是大家公认的军师，提议照例得到众姐妹的一致赞同。

　　她们进庄入巷，把需要埋雷的地方统统用树枝做了记号。在何仙姑家门口做记号的时候，何仙姑跳着脚，拍着巴掌出来了，强烈地反对："俺看识字班，就是针对俺。"林红苗跟她解释，埋地雷是为了保护庄里财产的安全。可何仙姑就是坚持她的理由："到大路上埋去，埋俺家太不吉利了，你怎么不埋到你家？"赵荞麦说："谁让你家是巷子口第一家呢。"她们好说歹说，何仙姑就是不同意。争执间，跟何仙姑临墙的第二家有人出来，他爽快地说："埋俺家门口吧，俺家不嫌晦气。"识字班只好绕过何仙姑家，把树枝子插到第二家门口。

林红苗曾经听梁文田讲过日本兵的排雷手段，说凡是大小道路上有埋雷痕迹的地方，日本兵都会用扫雷器引爆或用面粉画一个大圆圈，有时还插一面红、黄、蓝、绿等色的三角形小旗子，标明此处有雷，小心危险。林红苗就嘱咐其他人："等真正埋雷的时候，咱也带一些小旗子，也用面粉乱画些圆圈，做些假痕迹迷惑敌人。"庄枣抢先说："我准备小旗。"赵荞麦这个军师立即补充说："最好再用猪蹄、羊蹄、驴蹄的模子，在周围留下印迹。"王凤枝说："模子交给俺，木匠铺子做这个易如反掌。"

"遇到特殊情况，咱们就钻到旁边的高粱地里。咱对地形熟悉，随便往哪个小沟、小坎一钻，日本兵就找不到咱们。"林红苗叮嘱完注意事项，又把自己的担忧讲给姐妹，"目前庄里基本剩下老弱病残，真怕敌人来的时候，没有多余的力量保护咱们庄的财产安全。"军师赵荞麦又建议道："这还不好办吗？给每家送去两个土地雷，咱们教全庄人布雷。"沐水村做鞭炮用的硫黄、火药，被梁文田做了很多土地雷，放在了村公所的仓库里。林红苗赞叹道："这个法子好！人心齐，泰山移"。于是，全庄行动起来，在屋门口、屋门后埋雷，鸡圈、驴棚、粮囤、锅底下……凡是能想到的地方都埋了雷。庄老六甚至把土地雷放进点心盒子里，外边用手雷弦拴好，搁在自己院子里藏家具的窖上。庄老七这回接受教训了，要了几个土地雷，摆放到粮囤里。整个庄子布成了天罗地网，连庄里的鸡走路都谨慎而诡怪起来。它们高高地提起爪子，再慢慢地放下。

林红苗每天早晨带着识字班训练打枪、刺杀、埋雷、起雷。晌午回家，她咬一口煎饼，喝一口凉水就往外走，甚至连枪都来不及卸下来，就要去帮着抗属春耕春种。她们用双手撑起了整个村庄的希望。庄枣为此写了一首很形象的诗歌："春风日暖，人别偷懒；人人动手，发展生产。"

林红苗每次出门，都要和她婆婆理论一番。比如，那天她准备去给抗属的地里撒草木灰，她婆婆唠叨道："咱家地也还没撒，论说咱家也是抗属。""咱家不是还有根子吗？""根子是根子，你是你，你说你天天在外面，嫁到俺家啥用?""娘,等咱把日本鬼子赶出去后,俺好好伺候你和爹。"可道理说了多少遍,她婆婆就是油盐不进。最后,连小姑子都烦了,她说:"嫂子,你只管忙你的,别理咱娘,和咱娘讲道理讲不清。"

那天,林红苗训练完拐进了娘家。和她娘闲聊了一阵子,她娘忽然问她:"赵家待你不好?""哪有?很好啊。""你是俺女儿,你的脾气俺了解,你现在脾气变好了。""脾气变好,不是好事吗?""脾气变好,是因为他家对你不客气。你发现按照自己的性子来只有吵架,所以忍下来。"

太阳像被月亮和星星撵着往前赶似的,日子哧溜哧溜过得飞快,一转眼一天就过去了,一转眼一天又过去了。林红苗她们要训练,要在地里忙活。抗属越来越多,地里的活也越来越多,怎么忙都忙不完。就在大家焦头烂额的时候,上级又及时下达了指令:组织庄户人成立换工团和互助团。换工团就是自己或者自己家的牲口,给别家耕种,结算时,一工抵一工,多出工者由少出工者补给工钱;若没有钱,可以拿物品抵换。互助团就是种子、农具、牲口和人力全庄共享,互相帮助。

全庄立即响应号召。庄老六把他家的牛和驴牵出来,借给庄里人使用,庄老七却毫无动静。林红苗叹了口气说:"谁不知道他的脾气啊,借他家的牛和驴估计比登天还难。"梁文秋道:"庄老七不该啊,他每次提到日本鬼子在他家粮食缸里拉屎,都对日本鬼子恨得牙痒痒。"赵荞麦说:"俺建议直接到他家里去,牵了就走。"正说着,她们远远地看见庄老七和他家里的雇工牵着牛和驴过来了。王凤枝伶牙俐齿地道:"哎哟,太阳打西边出来啦。您给俺们用,俺们可租不起呀。"庄老七道:"我想开了,若不把日本鬼子赶走,咱们是没好日子过的。青年们参军打鬼子,咱们要把他们的家里人照顾好,把他们的地种好!"林红苗大喜:"你终于改变思想了!"

林红苗又一次感受到了上级的英明,真是春耕春种正当时,不误农时不负春啊。

林忠厚

四月，山林开始苍翠起来，杏、桃、梨迎着和煦的春风，次第吐蕊、绽放，蜜蜂和各种不知名的虫子多了起来。这一天，太阳刚从东边的梧桐树探出头来，山头上的抗日树忽然倒了，日军又来"扫荡"了。

村长林忠厚赶紧指挥大家坚壁清野，埋雷设防。庄枣带着学生迅速从学校里出来，向后山跑去。临出门的时候，她把一张写着"闲人免进，小心地雷"的纸，贴在门上。此时，林红苗正带着识字班在抗属的地里除草，毫不犹豫地扔下锄头，背起大枪就跑到了十字路口。十字路口是民兵紧急集合的地点。接着，王凤枝和梁文秋各自带着一组女民兵，抬着装满地雷的筐子，到庄外布地雷阵。林红苗和赵荞麦也各带着另一组埋伏在高处，用冷枪诱使日军进入雷区。

先说王凤枝那组。王凤枝她们按照事先演练的流程，一路埋雷，并做好伪装。正刨着雷坑，王凤枝一抬头，看见日本兵骑着高头大马，已经离得不远了，心骤然提到了嗓子眼儿。其实日本兵压根儿没发现她们，可是王凤枝第一次直面日本兵，瞬间慌了神，仿佛敌人已经扑到了眼前。她忘了埋雷，忘了隐蔽，更忘了计划，什么都顾不得了，大喊一声："炸死你们这些龟孙！"她抱起地雷就向日本兵扔了过去，然后撒腿就跑，带着女民兵一头钻进了高粱地里。

日军猝不及防地听到喊声，还看见一个黑乎乎的东西朝他们飞了过来，顿时惊恐万状，全员趴下。可那地雷只是扑通一声落在地上，半截儿扎进泥土，像被拔了一半的铁萝卜，并没有爆炸。日本兵起来就追，王凤枝躲在高粱地里满脸懊悔。虽然她们都撤了回来，可她知道自己坏了事，不仅没完成任务，还白白损失了一个地雷！

林红苗带着民兵在对面的高处，把一切都看得清清楚楚的。她们果断开枪，掩护王凤枝她们撤退。林红苗不明白为啥那些青抗先面对敌人都很从容，能顺利地完成任务，偏偏女人就不行呢？可是，现在不容她细想，她要赶紧翻过山头，抢在日军前面，支援梁文秋那组。

好在梁文秋那组没有出错。梁文秋她们到了路上，刨坑的刨坑，埋雷的埋雷，不一会儿，就埋好了几窝地雷，并做了伪装。为了诱敌，梁文秋还拿出一面写着"打倒日本鬼子"的木牌子插在上面。插好之后，她们埋伏在两侧，日军和汉奸很快就到了。有一个日本兵看到牌子，上前欲拔，汉奸却脸色一变，赶紧喊道："慢点，小心有地雷！"日本兵吓得立刻后退，缩起脖子。

汉奸找来一根长杆子，趴在地上，战战兢兢地向上挑牌子。当他把牌子挑起来时，没见爆炸，气得把杆子一撂："他娘的，原来是插着吓唬人的。"几个日本兵一听，胆子顿时大了起来，都争先恐后地上前拔牌子。"轰隆！轰隆！……"剧烈的爆炸声连连响起，尘土飞扬，日本兵被炸得东倒西歪，嗷嗷乱叫，鲜血飞溅，肢体乱飞。剩下的一看上了当，吓得抱头趴下，不敢再动。梁文秋看他们的狼狈相，抿嘴直乐。林红苗和赵荞麦站在对面的高处，冲她高高地跷起了大拇指。

女民兵们用地雷阵，成功地减缓了日军进庄的速度。林红苗估摸着全庄人应该都撤离到大山隐藏好了，心想，该死的鬼子这回进庄，恐怕会白跑一趟了。她冲姐妹们一挥手："撤！"

殊不知，村长林忠厚却出事了。当时林忠厚拄着棍子，正在一家一家地查看是否还有未转移的人。刚检查完最后一家，一抬头，一小撮日本兵就站在了自己的眼前。为首的汉奸用枪托狠狠地砸在他身上，吼道："带路！去大山底！"林忠厚的眉头紧拧，大山底藏着大批的老百姓，他怎么可能带日本人去呢？他心里一下子有了决断，眉头缓缓舒展开来，竟露出一丝轻松的微笑。汉奸又一次催促："走，快领着走！"

林忠厚没有反抗，慢吞吞地朝着歪歪斜斜的小道走去。他竟然把敌人领到了八路军的埋伏点娘娘山。果然，"哒哒哒"一阵狂烈的机枪扫射过来，日军猝不及防，人仰马翻，倒了一地。日军指挥官回过神来，暴跳如雷，红着眼狂吼："这是哪里？谁叫你往这里领的？"林忠厚轻蔑地看了他们一眼，紧闭嘴巴。最后，村长林忠厚在敌人疯狂的刺刀下，直挺挺地倒下了……

　　"扫荡"结束后，大家重新回到庄里，但见埋藏地雷旁边的墙壁上，溅满了血污。庄老七家的粮缸被炸毁了，里面还躺着一截残缺的胳膊。何仙姑家里坚壁的粮食被敌人扒走，整个家被弄得乱七八糟的，气得她扇了自己一耳光，狠狠地骂着自己活该，指挥丈夫去找林红苗要两个地雷。她说："若小鬼子再来就炸死他们。""你怎么不自己去要？""在咱家埋雷的时候，俺嫌不吉利没让埋，现在俺没脸见她们。"

　　那时的何仙姑不知道，她不久就会亲自向识字班求救。日军来庄"扫荡"后没几天，她竟然得了黑热病，皮肤变黑，肚子肿大。她一开始用自己的土方法治，不仅没治好，身体还越来越无力。那时庄里流行黑热病，梁文秋在军医温长春的帮助下，已治好了很多人。无奈，何仙姑只好来到识字班教室，低声求梁文秋给她也治治。王凤枝恨恨地说："乌鸦精附身，你不是自己就会驱除吗？"何仙姑低着头小声说："俺知道错啦。"林红苗让她先回去，说一会儿梁文秋就去给她打针。待何仙姑走后，王凤枝说："就应该不给她治，让她害人。"林红苗说："其实何仙姑只要不搞迷信，她的医术也并不是一无是处。"梁文秋附和道："其实俺有很多治病的法子，还是跟何仙姑学的。"

　　梁文秋上门给她打了几针，何仙姑的病渐渐好转。她给梁文秋送钱，梁文秋没有收。何仙姑低头说："以后识字班有用得着俺的地方，尽管开口。""你别搞封建迷信就行了。"何仙姑好了之后，把她供奉的神位悄悄挪走了。

　　日军"扫荡"走后，林红苗带领识字班把林忠厚的遗体找了回来。厚葬村长的那一天，全庄披麻戴孝，百人抬棺，哭声、唢呐声回荡在山村之间，久久不散。

运公粮

村长下葬三天后，沭水村又接到了上级命令，要庄里把八路军存放在山里的军粮交到部队。

那一段时间，林红苗感觉自己有说不出来的疲倦。可到了晚上，她还是指挥着民兵，把一袋袋粮食装上独轮车，踏上新的征程。月亮在东面的山上一浮一落，像孩子提了个灯笼在走，月亮走，我也走。运粮车路过日军的据点时，林红苗的心几乎提到了嗓子眼儿，生怕出现任何一点儿闪失。但见，炮楼上点着火把，日军的影子在火光中晃动，她们和装满粮食的车子仿佛鸟儿轻轻落在树枝上，几乎没有什么声响。可谁知越怕什么，就越来什么。忽然，在前面探路的赵荞麦看到，月光下，五六个日本兵提着枪，在路上走着。不好，碰上日军巡逻了，她赶紧发出了鸟叫的信号。

林红苗带着运粮队紧急停在了小路上。她四下查看，一边是陡峭的山崖，一边是蜿蜒的深沟，白花花的月亮照着装满粮食的独轮车，无处可逃。再不赶紧想办法，就会与巡逻的日本兵来个迎面相遇了。她惊了一头冷汗，跳出的第一个念头就是把腰间的手榴弹甩出去，可是这样一来，运粮的任务就完不成了。她瞬间羞愧起来，训练和实战根本不是一回事。林红苗忽然觉得，她曾经因为王凤枝白白损失了一个地雷，狠狠地批评了王凤枝一顿，委实有些过分了。

日军巡逻队越走越近了。赵荞麦在山的对面打起了冷枪，可是晚上的敌人并不敢追击她，只对着赵荞麦的方向还击了几枪，继续往前走。眼看日本兵离运粮队伍越来越近，有的民兵已经商量着准备弃粮逃跑。林红苗的脑子都要爆炸了："怎么办？怎么办？……"

突然，从运粮队伍中冲出来一个人，迎着日本兵的方向跑去。竟然是庄枣，她跑着跑着，迅速拐了个弯儿，向旁边的山上爬去。她一边爬，一边喊："打倒日本帝国主义！打倒日本帝国主义！……"巡逻队兴奋地喊叫起来："山里藏着女八路军。""抓活的。"……庄枣在山里忽隐忽现，日本兵也在山里忽隐忽现。林红苗焦急万分，却不敢轻举妄动。

忽然，庄枣在不远处又出现了。她爬上了一座山崖，像一只壁虎一样紧紧吸附在岩壁上。这时候，月光下的庄枣，完全暴露在日本兵面前，日本兵只要一枪就能把她打下来。运粮队的所有人员都呆呆地看着，只见庄枣手足并用地拽过一根树枝。林红苗暗暗攥紧拳头，快，快，只要一使劲儿就能翻过山去了。这时候，日本兵残忍地朝着庄枣开了枪……林红苗的嘴唇都要咬出血了，强忍着泪水，不敢让自己发出任何声音。

他们终于把军粮送到了部队。回程路上，林红苗的脚步特别沉重，大口大口地喘着粗气，让王凤枝和赵荞麦带领运粮队先行一步，自己则让梁文秋陪着，慢慢地在后面跟着。两人痛哭一阵，走走歇歇，直到晌午才回到沐水村。

刚到巷口，她俩远远地就听见一阵痛哭声从赵柱子家传来。她俩交换了一下眼神，三步并作两步地往家奔。只见林红苗婆婆坐在院子里的地上，撕心裂肺地哭着，小姑子和小叔子也在旁边垂泪。林红苗预感到不妙，赶紧问："怎么了？"根子嘶哑着声音把一张烈士证递了过来："部队上的人刚走。"小姑子抽噎着："俺哥，俺哥，他……"

林红苗五雷轰顶，脚下发软，就要往后倒，幸亏梁文秋及时扶住了她。林红苗婆婆猛地站起来，一边把头往她身上拱，一边破口大骂："都是你这个丧门星，把俺儿害死了！都是你这个丧门星，把俺儿害死了！……"

林红苗淌着眼泪说："柱子牺牲了，俺比谁都难受啊。""你难受什么？你就是猫哭老鼠假慈悲！你以后别进俺家门，俺家权当没你这个儿媳妇。"林红苗婆婆说着，就往外撵她。林红苗胃里一阵翻江倒海，奔到墙角干呕起来，眼泪、鼻涕都出来了，也没吐出来啥东西。她边抹眼泪边向她婆婆道歉："不知怎么回事，最近老是乏得很……"有经验的婆婆心中一动，愣了：

"你……是不是有喜了？"林红苗也愣了。

那夜，林红苗躺在炕上，把烈士证放在胸前，就像柱子躺在她的身边一样。想起柱子临上前线那天，他雄心壮志地说："俺不打个大胜仗，死都不回来见你！"林红苗捂住他的嘴，说："你说啥傻话呢？"柱子一翻身，紧紧地抱住了她……

她又想起了庄枣，庄枣自从进了识字班，一直在改正大小姐的缺点，默默地为识字班做贡献……她又想起辛之华，她领着识字班学文化……林红苗泪如泉涌。

第二天一早，林红苗红肿着眼睛还没出屋，就听见外头又传来她婆婆的哭喊声："二份儿，不见了哇。二份儿，不见了哇……"她赶紧出去，只见她婆婆和桃子站在院子里，她婆婆泪眼婆娑地抓着桃子的衣袖问："你哥要出去，你咋不拦着？"桃子低着头说："俺拦了的，可俺二哥非要走。他说他要找部队，替俺大哥报仇！"林红苗婆婆还想再质问桃子，抬眼看见了林红苗，恨得直咬牙："自从你嫁到俺家，俺家就不得安生，老大没了，这老二又不知去哪里了。你这个扫把星，你还要害俺家到啥时候？"桃子着急地喊："娘，嫂子还怀着孕呢，万一气出什么事，咱们又少了一条人命。"林红苗婆婆被噎住了，气冲冲往屋里走，把拐杖敲得震天响。

再来说庄家。庄老六把庄枣的遗体找回来，埋在了辛之华的墓旁。他说："俺闺女生前最钦佩辛老师了，让她俩在那边做个伴吧。"识字班姐妹们得信后，都聚到庄枣的坟前痛哭。王凤枝更是哭得昏天黑地，她恨自己经常讥讽庄枣，恨自己经常对庄枣说怪话，可如今悔恨也来不及了。

姐妹们在坟前栽了一棵枣树。在枣树旁边，她们相约，每年四月的这一天都来这儿再种一棵枣树，以纪念庄枣。她们举手起誓，一定要把日军打跑，为牺牲的战友们报仇，响亮的誓言响彻云天。

梁文田成亲

　　英雄走了，日子仍要过下去。又过了几天，梁文田带着民兵回家了。坐在饭桌前，梁文田沉重地说起在外面打游击的日子："外头日本兵是疯了还是咋的，前几天进犯大店时竟残忍地刺死了一个老百姓，又逼得一个民兵投井，还往井里扔石头……唉，死伤的人越来越多了，什么时候是个头啊。"

　　一家人沉默着，谁都无心下筷，梁文秋对她哥说："赵柱子牺牲了。"梁大娘瞅着梁文田神情惨淡，插言道："儿子，你的心思娘知道。俺和你爹商量了，你若想和杏花成亲，俺们不拦着。"屋里忽然一下子静了下来，过了半晌，梁文田说："晚了，俺不能娶红苗了。"

　　"俺在薛庆区那边打仗时，被敌人追得走投无路。"梁文田看着家人，一字一句地讲起了自己被魏秀玉搭救的经过。那日，他带着民兵配合薛庆区游击队打击敌人，途中被一小撮日、伪军盯上了。他边放枪边逃跑，眼看日、伪军越追越近，他只得翻墙跳进一户人家。当时有两个女人正在扫院子，一个年龄大一些，盘着发髻；另一个是年轻姑娘，短头发，两人看起来是娘俩。两人见家里突然跳进来一个人，吓了一跳。梁文田刚急促简单地说了一下情况，外头就响起了敲门声，震得人心慌。那个姑娘二话没说，赶紧把梁文田领到里屋，催他快脱衣服躺在炕上。梁文田来不及多想，脱光衣服就钻进了被窝。接着，她也跟着除尽衣物，赤条条地上炕跟他搂在一起。日、伪军进院，盘问发髻女人："看到八路军了吗？"发髻女人语调平静地说："没有，俺家就俺、俺闺女和女婿，他俩在屋里睡觉呢。"日、伪军进了里屋，看见被窝里的男人和女人光着身子紧贴在一起，转身到别处寻找去了。

　　等到敌人走远，梁文田和姑娘急忙穿上衣服。梁文田对着母女俩扑通一声跪倒在地："感谢相救！俺叫梁文田，是沭水村人。请问姑娘叫什么？"姑娘刚才为了救人，来不及羞涩，此时穿上衣服，头也不敢抬，更是话也说不利索了。母亲替她答："她叫魏秀玉，是俺庄的识字班队长。"梁文田站起来，郑重地说："秀玉姑娘若未婚嫁，俺过一些日子当来求亲。"

听完梁文田的讲述，屋里有些尴尬，也有一股暖意。梁文秋说："俺对这个识字班队长有印象。俺们去年去薛庆区支前，还见过她，又爽朗又俊俏。"梁大娘抹抹眼泪说："这个姑娘也是个好闺女，娘没意见。只可怜了红苗那孩子了。""娘，怎么样？当年俺救八路军伤员，你还埋怨俺，这回识字班救了你儿子。"梁文秋又开心又伤感，开心的是自己从此有了嫂子，嫂子也是一个深明大义的识字班队长；伤感的是林红苗当不成自己的嫂子了。

梁文田要成亲了，林红苗和梁文秋帮着在新房里贴窗花。梁文秋瞅着自家院子里的那棵杏树，想起小时候，她哥摘杏给她俩吃，她哥总是把最大、最甜的杏先递给红苗，自己还哭闹不休，直到他俩假扮小夫妻结婚，才把自己逗得破涕为笑……想起这些，她百感交集。

林红苗一直没和梁文秋说起过另一桩事儿。有一回，她爬树摘杏，一不小心鞋子掉了一只。她光着一只脚，树皮扎得她生疼，她上也不好上，下也不好下，梁文田见状赶紧拾起鞋递给她。林红苗弯腰够不着，就把脚伸下去说："你倒是给俺穿上啊。"梁文田看着她白净纤细的脚在空中晃荡，半天没敢动弹，许久，才小心翼翼地攥住她的脚，给她套上鞋。林红苗下了树，俏皮地吐了吐舌头逃走了。

想到这里，她也随着梁文秋的目光，看看院子里的那棵杏树。金灿灿的杏，如一盏又一盏小灯，闪耀着诱人的光芒。真的应了那句话，"又是一年杏子肥，物是人非今犹在，不见当年还复来"。林红苗叹了口气，往窗格上抹上糨糊，将那剪出的鸳鸯窗花贴了上去。

酸　菜

　　新媳妇魏秀玉还在娘家时，就听说过林红苗嫁给第一个参加八路军青年的传奇故事，也多次看过林红苗演的拉魂腔，很崇拜她。和梁文田刚一拜完堂，就央求梁文秋带林红苗来和她认识。林红苗对美丽端庄的新媳妇伸出手说："欢迎你，嫂子。"

　　魏秀玉嫁到沭水村之后，立即成为识字班的一名得力干将。她丝毫没有新媳妇的矜持，大生产、埋地雷以及打枪样样在行。

　　为防敌人抢粮，庄里的麦子都在夜间收割。林红苗开始显怀了，身子一天比一天笨重起来，虽然她一直说不碍事，可一些重活儿、危险活儿总是不方便做了。魏秀玉未出嫁之前，在她们庄就是识字班队长，是个英姿飒爽的女子，正好补了林红苗的缺儿，林红苗就在村公所处理庄里的事务。

　　魏秀玉整个夏天都在地里忙活，利利索索的，俊俏的脸儿被晒成酱色。庄里人都说她和林红苗一样泼辣能干。听到这些赞扬的话，魏秀玉停下手中的活儿，像株青松亭亭玉立，接话道："哪有啊，俺比红苗妹子差远了。"

　　那天下午，她和识字班扛着锄头，卷着裤腿脚儿，从地里忙活完往家走，梁文秋指着远处，捣了捣她："嫂子，俺哥回来了。"魏秀玉远远地就看见她的丈夫梁文田带着一伙民兵进了村公所。梁文秋说："最近好久都不读报了，咱们也去瞧瞧最近又有啥新闻。"

　　梁文田进了村公所，林红苗正在看报，他问："最近报上有啥新闻？"林红苗就开始给他读了起来。忽然，一个民兵指着梁文田的衣服说："村长，你的衣服破了。"梁文田抬起胳膊，看见一个口子从袖口一直开到胳膊肘。"俺带着针线，帮你补一补吧。"林红苗遂放下报纸，从身上摸出针线来，梁文田自然而然地就把胳膊伸到了她面前。林红苗的身子已经很重了，眼睛凑到他胳膊上，一边缝一边关切地问："怎么划破的？伤没伤到肉？""没伤到。"

　　林红苗缝好后对着梁文田的衣服，用牙咬断了线头。这一幕，让魏秀玉她们碰了个正着。虽然魏秀玉知道，庄子里男人的衣服破了，女人帮着缝缝补补，是一件很平常的事情，可就是有些吃醋。她的丈夫和林红苗是多么般配的一对啊。魏秀玉顿时自卑起来，她在她们庄也上了明校，却没像沭水村的识字班一样坚持到底，最后连自己的名字都写不好，更别说像林红苗一样读书看报、替梁文田出主意了。此时，她也学着其他识字班那样翻起了报纸，可只有她自己知道，报纸上的大多数字她都不认识。

　　那天，要强的魏秀玉在回去的路上，暗暗发誓，一定学好文化。魏秀玉回到家里，公公婆婆等人都不在家，她把小姑子梁文秋的纸张拿到她和梁文田的房间里。她工工整整地铺好，歪歪扭扭地写下了自己的名字。她好久没写字了，笔可比锄头沉多了，在自己手里不听使唤，让它打狗它非得撵鸡，可把她气坏了。

　　正在跟手中的笔较劲儿的时候，她听见外面院子里丈夫和婆婆的对话。"秀玉呢？""躲在屋子里一个时辰了，不知在做什么。"但见窗户上人影一闪，一个高大的身影就进来了。魏秀玉赶紧把纸藏进被窝里。虽然她与梁文田已是夫妻，可是单独面对梁文田时，她还是有些局促。梁文田嬉皮笑脸地把纸从被窝里抽出来，看着上面的字，扑哧一声笑了。他发现她的文化水平还不如自己，就打趣道："这个'魏'字，离得那么远，都成'委鬼'了。"

　　梁文田面对魏秀玉时也有些紧张，他们陌生而熟悉，你说是陌生人吧，还有夫妻之实；你说熟悉吧，彼此还真不了解。梁文田清楚地知道，他之所以娶魏秀玉，是为了感谢她的搭救之恩。不过，急什么呢？慢慢来，他俩有一辈子的时间去了解。梁文田拉起自己媳妇的手说："你若想学文化啊，就跟咱庄里的识字班学，她们才厉害呢。"魏秀玉冲口而出："你说的是林红苗吗？"梁文田愣了愣，说："俺没说林红苗啊，俺说的是识字班。"魏秀玉推开了他的手说："她是识字班队长，肯定认字最厉害，你指的可不就是她吗？"魏秀玉自己都不知道自己为啥这么胡搅蛮缠。她本来也是个提得起放得下的女子哟。殊不知，女人就是如此，越爱一个人，越会刁蛮无理。

其实，当梁文田面对媳妇时，真的没想林红苗，可是魏秀玉一而再再而三地提起林红苗，连他自己也产生了疑惑。林红苗出嫁那天晚上，他在她的窗下站了很久很久，心中的万念俱灰盖过了冬日夜晚的寒风刺骨，他回家就生了一场大病。娶了魏秀玉后，他脑海里也时不时地会闪现一个念头：如果娶的是林红苗，那是何等神仙快活的日子。可是，现在的妻子贤惠能干、懂事孝顺，让他慢慢地对她生出一份敬重。谁知梁文田的沉默，让魏秀玉更加生气了。她说："俺说对了是吗？"

魏秀玉负气地冲进院子，对着墙角抹起了眼泪。梁文田紧跟其后，不知所措地看着自己的媳妇。他有些沮丧，本来是想说说知心话的，最后竟让她生了这么大的气。这时的魏秀玉觉得连院子里种着的辣椒、大葱都仿佛欺负她似的，散发出一种特别难闻的味道。忽然，她心中一动，甚至都忘了和梁文田之间的怄气。"对不住，俺脾气不好，"她小声地说，"俺不会是……有了吧？"梁文田松了一口气，只要媳妇不生气就好，他问："有了啥？"魏秀玉羞红了脸："傻子，有孩子了呗！"梁文田感觉脑子嗡的一声，有一刹那的呆怔，随后，狂喜，一把抱起了魏秀玉。梁大娘在院子里纺线，跟在后面喊："小心，小心。"

梁文田暗暗发誓以后一定要好好对待媳妇，脑子里若再想着林红苗，那还是人吗？两口子在屋子里待了一阵子，魏秀玉在丈夫满脸宠溺的目光中就要进锅屋做饭。梁大娘把她推了出来，说："从今天开始，这活儿不用你干。"魏秀玉心情舒畅，夺过梁大娘的勺子说："哪有那么娇气啊？"天下女子皆如此，若有个真心实意待自己的郎君，不求绫罗加身，只祈与他白头偕老。

魏秀玉此时心中有了底气，她有梁文田的骨肉这一样，林红苗可比不过。她的思想发生了转变，遂暗自笑话自己曾经的小心眼儿。

魏秀玉孕期反应很厉害，见什么吐什么，唯一喜欢吃的就是院子里那一缸酸菜。酸菜是梁大娘用白菜腌制的，捞出来晶莹透亮，吃到嘴里那叫一个酸爽。不久，一缸酸菜就快见底了。

那天，家里人都下湖了，她独自坐在窗前纳鞋底。这时，她看到院子里人影一闪，是自己的丈夫梁文田。丈夫没有进屋，直奔院子里的酸菜缸。他把压在缸顶上的石头拿开，掀开盖子，整个头都趴进酸菜缸里了，把捞起来的酸菜一根一根地放进手中的蓝花粗碗里。

魏秀玉在屋里仔细地瞅着，心中一阵窃喜：丈夫终于学会心疼自己了。谁知梁文田捞完后，并没有进屋，而是径自端着盛酸菜的蓝花粗碗往外走。魏秀玉终于忍不住了，哗的一下敞开屋门，冲到院子里问："你干啥去？"梁文田停住了脚步，说："红苗想吃酸菜，她家没有了，俺给她送点去。"魏秀玉趴到缸前，见里面只剩下一些黑乎乎的水，问："都给她了，那俺吃啥？""让咱娘再腌啊。红苗她家不一样，她婆婆眼半瞎，没腌。"梁文田说着就端着酸菜出去，只留下魏秀玉站在原地。

赵三进

忙忙活活就到了八月底。这天从早上开始，天空中的阴云像一群一群的乌鸦，在沭水村的上空越聚越多。天终于撑不住了，哗啦一下全倒下来了。山头的抗日树又倒了，梁文田带着民兵扛起枪，识字班抬起地雷筐，披上蓑衣和席夹子，就往庄口跑。可是，抗日树接着又竖起来了，速度之快，简直让人摸不着头脑。梁文田的火气腾的一下上来了："这个儿童团怎么搞的？发生过一次这样的事了，怎么又谎报军情？"

梁文田气冲冲地跑到山头问罪，还没到山头，就见李荣生迎面从坡上跑了下来。刚要训他，他却边比画边大声喊："这回不是误报，是俺们故意放倒树的。那么多日本鬼子，穿着狗屎黄军衣，没进咱庄，直奔大山方向去了。"梁文田大叫一声"不好"。大山里藏着几十个八路军伤病员，还有邻庄的老百姓。

梁文田赶紧往回跑。青抗先和识字班已经在十字路口集合，此时，密集的枪声响起来了，梁文田指挥道："咱们赶紧翻过山，去支援前线！"于是，扛枪的扛枪，抬门板的抬门板，迅速往北跑去。扯天扯地的雨哗哗地下着，抽打着已经疲惫的土地。

密集的枪声响了一天，直到临近黄昏才停了下来。赵荞麦的爹赵老汉扛起锄头要往外走，赵爷爷鼓着瘦削的腮帮子吓唬他："小鬼子的枪子可不长眼，嗖的一声，你这条贱命就没了。"赵老汉不听，他惦记着地里的庄稼，土地是他的命根子。一路上，还没收获的玉米地里横七竖八地躺着尸体，空气中残留着呛人的火药味儿、浓稠的血腥味儿，骇得赵老汉低着头一路快走。

羊肠小路上，趴着两个浑身是血的战士。一个脑袋正咕嘟咕嘟往外冒血，糊得血头血脸；另一个裤子被炸成裤衩，露出两条血淋淋的腿。赵老汉一阵眩晕，差点儿就踩上了。他慌忙撂了锄头，探了探两人鼻息，都还有呼吸。他觉得其中一个战士很熟悉，就使劲儿把他脸上的血往两边擦，真的，真的是自己的儿子赵三进。

赵三进经过赵老汉一番摆弄，苏醒了，命令父亲："快，先救俺的战友。"赵老汉把头上冒血的赵三进拖进玉米地里，背起另一个战士疯狂地跑。跑了几步，折回，对躺在玉米地里的儿子说："你等着啊，等着俺，俺这就回来背你。"

赵老汉把战士藏进山洞里，等回来再救玉米地里的赵三进时，却晚了。刚到玉米地，他隔着老远就听见一阵乱七八糟的怪叫声。他暗叫不好，赶紧躲进另一片玉米地里。他从叶子的缝隙往外瞧，只见几个日本兵端着刺刀，对着赵三进一阵乱捅，赵三进哀叫一声，再也不动了。

赵老汉连滚带爬地往家跑，一个跟跄摔在坡坎上。他到家，一脚把门端开，把自己的头摁到水缸里，冰冷的水让他接连打了好几个寒战。等憋得快要断气时，出来，又一头摁进去。赵爷爷一把把他的头从水缸里拽出来："咋啦？咋啦？这是咋啦？"赵老汉水淋淋的，像个水鬼似的，翻来覆去地就一句话："俺寻思着自己娃担待，俺寻思着自己娃担待……"赵爷爷厉声喝道："到底咋回事？"

赵老汉在大太阳底下打着哆嗦："刚才俺碰见两个受伤的战士，有一个是三进，俺先救了另一个。等再去时，三进就被日本鬼子……"赵爷爷像被钉在原地，目光都动弹不了。半晌，他不死心地紧紧抓住赵老汉的肩膀，十根手指几乎要嵌进他肉里："你看清是三进了？"赵老汉木木地点着头。赵爷爷瘫在地上，炸雷一样大哭起来："他可是你亲儿子呀！咱家就剩三进这根苗了，你眼睁睁地看着没了。你怎么不跟着去死哇？俺看你到地下怎么面对列祖列宗？"

赵爷爷的恸哭，震得土房子簌簌发抖。赵老汉像条狗一样把头深深地埋在两腿间："俺想冲上去和鬼子拼命，可俺想俺要是死了，俺藏在山洞里的那个战士也就活不成了，俺就没有冲上去。"赵爷爷用袖子一抹泪，站起身，走到锅屋，提出一把刀。赵老汉把头迎上去，闭上眼睛说："俺是该死，该剁。"赵爷爷推了他一个趔趄，说："你哪配俺来剁，让老天爷天打五雷劈了你。"赵爷爷提着刀拐进鸡窝，把脸憋得通红正下蛋的、家中唯一的一只老母鸡掐着脖子揪了出来。母鸡在他手上乱扑腾，他捋捋鸡冠，刀一抹，母鸡就垂下了脑袋。赵老汉呆呆地瞅着这一切，赵爷爷眼一闭，泪流了下来："给那娃补补吧。"

那天的战斗是这样的：沭水村南部的坪上，日军出动大约一千五百人，带着重炮、机枪合围大山，山里藏着百余名伤员和上千名群众。为掩护他们撤离，老六团突击队的八十余名勇士冒雨死守阵地。等群众和伤病员全部安全转移后，他们才突围而出。可赵三进等战士却血洒荒野，再也没能回来。

盼　赢

秋天又踏着满径的落叶如约而来。棉花、高粱、玉米产量都提高了，广袤的田野照样一片五彩斑斓，宛如染坊里的颜料被打翻在地。识字班照样和往常一样，不分昼夜地帮着抗属家劈玉米棒子、杀高粱头、到蝎子山上采摘棉花。她们又一次把门板卸下来，铺在打场院里，点了干野蒿子驱蚊，仿佛一切如旧。只是她们不再唱歌，连一向闲不住、爱叽叽喳喳的赵荞麦都沉默不语。她们中，少了庄枣。

王凤枝忽然叹了一口气说："唉，若是庄枣在，肯定又能写一首诗了。"她这么一开口，林红苗的鼻子一酸，眼泪就流了下来，接着，抽泣声连成一片，众人抱头痛哭。

那晚，林红苗突然临产，梁文秋连夜跑来接生。天亮时，林红苗顺利生下一个女儿，取名赵盼赢。盼赢的眉眼像极了赵柱子，林红苗抱着她望着窗外，已是深秋，晚来的秋风刮得院子里那棵梧桐树上的叶子簌簌地往下掉，一阵酸涩又涌上心头。

从盼赢生下来的那天起，华胜就天天跑来看妹妹，一天不见会又哭又闹。林红苗干脆把他从娘家接到自己身边。见华胜趴在炕上，眼也不眨地盯着盼赢，林红苗故意逗他："小青抗先，你这么喜欢妹妹，把她给你当媳妇好不好？"华胜拍着手，糯声糯气地欢呼："好啊，好啊，这样俺和妹妹就不分开了。"

林红苗平日里忙活惯了，坐月子期间浑身不自在，整日憋得难受，那些日子竟像熬了一辈子似的。还有几天才能出月子，她实在忍不住了，给女儿喂完奶，交给桃子照看，径直去了村公所。

她一进屋，就看到大家正围坐在一起，七嘴八舌地说着什么。见她来，王凤枝拍手说："主心骨来了，俺这个代理会长终于可以卸任了，俺可干够了。"原来沭水村突然接到上级的新命令、由于沭河桥被敌人控制，务必要在五个小时之内再架一座桥。天黑之后，部队要从沭河经过。

林红苗带着众姐妹到沭河边查看地形，河面最窄处也有二十多米宽。瞅着齐腰深的河水，她们犯了愁：一是没有建桥材料，二是梁文田带着民兵支援前线去了，家里都是些女人，五个小时怎么能架起一座桥？林红苗她们蹲在河边，琢磨着。别说还是赵荞麦这个军师有主意，她想出了一个大胆而别出心裁的计划：搭一座人桥——用门板当桥，人来当桥墩。林红苗欣喜若狂地站起来："俺就说嘛，没有过不去的火焰山！"

天黑透了，她们朝沭河走去。到了沭河边，林红苗扛着门板，站在第一个，转身喊道："架桥！"她率先跳进冰冷的河里。王凤枝、赵荞麦、梁文秋等一个又一个姐妹都扛着门板跳进河里。刹那间，一座人桥奇迹般地诞生了。

突然出现的桥，让部队首长眼含热泪，他朝身后的战士们大声喊道："前边，是老百姓们用身体为我们搭起的桥，一定要轻踩。"战士们走上了人桥。一分钟，两分钟……整整一个小时，战士们踏着老百姓的肩膀走向炮声隆隆的战场。当最后一名战士过了河，林红苗周身麻木，牙齿直打战，已经爬不上岸了，被姐妹们硬生生从河里拽上来。

院子里的那棵梧桐树，孤零零的叶子也被狂风刮下来了。大地敞开宽阔的胸怀迎接着最后一片落叶，像在迎接归来的孩子。就在这天傍晚，赵根子回家了。原来他在离沭水村三四十里的地方，寻找到驻扎在那里的八路军部队。在一次战斗中，他奋勇杀敌，荣升为排长，团里奖励给他半袋白面。庆功会开过后，团长特批给他一天假期，让他回家探亲。

赵根子背着半袋白面进庄时，真是风光死了。很多猴孩子满脸崇拜地跟着他，似乎庄里的鸡、鸭、鹅也闻到了英雄的气息，紧跟在他身后飞跑。此时，林红苗刚出去检查完坚壁工作，正忙着给怀里的小盼赢喂奶。她婆婆照例跟在她后面唠叨:"要不是你怂恿俺大儿子参军,俺大儿子怎么会没了?俺二儿子怎么会不知去了哪里?"林红苗早已习惯了她婆婆的唠叨,仍像以往一样温柔地安慰着她。这时儿童团团长李荣生推门而入,大喊:"俺赵二叔立功回来了!"他话音刚落,赵根子就背着半袋白面推门而入。林红苗婆婆扔了拐杖,抖抖索索地朝赵根子扑去。

林红苗婆婆逮着赵根子就不撒手了。她捏捏儿子的胳膊,捏捏儿子的腿,笑着说:"比在家结实了。"她说着,又用袖子擦起了眼泪。

饭后,梁文田来了,他上来就照赵根子的背上拍了一掌,赵根子迅速往下一蹲,左腿横扫,冲他来了个扫堂腿,梁文田立刻跳开,两人顿时哈哈大笑起来。梁文田说:"伙计,你出息了啊。"又有很多青抗先陆陆续续地涌进来,一睹这位归来的英雄。庄里的猴孩子也围着赵根子,争先恐后地嚷嚷着让他讲战斗的故事。欢声笑语一直延续到深夜,为这艰苦岁月里洒下了一抹温暖的光。

婚 礼

又是一年猫冬。识字班姐妹们为了林红苗照顾女儿方便,干脆把课堂搬到了她家里。屋外寒风凛冽,屋内炉火烧得正旺,姐妹们围坐在一起,温习着过去学过的字儿。这一天,儿童团团长李荣生带着一个部队上的叫老刘的人,径直来找梁文秋。

部队上的人递给梁文秋一封信。她疑惑地拆开,看了几行,脸上就飞起了红霞。赵荞麦眼尖,立刻凑过来抢信,笑嘻嘻地念了起来:"梁文秋同志:组织批准了我们的结婚申请。现在我所驻地在沭水村不远,但由于战事,随时都有可能转移,组织的意见是让我们利用这个间隙完成婚事,希望你随老刘前来。"

读完温长春的信，识字班们雀跃欢呼地团团围住梁文秋："这可是天大的喜事！太突然了，俺们都没来得及准备礼物呢。"梁文秋羞涩地说："俺也觉得很突然，也没有准备。姐妹们陪俺去参加俺的婚礼，就是最好的礼物了。"

姐妹们簇拥着梁文秋回家，给她换上一件红彤彤的棉袄，然后在老刘的带领下，踏上了前往滨海军区医疗所的路途。黄昏时分，她们抵达医疗所。刚进院子，梁文秋就被一群伤员和护士围了起来，这个递给她一条毛巾，那个递给她一块胰子（香皂）……梁文秋怀里的礼物都满得快要抱不过来了。她不知所措地看向老刘，老刘笑道："收下吧，这是他们的一片心意。他们受了伤，都是温大夫医治好的。这些可都是前几天打仗的战利品，小日本听说咱们的温大夫要娶媳妇，特意开着大船送礼物呢！"这番风趣的话引得众人一阵欢笑。

那天晚上，识字班姐妹住在了医疗所里。她们等了许久，也没见温长春露面。护士们解释道："他正在做手术，这会儿走不开。"

第二天中午，医疗所的同志们和识字班姐妹齐心协力，在院子里搭起了一座简易的棚子，里面摆上拼凑来的桌子、凳子，桌子上摆满瓜子、糖、茶叶等战利品。姐妹们剪出红艳艳的窗花，在墙上、门上贴上了"百年好合""佳偶天成"几个大字，简陋的场地被装点得喜气洋洋。直到婚礼即将开始，梁文秋才见到温长春。他新刮了胡子，理了头发，满面红光，焕然一新。

梁文秋在众姐妹的簇拥下，温长春在战士们的簇拥下，两人并肩而立，婚礼正式开始了，大家高唱《国际歌》。证婚人是所长路经纶，路所长郑重地宣读："温长春同志向组织提出了结婚申请，经组织审查，认为他们的结合是美好的，批准了他们的申请。首先让我们对他们的喜结良缘表示祝贺，再祝他们携手并进、白头偕老。"主婚人是政治委员马会水，他风趣幽默地说："温长春同志不仅是一名出色的医生，也是一名优秀的战士。他和梁文秋的结合，是新时代英雄与美人的姻缘。古人讲天作之合，如今讲革命情谊。这不仅是医疗所的一件喜事，更是我们的骄傲。"

气氛越来越热烈，温长春和梁文秋在大家的催促下，向主婚人和证婚人三鞠躬，四周响起了一片欢笑声。这时，不知谁喊了一声："让新娘子谈谈恋爱经过！"婚礼一下子被推向了高潮。战士们顿时起哄，拍着手大声喊道："梁文秋，你快说，不说今天躲不过。梁文秋，你快说，不说今天躲不过……"

梁文秋脸红得像苹果，见实在躲不过去了，就开了口："我们的相识应该感谢我们的奶奶，她也是一名医者。俺曾把一名伤员背到山里医治，后来庄里传出了不少难听的话，俺心里很难受。可是奶奶说，治病救人是医者本性，不要在乎别人说啥。"全场掌声雷动，经久不绝。战士们接着喊："新娘子不准打马虎眼，详细谈谈怎么认识温大夫的？"四周又响起一片起哄叫好声。

就在这时，一个战士急匆匆地跑过来，在路所长耳边低声说了几句。路所长脸色顿时变得凝重起来，他快步走到温长春身边，附耳说了几句。温大夫的脸色也变得严肃起来说："治病救人要紧。"路所长转头大声说："刚才有一个病人患急性阑尾炎，急需温大夫做手术，请新娘子谅解，请大家谅解。""对不起。"温长春冲梁文秋边歉意地说着边急匆匆跑出去。

那名患者是从上海远道而来给医疗所添置药品的商人。由于战区医疗条件艰苦，手术器械不配套，做无菌手术难度极大，医疗所里除了温长春，没人敢接手这台手术。临时治疗室设在乡间草屋里。温长春凭借着精湛的医术，成功完成了手术，病人七天后康复出院。

那天，温长春做完手术已是深夜，识字班姐妹们早已回庄，医疗所里一片静谧。出了草屋，脱了白大褂，摘了手套，温长春看到梁文秋后，满是歉意地说："对不起！没给你一个完整的婚礼。""奶奶说了，治病救人第一位。"两人相视一笑，拥在了一起。温长春说："奶奶没参加咱俩的婚礼，很是遗憾。等忙完这一阵，咱俩去看奶奶。"

第二天，路所长找梁文秋谈话："医疗所正急需医务人员，你愿意留下来吗？"梁文秋毫不犹豫地点点头，顺理成章地参了军，成了一名八路军医护人员。从此，她和温长春各自忙碌，有时几天都见不到一面。而他们一直想要回去看看奶奶的心愿，也在战火纷飞中，一再被耽搁了下来。

杀"朱"过年

　　一天清晨，天色未亮，一脸沉重的路所长急匆匆地找到温长春。见路所长一脸沉重和悲痛的样子，温长春心跟着往下沉。果然，路所长沉痛地说："昨天晚上，温家庄的妙手堂被日军封锁，泼上汽油，一夜之间化为灰烬。"温长春抓住路所长的胳膊，用力摇晃着："人没事吧？我奶奶没事吧？""大火过后，人们找到了一具焦黑的尸骨，那是……温老的遗体。"温长春的眼前一黑，整个人跟跄着往后退了一步。"当地老百姓联系不到你，已连夜买了一口棺材，今天下葬。"路所长眼中闪着愤怒的火焰说，"这次是朱百轩那个汉奸干的。他得知妙手堂是咱们的地下交通站，为了邀功便向日军通风报信。这个账，咱们早晚要算！"

　　对于汉奸朱百轩的阴险狡猾，温长春和梁文秋早有耳闻。朱百轩在石沟崖用刺刀逼迫老百姓用四个多月的时间，修成了一座如铁桶一般坚固的据点。八路军把很多日、伪军的据点拔除了，只有他的据点像毒瘤一样长在石沟崖，久攻不下。

　　小两口儿赶紧出发，赶往温家庄送温老嬷嬷最后一程。路上，温长春跟梁文秋讲了温老嬷嬷的故事："妙手堂不仅是治病救人的地方，更是八路军的地下交通站。奶奶生前，不知帮助了多少八路军伤员，送出了多少药品……还有一个叫唐富贵的小货郎，也是八路军的交通员。前些年，咱们八路军在敌占区搞到了治疗黑热病的新药，就是他挑着货担子，冒着生命危险从敌占区送到咱们部队的。"梁文秋听闻此言，猛地一震，想起林红苗悔婚的最主要原因是嫌弃小货郎是一名落后分子，可现在看来这件事另有隐情。

　　刚到庄头，他俩就看到几个壮汉抬着温老嬷嬷的棺材去往墓地。送葬的队伍浩浩荡荡的，望不见尾，全是周围自发前来的百姓。温长春和梁文秋不敢暴露目标，只能隐在队伍里泪流满面。

温老嬷嬷的葬礼过后没多久，八路军传来捷报：朱百轩被活捉了。大量被迫修筑工事的民夫被解救出来，其中一个就是老私塾的儿子。他跪在地上痛哭流涕："感谢八路军，俺又见天了。"

马上过大年了，沐水村的老百姓说，这个年真肥，杀"朱"过年。林红苗带着识字班又扭起了秧歌：

> 新年新春新胜利，
> 男女老少都欢喜。
> 扭起秧歌来庆祝，
> 庆祝咱们新胜利。
> 八路军，英雄汉，
> 抗日救国称模范。
> 今年打开石沟崖，
> 活捉汉奸朱百轩。
> 为人民，除祸害，
> 党的大功又一件。
> 公审后，枪毙完，
> 欢欢喜喜过大年。

区里召开了表彰大会。梁文田和林红苗被评为"民兵英雄"，王凤枝荣获"记账模范"称号。要说最有意思的还是赵荞麦，她拿下"生产劳动模范"二等奖，获得了一头小毛驴。识字班姐妹站在台下，手掌都拍得生疼，可赵荞麦却牵着毛驴噘着嘴下了台。林红苗伸手向她祝贺，她极不服气地说："俺不想要小毛驴，俺想要一等奖的大牛，小毛驴又不能耕地。"旁边一位三等奖的获奖者听了，凑过来对她说："你若觉得小毛驴不好，俺拿三等

奖铁锨和你换！"

　　大年三十，识字班扭着秧歌，民兵推着独轮车，把优抗粮送到一户户抗属家中，还亲手把一块块光荣牌钉在抗属家门楣上。赵荞麦家一门三英雄的牌子，在阳光下闪着耀眼的光芒。

　　大年初一，林红苗天不亮就起床，顶着寒风跑去给抗属包饺子。李奶奶擦着眼泪说："日子是过好了，过年还能吃上饺子。"林红苗边擀皮边说："保证让奶奶您呀，吃饺子吃到正月十五。"李奶奶用衣袖擦擦眼角说："那敢情好。"一盖顶白白胖胖像小肥猪的饺子下锅，香气四溢，李奶奶非拉着林红苗一起吃。林红苗婉拒道："不了，李奶奶。俺还有事。"

　　她没对李奶奶说谎，她约了王凤枝和赵荞麦，到辛之华和庄枣的坟墓前送新年的第一碗饺子。林红苗挑了饺子分别放在两位英雄的坟前："辛老师，庄枣，新年了，吃饺子了。"

第六章

一九四五年

捷报飞传

新的一年，梁文田从区里开会回来，带回了最新的消息：上级决定，为了减轻人民的负担，暂时停止参军报名，以免过多地影响生产。这让庄里未参军的青抗先生出些许遗憾。

春风吹软了柳树的腰肢，树上的鸟儿宛如一朵朵花儿，随风荡来荡去。识字班又开始了一年的春耕春种，赵荞麦的小毛驴也被套上套子，乖乖地到地里拉犁。这天，林红苗带领识字班在地里点播春花生。太阳升得老高的时候，儿童团团长李荣生来了。他手里扬着几张报纸，站在地头上大喊："识字班们，歇会儿吧！"李荣生之所以敢大胆地开玩笑，是因为手里有"尚方宝剑"——区里送来的报纸。果然，他娘王凤枝站起身来，叉着腰，笑骂："臭小子，没大没小的！"林红苗也站起身来说："干了怪长时间了，也真累了。姐妹们，走，歇会儿读报去。"

坐在地头上，她们如饥似渴地看起了报纸。歇了一会儿后，她们为了不耽误春耕春种，决定到地里边干活边轮流读报分享。在地里干起活时，赵荞麦首先按捺不住地说先来。她眉飞色舞地讲开了："今年年初，日军和汉奸准备'扫荡'前朱陈村，哨兵发现后，将情况报告给了民兵队长，民兵队长立即安排庄里的老百姓进行安全转移。民兵则分散隐蔽起来，等敌人进了庄，他们就用冷枪打，东一枪，西一枪。敌人不知道子弹是从哪里飞来的，吓得惊慌逃窜。"

"你这么一说，俺也想起最近听的一个好消息来，"王凤枝兴奋地接话，"李家桑园村，把他庄六十名民兵划分为四个班，日、伪军去'扫荡'时，他们庄里的步枪班、地雷班和大炮班早已埋伏在庄头的小沟里面。只听一声令下，砰砰砰，轰隆隆，敌人人仰马翻……""哈哈哈……"

赵荞麦笑得直不起腰，插嘴说："咱们庄也有侦察组、爆炸组和大枪组。"林红苗抬起头来，望向远方："不光咱庄，每个庄都有，上级教咱们如何打敌人，还发给咱们枪和弹药……"

王凤枝利索地往地里按着一粒粒花生种子，姐妹们七嘴八舌地说着："鬼子经过庄口，埋伏的地雷把他们炸得人仰马翻。""推门进屋，'推门炮'炸响，一群鬼子轰然倒下。""搬起木棒，没承想木棒底下藏着雷，轰的一声，鬼子飞上天。""甚至连门口的一堆柴火垛，只要敢动，立即会火光四溅，让鬼子心惊胆战。""鬼子进庄，要趴在地上，用刺刀拨弄土坷垃，生怕脚下一不留神，踩到铁西瓜！"……

嘴里讲着这些令人振奋的事儿，姐妹们干得更起劲了。很快，花生就点种完了。覆上土，她们用锄背轻轻拍实。望着新土覆盖的地面，她们都知道，此时的种子，将在泥土里暗暗积攒着力量，抱着向光的决心，不久就会露出胜利的白嫩小芽儿。

魏秀玉

四月的一天夜晚，魏秀玉双手紧紧地攥着被角，脸色发白，豆大的汗珠不断从额头滚落。她忍着疼痛，低声唤醒丈夫："快去喊咱娘，俺估摸着要生了。"梁文田一骨碌爬了起来，慌慌张张地就往外跑，连鞋子都来不及穿，一边跌跌撞撞地往梁大娘屋里跑一边喊："娘！娘！秀玉要生了！"梁大娘忙不迭地披上衣服，去锅屋烧水的时候催促儿子："快，去请何仙姑来！"

自从何仙姑的黑热病被梁文秋治好后，就像换了一个人，彻底抛下了过去那一套旧习，行医济世。梁文秋参军后，庄里接生的事儿，她就接了过来。此时，她正睡得香甜，听见急促的砸门声，顾不得穿好衣服，揉着眼睛拿起接生用的工具就赶到了梁家。

然而，这次接生比任何一次都要艰难。"孩子是站生，碰上这种胎位，即使折不了主干，也得折断新枝……弄不好两条性命都得搭进去啊。你们保大还是保小？"何仙姑摸摸魏秀玉的肚子，天气并不炎热，她的脑门上却沁出细细的汗珠子。梁文田毫不犹豫地说："大小都要保。"何仙姑一脸难色地说："那抓紧去请文秋两口子！"梁文田焦急地问："来得及吗？""试试吧，头生子没那么快！"

　　梁文田又一次跌跌撞撞地跑出去，砸开了林红苗家的门，让林红苗去医疗一所找梁文秋和温长春。辗转到下半夜，林红苗带着梁文秋和温长春两口子来了。还是温长春经验足，天明时分，伴随着一声清脆的婴儿哭声，母子平安。魏秀玉生的是个男孩，取名水生，整个梁家沉浸在喜悦之中。

　　可是，梁家的这份喜悦仅仅持续了一个月，就陷入了新的痛苦。魏秀玉浑身打战，没来由地发起烧来，即使把家里所有的被子都盖在她身上，她还是喊冷，身上随之出现了很多密密麻麻如针扎似的红点。林红苗心里猛地一颤，这症状，她太熟悉了。她想起当年华胜就曾经得过这个病，她们一群人都被传染了，最后靠着温老嬷嬷的药方才得以康复。她迟疑地说："这……不会是天花吧？"

　　他们又一次把梁文秋叫来。她望闻问切一番，从蓝布袋里倒出一些黑乎乎的粉末，吹入魏秀玉和水生的鼻子里，又往每个人鼻子里吹了一些。之后，她又留下了一些药品，并叮嘱道："这是新研制出的治天花的新药，吃了之后，就会退烧，应无大碍。"

　　几天后，梁文田一家，包括水生，纷纷出现了发烧、出疹的症状。正如梁文秋所言，他们很快就康复了，唯独魏秀玉，高烧始终不退，甚至出现了昏迷的情况。

　　吓得梁文田又去了医疗一所一趟，这回梁文秋和温长春都来了。温长春给魏秀玉望闻问切一番，和梁文秋对视了一眼，两人的脸色都很沉重。少顷，温长春咽了口唾沫，艰难地开了口："天花，并不是每个人都能治好。"梁文田一下子就哭了，哽咽着说："她是你们的嫂子，孩子不能一出生就没了娘，你们一定要治好她啊。"梁文秋耷拉着头说："俺们正在研究消灭它的疫苗，可还没研制出来。"她的眼圈泛红，任由哥哥一个劲儿地摇晃。

命运终究没有眷顾这个勇敢而贤惠的女子，梁家的祖林里增添了一个圆圆的新坟。水生经常饿得哇哇直哭，梁大娘来林红苗这里寻了几次奶水之后，林红苗干脆把水生接到了她家。她说："有盼赢一口，就一定缺不了水生的。"那天，看着林红苗左边抱一个，右边抱一个，两个婴儿在她怀里吃得香甜，梁大娘暗自盘算开了，反正自己的儿子将来还是要再娶的，谁来当孙子的后娘，都不如林红苗让她放心，何不让他俩合成一家子？这个念头一旦在梁大娘心里生了根，就再也挥之不去了。她打定了主意，等梁文秋回家，一定让闺女再撮合撮合。

枣　树

四月的树渐次绿了，草色由浅及深，识字班领着华胜，扛着一棵枣树来到了辛之华和庄枣的坟前。华胜长得虎头虎脑的，眉宇之间颇有些张光明的英气。"辛老师，您看，您的儿子已经长这么大了。"林红苗让华胜跪下磕头。他听话地磕了三个响头，黑亮的大眼睛咕噜噜地转着，疑惑地问林红苗："娘，这里面的人是谁？""是一个很伟大的人。"

祭奠完辛之华，姐妹们又来到了庄枣的墓前。她们去年亲手栽下的枣树，已粗壮了许多。盘旋的虬枝向四周伸展着，如一位坚强不屈的战士。她们践行诺言，将新带来的枣树种在了第一棵枣树的旁边。

新种的枣树，在微风中轻轻摇曳。这时候，一个瘦瘦高高的穿着八路军灰军装的青年扛着一棵松树来到了坟前。他问识字班："这是庄枣的墓吗？"姐妹们相互对视了一眼，疑惑地点点头。那个八路军不再说话，默默地在枣树旁刨起了坑，将那棵挺拔的松树栽了进去。埋好土，他轻轻拍了拍树干，低声说道："让这棵松树永远陪着你，我会每年都来看你的。"他对着庄枣的墓碑，身子深深地躬了下去。那棵新栽的枣树和那棵挺拔的松树，静静地立在坟前。没有人知道他是谁，甚至连和庄枣交好的林红苗也不知道。

回家路上，林红苗不像以前在路上一样慢慢地晃荡，即使瞅见一朵花也要停下来欣赏半天，而是领着华胜急匆匆地往家赶。赵荞麦问："急啥呢？"梁文秋也说："咱们好久不见了，你也不和俺叙叙旧？"只有王凤枝了解地说："你俩一个没结婚，一个结婚没孩子，哪知道当娘的心。家里有两个等着吃奶的孩子，她能不急吗？"赵荞麦说："还有她家的那个老妖婆，也等着她伺候呢。"林红苗脚步未停，只回头说："别这么说俺婆婆，其实，她不是你们想象的那么不通情理。"

众姐妹在十字路口挥手分别，各回各家。梁文秋则跟着林红苗走，她有很多话要说。果然，到家后，盼赢和水生都躺在炕上饿得哇哇直哭。桃子见她们回来，忙迎上来："嫂子，你可回来了。"林红苗顾不得多言，先抱起水生，撩开衣襟，把他的小嘴贴在怀里；又抱起盼赢，把她的小嘴贴在另一边。两个婴儿的小手紧紧抓着她的衣服，生怕她跑了似的。梁文秋冲口而出："红苗，你和俺哥成为一家子吧，你俩本来就有感情基础。"

林红苗只管怜爱地看着怀里的俩婴儿，沉默半晌，说："柱子和秀玉尸骨未寒，文秋，因为你是俺的好姐妹，俺原谅你，但以后别再提了。""俺给你提这事儿，第一，你是俺的姐妹，俺口无遮拦，你也不会真生俺气。第二，谁给水生当后娘，俺都不放心，除了你。第三，你和俺哥成了亲，彼此有个帮衬。第四，俺也不是让你现在就和俺哥成亲，等打跑了日本鬼子再说。第五，俺知道你和俺哥的感情，你俩只有成为一家子，才不会被庄里人议论。第六……"林红苗打断了梁文秋的话语说："别第六、第七了，俺这辈子不再嫁人了。"梁文秋不愧是与她从小一起玩大的，敏锐地察觉到她话里的不对劲儿："你还这么年轻，到底咋想的？俺给你解解。"

林红苗沉默了一会儿，犹豫地跟梁文秋说了一件事。自那次搭人桥之后，她的下半身一直出血不止。她找何仙姑诊治过，何仙姑说她因没出月子就跳到冰冷的水里，恐怕以后不能再生育。梁文秋一惊，忙伸手为她把脉，半晌，叹了口气："这个何仙姑虽然嘴碎，医术还是有几分道理的。你体内的寒气的确很重。不过，你还这么年轻，也许将来医学发达了就不是事儿了。"林红苗耷拉着脑袋说："可俺不想耽误文田哥。"梁文秋握住她的手，很笃定地说："俺嫂子去世的那天，俺和长春就暗暗发誓，等打跑了日本鬼子，俺俩就复员回到咱这里，共同为乡村的医学出力。"

梁文秋回家后，把林红苗的事情告诉了梁文田。他听完沉默了良久，说道："俺暂时也不想成亲这事儿，等打跑日本鬼子再说吧。"

老私塾回庄

夏天的沭水村，很多赶山雨。一场接一场的雨，把草催疯了，几天不薅就和庄稼齐高。这天，识字班正在抗属李奶奶家的地里薅草，林红苗一抬头，忽然发现沭河西岸的几个敌人据点竟然不见了。她纳罕地说："俺记得那几个据点前几天还在。"赵荞麦也眯起眼望着沭河对岸："对啊，桥边的岗哨也没人看守了。"王凤枝附和道："真是怪事。"

正在议论间，远处传来一阵铿锵有力的歌声："拿起红缨枪，站岗和放哨。逮住狗汉奸，送到庄里头。他若敢逃跑，就给他一枪！"姐妹们抬眼望去，只见儿童团团长李荣生押着一个穿着长袍的老头儿走了过来。那个老头儿步履踉跄，满脸疲惫，听到歌词，忍不住回头说道："这首歌还是我写的。"李荣生毫不客气地推了他一把："快走，汉奸！"老头儿踉跄地走了一步，又回头道："你小时候我还抱过你呢。"李荣生警惕性很高，根本不为所动，喝道："汉奸，少废话。"老头儿嘴角抽搐了一下："汉奸汉奸的，真难听。"

他们推推搡搡地走着，离林红苗她们劳作的地方越来越近了，老头突然高喊："荞麦，是我啊，老私塾！"赵荞麦把锄头支在下巴上，嘴一撇，说："汉奸!"老私塾焦急地大喊："我是被逼的!"林红苗放下手中的草，站起来晃晃累酸的腰，说："老私塾和被抓的民夫一样，都是被逼的，不算是汉奸。"李荣生一看识字班认识这个老头儿，就把他交给了她们，自己继续站岗放哨去了。

那天，回到家里的老私塾和儿子抱头痛哭，百感交集。有庄里人闻讯赶来，问："你被鬼子抓走，得有好一段日子了吧?"老私塾伸出两根手指头说："两年，暗无天日的两年。"他开始详细地讲起了他被敌人抓去的经历：

一开始，老私塾和被抓去的民夫一样，修工事，抢庄稼。后来，日军见他识字，就让他记账。那时候，日军还很猖狂，驻扎在据点里的小队长每天都要检查账目。可民夫们都故意磨洋工，出工不出力，老私塾为此经常挨鞭子。"谁愿意给日本鬼子做事呢? 这不是让抓住了吗? 为了保命没办法啊!"挨了鞭子的老私塾常常这样安慰自己。

日军在乡间修筑了一道道封锁沟，深沟里还加筑了封锁墙，自负地宣称那是他们的确保区，坚不可摧。从山川到平原上，到处都是他们的碉堡和据点。

可是后来，八路军教各庄老百姓实行坚壁清野。老百姓把家里的粮食都藏起来了，面缸里、粮仓里都空空如也，日军再进庄"扫荡"常常收获甚微。终于有一天，他们在庄老七的油坊里找到了一缸黄豆，气急败坏的他们就在里面拉上了屎尿。老私塾讲到这里，有人插话说："活该，谁叫他家不坚壁到底呢!"

日军让老私塾也往黄豆缸里撒尿，老私塾觉得他饱读诗书，不肯做这种龌龊之事。为首的人一鞭子狠狠地抽在他脸上，火辣辣地疼，老私塾还是不撒，鞭子又打了过来。他终于受不了了，解开腰带，咬着牙站在缸边，闭着眼睛念叨："作孽啊! 作孽啊! ……"

再后来，老私塾亲眼见证了日军从自命不凡变得恼火，又从恼火变得恐惧。他们一进庄，就像进入了一个神秘的世界，每个村庄都是空荡荡的，好像是废弃的，狗不叫，鸡不鸣，屋子里找不到任何粮食，罕有人迹。可是这个罕有人迹的地方，会时不时有地雷炸响，怎能不让人心生恐惧呢？

还有，八路军似乎一夜之间多了起来，多得数不清，行为也捉摸不定。突然出现，又突然消失得无影无踪。今天这里的碉堡被烧了，明天那里的伪军被消灭了。铁路被破坏了，电线被割断了，车站被袭击了。讲到这里，有人哈哈大笑道："老百姓组成的游击队、民兵、自卫队……"

于是，日军路也不敢走了，因为动不动就轰的一声；也不敢追了，四处都能传来枪响……这些消息就像野火似的蔓延，弄得他们胆战心惊、晕头转向，日夜不得安宁。老私塾讲到这里，又有人插言道："地雷战？麻雀战？"老私塾点头说："是的，日军从内心不会相信老百姓会帮助八路军。可是有一天，他们气急败坏地回来，说有一个老百姓真不怕死，竟然把他们引到娘娘山，害得他们遭到了八路军的埋伏……""是老村长林忠厚。""是，那天，我亲眼看见他们回来时，个个狼狈不堪，可他们束手无策……"

直到有一天，他们坐在据点里喝酒，老私塾在旁边伺候着。他们似乎知道已经穷途末路了，唱着老私塾听不懂的歌，歌声很悲伤。一个汉奸为了讨好他们，让老私塾给日军找两个女人。他怒斥那个汉奸："你还有没有伦理纲常？还是不是中国人？"汉奸愣了，瞅着老私塾像看一个怪物，哈哈大笑道："你以为你是谁？你也是汉奸，是要遗臭万年的！"

那天，老私塾忽然被骂醒了。"汉奸！"自己竟然也被人骂成汉奸！他决定找机会逃跑。其实，他一直是有机会逃跑的，但日本人算准他是软骨头，根本没有胆子逃跑，早就对他放松了警惕。于是，那天下半夜，他逃跑了。逃跑的过程异常顺利，他一路跑一路痛骂自己是懦夫。

投　降

林红苗永远记得，一九四五年八月的一天清晨，金色的晨光洒在沭水村的田野上，识字班的姐妹们正忙着拔草锄地，儿童团团长李荣生像一阵旋风般冲了过来。他抱着一摞红色的报纸，气喘吁吁地喊："号外！号外！昨天，日本宣布无条件投降了！"

林红苗听到"投降"两个字有些恍惚，拽住李荣生问："你说啥？"李荣生将一张红彤彤的报纸塞到她手里："自己看吧！你们不相信俺，还不相信报纸吗？"说着，他又抱着报纸继续往庄里跑去，沿路大声喊着："号外！号外！昨天，日本宣布无条件投降了！"

但见《大众日报》整版都是红色的字，字头上有拳头大的两个字：号外。林红苗念道："日本宣布无条件投降！"天哪，是真的！识字班把锄头一撂，拿着报纸，一边往庄里跑，一边像个孩子一样手舞足蹈地喊："号外！号外！日本宣布无条件投降了！"一路上，林红苗的脑子嗡嗡响，像做梦一样。

当她们冲进庄里，全庄的男女老少都聚集在十字路口，每个人都笑逐颜开。青抗先敲起了锣鼓，识字班扭起了秧歌。爷爷、奶奶、大娘、大爷也加入了扭秧歌的队伍。小孩子吹着风车也跟着鼓点乱扭，边扭边喊："日本宣布无条件投降了！"林红苗抬头望向天空，阳光耀眼，照得整个庄子都亮堂堂的。她泪水长流，恍惚间看到了一个个牺牲的身影，辛之华、庄枣、林忠厚、赵大进、赵二进、赵三进、赵柱子……还有无数英勇牺牲的人们。他们是不是也听到了这个好消息？他们是不是也在天上露出了欣慰的笑容？

那天，林红苗直到累得扭不动了，才回到家里。吃过饭，她仍兴奋不已，干脆去了村公所。只见梁文田正在召集青抗先开会，脸上满是高昂振奋的神情。原来，上级下达命令，要求将各庄的民兵整编进五路野战大军，向大城市和交通要道胜利进军，收缴日、伪军的武器，彻底肃清残敌。

识字班连夜用竹竿搭起了一座门，门上用红纸工工整整地写了三个大字"凯旋门"。翌日，太阳升起，一眼望不到头的五路野战大军们浩浩荡荡地来了。老百姓敲着锣打着鼓，识字班扭着秧歌，梁大娘她们把鸡蛋、花生等硬塞到战士手里，孩子们兴奋地跟着跑。五路野战大军们高唱着军歌，穿过凯旋门，雄赳赳、气昂昂地向远方走去。

这时候，一个小眼笑眯眯，长得不高不矮，穿着灰军装的战士器宇轩昂地来到了林红苗的面前。她一看，是东唐庄的唐富贵，惊得杵在那里，心猛烈地跳着，只想转身逃开，可她的脚却像生了根，怎么也迈不开步子。她早就听梁文秋说过唐富贵是八路军交通员的故事，也为自己误会他为落后分子而羞愧。

唐富贵道："你等一等，俺和你说三句话：第一句话，俺不是落后青年，上次征兵俺本想报名，可被俺娘锁在了屋里，等俺被放出来时，新兵已经出发了。第二句话，俺本来要去寻部队的，可是徐部长来到俺家，劝俺不要畏惧流言，抗日有很多种方式，当小货郎给八路军运输物资也很光荣。第三句话，俺从没怪过你，因为你退亲前，给俺送信了。希望咱做不成一家人，但能成为革命同志。"

林红苗呆呆地站着，一句话也说不出来，杵在原地，自始至终没说一句话，没点一次头，也没摇一次头。王凤枝来到她身边时，唐富贵已经消失在茫茫人海中。林红苗腿一软，一下子扑在了王凤枝的怀里。

后来，梁文田回来后，向大家描述了那次八路军威武雄壮的凯旋场面："自抗战以来，咱们的队伍还是第一次在明媚的阳光下，在老百姓夹道欢送的行列中，向敌占城市和据点开进。一路上，日、伪军闻风丧胆，纷纷溃逃。来不及逃走的，就在碉堡上挂起了投降的白旗。可是，咱们的大部队还有更紧要的任务，哪顾得上这些零星小股敌人？索性把他们留给各县的武装去收拾。可是，你们猜怎么着？"梁文田忍不住笑了，"咱们越是不理睬，那些日军和伪军就越心虚，甚至一些日、伪军头目率领部下，迫不及待地跑到咱们行进的公路上，举着小白旗，苦苦哀求咱们接受他们投降……"最后梁文田哭笑不得地总结道："看到他们这副怂包样子，真是又好气又好笑。"

全民族抗日战争结束了，梁文秋跟温长春也回到了温家庄。回家的他们觉得，广阔的乡村更需要医生。他们要重新把妙手堂开起来，并把它发扬光大。

抗日小学又开学了,教舍四周的花儿,已开得烂漫,风吹过,一阵淡淡的清香扑鼻而来。学生们整整齐齐地坐在教室里,等待着他们的老师。上课铃响,林红苗手拿课本,目光柔和,迈上了讲台。

这天,县委宣传部部长徐闯来到了沭水村。他没去村公所,而是直奔学校。他这一趟,是专程来找赵荞麦的。此时,赵荞麦正独自坐在教室里,专心地练着字。徐闯敲了敲门框,赵荞麦抬起头,一见是他,立刻丢下笔,跑到他面前,兴奋得一蹦三尺高:"徐闯!徐闯!"徐闯笑着说:"我可能是来跟你告别的。""俺知道,咱们胜利之后,将面临更加艰巨、更加严峻的任务。"她可不是当年爬树下河的野丫头了,如今的她,隔几天就去村公所读《大众日报》,那里面讲的道理,她都懂。"我此行的目的,就是想让你看一件保存了很久的物品。"徐闯笑着,从挎包里掏出来一个荷包,上面歪歪扭扭地绣着"赵荞麦"三个字。

赵荞麦一眼认出是她的"大作",尴尬地大叫道:"是俺的。这个怎么会在你那里?"她跳起来去抢,徐闯却高高举起,让她怎么也够不着。"我从来没见过这么拙劣的绣工。"徐闯调侃地笑着说,又从挎包里掏出一枚子弹壳做的钢笔,"这个荷包留给我做纪念吧。作为交换,我送给你这个。""还有这种好事?"赵荞麦双手擦擦衣襟,伸手去接。徐闯忽然小声地问:"你会等我回来吗?"赵荞麦愣了:"俺等你回来干啥?"徐闯不再说话,只是把钢笔塞进赵荞麦的手里,转身大踏步地走了。赵荞麦傻愣愣地站在原地。秋天的风没有方向,将她的短发一会儿吹向左,一会儿吹向右,头发很快就乱糟糟的了。

其实,那天的王凤枝本来已经和赵荞麦约好,一起去教室温习一下以前学过的字。刚要出门,一个英俊的战士突然站在她面前,一抬手,啪的一下敬了个标准的军礼。王凤枝惊喜交加,竟然是她的丈夫李木匠,不,现在的他,已经是战士李长川了。她已经将近两年没见他了,他的鼻梁、他的浓眉,还是她熟悉的老样子。可是,他和以前又有了不同,他的眼神是那么坚定有神,和辛之华、张光明,还有很多战士的眼神都一样。李长川说:"俺来家看看，明天又要开拔了。""俺知道。"王凤枝红了眼眶。

　　那天晌午吃过饭，林红苗也是准备要去识字班教室的。她刚要往外走，梁文田就来看儿子了。他进屋，抱起炕上的水生，轻轻地亲了一口，动情地看着林红苗说："真辛苦你了！""你说这话就见外了。"此时的空气里流淌着爱的气息。"要不，咱们一块过得了。""文秋没跟你说俺的事吗？""说了。俺想，咱已经有华胜、盼赢、水生三个孩子了，咱们把他们养大，这辈子就知足了。""俺发过誓，俺要再嫁人，是要带着公公婆婆一起嫁的。""柱子哥走了，根子也在部队里，孝敬老人是应该的，俺举双手赞成。"

　　两人不知道的是，此时的窗外，有一个正躲在墙根下偷听的老嬷嬷暗暗松了一口气。她就是林红苗的婆婆。已经离不开林红苗照顾的她，这时候用袖口悄悄地擦去了浑浊的眼泪。

　　林红苗低着头，半天没吭声。梁文田着急地说："你还有啥犹豫的，痛痛快快地跟俺说，一起商议商议。俺可不想因为咱俩的迟疑，再错过一生了。"林红苗终于抬起了头，走到橱子旁，从里面找出一双白底红线、针脚细密的鞋垫儿，上面绣着一枝子开得热热闹闹的杏花，旁边还有几只橘黄色的小蜜蜂在嗡嗡地闹腾。她把鞋垫儿递到梁文田手上，脸上飞满红霞，用低得几不可闻的声音说："俺给你绣的，搁在俺这里已经六年了，今天终于有机会给你了。"

第七章 ————————————

后 来

那一年，因组织安排征集沂蒙地区抗日战争史的资料，我和我的助手小柳姑娘前往抗日战争时期被誉为"抗日英雄村"的沭水村采访。从临沂出发，顺着北京路一直往东，穿过沂河，跨过沭河，沭水村就在视野中渐渐清晰起来了。

沭水村早已今非昔比，如今的它不仅是全国闻名的大樱桃种植基地，柳编制品更是畅销海内外。我们刚到庄口，村支书梁强就热情地迎了上来。他见小柳年轻水灵，笑着唤她"识字班"。小柳疑惑地问："沂蒙山为什么管年轻姑娘叫'识字班'呢？"

梁强缓缓解释道："这得追溯到一九四〇年的秋天。那时，八路军来到这里，开办识字班，让大门不出二门不迈的女子读书识字。她们放了脚，剪了发，学了革命的道理，和男人一样为抗战出力。自那以后，'识字班'就成了沂蒙山年轻女子的代称。"

小柳似懂非懂地点点头，梁强笑道："走，我带你们去见见我老奶奶吧。她叫林红苗，当年也是识字班的一员。"

小柳眼中闪着好奇的光芒："年轻的姑娘叫识字班，那年轻的男子叫什么呢？"

"青抗先。"梁强又解释起来，"抗战时期，庄里的青年加入了青年抗日先锋队，简称'青抗先'。他们打游击、埋地雷、抬担架、抢救伤员……后来，'青抗先'就成了沂蒙山年轻男子的代称。"

小柳姑娘说："青抗先，识字班，真有意思。"

我们边走边听梁强讲着老奶奶的故事："她快一百岁了，耳不聋，眼不花，一个人住在老宅子里。"

小柳又惊奇地问："为啥不把她接过来一起住呢？""当然想接了，可她不愿意，说自己能照顾自己。我们拗不过她，只好在老宅里装了监控。"梁强叹了口气，语气中透着无奈，也夹杂着自豪。

没走多久，我们来到了老宅，却发现大门紧锁。"她肯定去庄枣老奶奶的墓前了。"梁强笃定地说着，转身就带我们向庄外走去。

走在田间小道上，他继续讲："新中国成立后，辛之华、林忠厚、赵大进、赵二进、赵三进、赵柱子等前辈们的坟都迁到了烈士陵园，唯独庄枣老奶奶的坟墓一直留在那里。庄里做了不少努力，打了很多报告，可最终还是未能迁走。"

小柳好奇地睁大眼睛，我知道她又有疑问了，可即使她的疑问提出来，估计也无人解答。她年轻的脸，在阳光下那么纯净明媚。梁强微微叹息："唉！百年之后，还有谁会记得这里埋着的是谁呢？"

"不会被忘记的！"

我话音刚落，一阵清淡的枣花香沁入心脾。抬眼望去，只见一大片枣树林呈现在我们面前。有的枣树已经很老了，粗壮的枝干伸向天空，仿佛在诉说着它经历的几十年风雨沧桑；有的枣树树皮粗糙且厚实，如同岁月雕刻的纹路；还有的枣树很小，看着像新种植的……枣树上，几只鸟儿拖着婉转的长音划过。林子中央，一座圆圆的坟墓静静地伫立着。周围的枣树像一位位忠诚的守护者，将它紧紧环绕。坟墓旁立着一方石碑，刻着"庄枣烈士纪念碑"。一位满头银发的老奶奶正倚靠在墓碑旁，好像在和她的好姐妹手拉着手，肩并着肩。她虽然脸上的一道道皱纹深刻着岁月的痕迹，还是依稀能看出当年的俊俏模样。她轻轻地说："俺来跟庄枣老姐妹说说话儿，拉拉呱儿。"

我们将带来的鲜花放在墓碑前，深深地鞠了一躬，又一躬，再一躬。老奶奶拄着拐杖站起身，带着我们在枣林里走着。她一边走，一边轻抚那些树干，仿佛它们是她的老朋友一般。"这是庄枣牺牲那年，识字班姐妹栽的。"又指着一棵松树，"这是一位叫松的年轻人栽的。""这棵枣树，是新中国成立那年栽的。""这是一九七八年那会儿栽的。"……她的手指在一棵棵枣树间游走，像在翻阅过往的篇章，声音愈发低了下来："这一棵树是我、凤枝和文秋三人栽的。那年，荞麦没了。""这棵是我和文秋栽的。那年，凤枝没了。""这是六年前栽的。整个识字班姐妹就剩我一个了，文秋也走了，我也刨不动树窝了，只好让重孙子帮我栽下。说不定哪天，我就去和她们团聚了……等我没了，就让重孙子年年来这儿种一棵枣树。"老奶奶如数家珍地抚摸着每一棵树。

枣林深处，树上鸟儿的叫声，如玉珠落盘般清亮，我们陪着老奶奶，缓步回庄。她指着十字路口的一棵百年柿子树说："沐水村的老家伙，就还剩它和我喽。"坐在百年柿子树前，我们围在老奶奶身边，记下了她讲的故事：

故事之一：赵老汉

那日，赵荞麦的爹赵老汉瞅着空静的院子出神。说起来就数人最不结实了，他的三个儿子都走了，女儿赵荞麦南下了，他的爹难挨失去三个孙子的痛苦，脚跟脚也走了。他的两条腿，也在那年给战士送药途中，被一枚飞来的炸弹炸飞了。曾经像驴一样能背百十斤东西，跑十几里路都不带喘粗气的他，竟连出院子的力气都没了。他蜷缩在墙根下，好像连日头也不愿意多晒晒他，转眼工夫就挪到了旁边的墙上。

门吱呀一声开了，一个肩背行李的青年大踏步进来。赵老汉惊奇地眯起眼睛打量着这个陌生人。青年扑通一声笔直地跪倒在赵老汉面前，大喊一声："爹——您老不记得我了？我就是您曾经救过的战士啊！"

一九四九年的春天，一个叫宋望士的战士，为了报答赵老汉的恩情，复员后没有回老家，而是来到沐水村，服侍赵老汉到老。并且，他去世后选择和赵老汉埋葬在一起，长眠沂蒙山。

故事之二：华胜

那年，华胜由一个襁褓中的婴儿长成一名英俊的少年。一天，他放学回家，远远地看见一辆军绿色吉普车停在家门口，梁文田和林红苗正送几个干部模样的人出来。华胜见过其中的一个干部，那是他们的县长，同时出来的还有两个穿军装的男人。县长不知在说着什么，梁文田和林红苗含着眼泪一个劲儿地点头。一个军人把一包东西交给林红苗，啪地行了一个军礼："首长说，务必请您收下。"林红苗急了眼，红头涨脸地推搡："俺可不是为了钱。"

华胜回家后，林红苗跟他说，他亲爹想接他去北京团圆。果然，不久，那辆神秘的军绿色吉普车又停在了他家门口。那天，接华胜到北京的一幕堪称壮烈。他跟来接他的人撕扯，跟他父亲撕扯，跟他母亲撕扯，跟所有的人撕扯。他边撕扯边哀求："娘，俺以后听你的话，你别送俺走唯……"可是，一个孩子怎么能有几个男人的力气大呢？梁文田和众人合力把华胜弄到车里，华胜趴在车玻璃上哭喊着。林红苗的视线模糊了，冲出了房门，爬到外面的山坡上，眺望着，眺望着……

车子顺着弯弯曲曲的山路，缓缓地向山下驶去。华胜眼看回沂蒙山已经无望，请军人打开车门，走下车扑通一声跪倒在地，撕心裂肺地大喊："娘——"沭河像温柔的母亲，含笑无言地望着他。

最终，华胜回到了亲生父亲身边。中间，林红苗去看过他两回，每次，他都与这位母亲抱头痛哭。当时的林红苗没有想到，这个儿子后来又以另外一种方式，回到了自己身边。

有一年，林红苗的女儿盼赢有事去北京，自然而然地住在了华胜的家中。两个年轻人有着那么多的共同语言和说不完的话题，躲在屋子里叽叽咕咕地说个不停，像两只欢快的小家雀儿。

张光明第一次看到自己的儿子在家里欢畅地大笑，心中一动。张光明征得两位年轻人的同意，再次来到沂蒙山，来到当年战斗的地方，郑重地给儿子提亲。于是，那年冬天，华胜和盼赢在沭水村举行了简单而又庄重的婚礼。当仪式进行到了改口的环节，华胜对着梁文田和林红苗脆生生地喊道："爹！娘！"喊完，新郎的眼泪就掉了下来。

故事之三：识字班

赵荞麦，解放战争时期，奔赴军营，跟随部队南征北战，新中国成立后才回到临沂。她多方打听徐闯的下落，才知徐闯已在一次战役中牺牲了。她后来成长为共和国的一名干部。改革开放的春风拂过，她敏锐地察觉到临沂城郊农民小地摊的潜力，亲自审批了西郊大棚项目，后面一直推动着临沂批发市场的发展，为临沂成为"商贸名城"和"物流之都"奠定了基石。

梁文秋，后来成了省医院的一名妇产科大夫。同时，她与丈夫温长春携手致力于农村流行病的药物研发。黑热病、天花等顽疾在中国农村几近绝迹，少不了他们的汗水和智慧。退休后，她与丈夫重返温家庄，继续为乡村的医疗事业发光、发热。

王凤枝，从会计起步，一步步成长为某国企副经理。退休后，她回到家乡，承包土地来种植麻柳和杞柳，办起了柳编工艺厂，产品畅销国内外，带领庄户人走上了致富路。她的工厂是全县纳税最多的工厂。

林红苗，新中国成立后，这位出色的识字班队长、妇救会会长的事迹多次登载在《大众日报》上，受到各种表彰。有文化、有能力的她，只因她婆婆年事已高，要在家尽孝，多次婉拒上级调她到妇女联合会工作的邀请。她一直在沭水村当小学老师，后来成为小学校长。庄里有不少人家的祖孙三代都是她的学生。她婆婆临终前，拉着她的手，说的最后两句话是："红苗，你是个好人，你对俺比亲闺女对俺都亲。下辈子俺要当你的亲娘，好好疼疼你这个好闺女。"

五月的阳光，照在老奶奶慈祥的脸上。她讲的故事像沭河的水一样哗啦啦地往前流着，仿佛永远也讲不完。不远处，牛羊成群，庄稼遍地，老百姓满脸喜悦地坐在硕果累累的大樱桃树下，上下翻飞地编织着柳编制品。大货车停在宽阔崭新的道路上，熟透的大樱桃和柳编制品被一箱箱地装上车子运往四面八方。

后记

在全民族抗日战争时期，有一个伟大的女性群体，用柔弱的肩膀撑起了革命的半边天。她们像山野倔强盛开的花儿，与巍峨雄壮的群山一道点燃了新中国的春天。可当我们回望时，往往只记得红嫂，而遗忘了识字班。曾经鲜红、曾经荣光的识字班仿佛被淹没在历史长河中，被我们集体忽略了。

识字班是中国共产党在抗日民主根据地发起的一场大规模的扫盲运动。1933年，毛泽东在《长岗乡调查》中写道："小孩累赘的，'更多年纪的'，家里人太少离夜校又远的，这些人编入识字班。""教法：随时，随地，随人数，乘凉时，喝茶时，一个人，三个人，五个人。"在《才溪乡调查》中，也写道："因老，因工作，因小孩牵累，不能入也学的，便入识字班。"

在那艰难岁月里，全国各地妇女踊跃参加识字班。识字班让女子有了学文化受教育的权利，她们从封建礼教的束缚中解放出来，发生了翻天覆地的变化。她们识字、演戏、扭秧歌，破除迷信、支援前线、生产备战，能看路条、能读报，识字身影遍及灶前、纺车旁、磨盘边、田间地头。

作为一名土生土长的沂蒙女性，我是被长辈们亲昵地喊着"小识字班"长大的。在我们这片土地上，"识字班"成为一种专属于年轻女性的称呼，和其他地方的"姑娘""闺女"一样。

也许是机缘巧合，那一次与爱好文学的姐妹聚会，我们不知不觉地聊起了脚下的这片浸润着热血的土地。我的好姐妹薛馥香谈到春日里参观红色教育基地的感触，说起抗战时期的识字班在八路军带领下剪发、放脚的往事时，忽然提议："不如我们成立一个新识字班？"这一提议立刻引起了姐妹们的共鸣，我们不仅要自称"新识字班"，还要去寻访那些曾经的"老识字班"。这既是一种忠诚和使命的接力，更是一种责任和担当的传承。

那一年，我们热血沸腾，激情燃烧。可是做一件事，永远比想一件事复杂多了。老人们分散在全国各地，寻访之路困难重重。盛夏时节，我们奔走在乡野之间，真正尝到了汗流浃背的滋味。去沂南县马牧池采访时，大雨如注，我开车带着姐妹们冒雨前行，雨刮器开到最大仍看不清道路。进庄时，我们虽然打着伞，浑身仍被浇得湿透。可是，跟着老人重温那红色的光辉岁月时，我们觉得在做一件很有意义的事儿，在做一件国家记忆里需要重新被唤醒的事儿。因这件事儿，我们的内心充满了安宁和喜悦。

那一段时间，我们寻访了许多令人肃然起敬的老人：十六岁就单枪匹马去征收公粮的刘金霞，写得一手遒劲楷书、以笔墨传递革命信念的程茂贞，节日必佩戴"光荣在党五十年"纪念章的杜密芳，跟随部队进军大西南、将青春献给国家解放事业的杜育英，一生接生无数、以医者仁心守护生命的吴绍英，婚后仍坚持进学堂追求进步的张传香……每次寻访结束后，我都仿佛看到了当年的识字班。她们从青春年少到头发花白，从少女到母亲，对党的深情、对国家的赤诚，从未改变。

后来，由于各自工作繁忙，新识字班渐渐解散了。但那段寻访经历，却在我心中埋下了一粒书写识字班的种子。只待时机成熟，它就会悄悄生根发芽。我查阅资料，不断考证，发现识字班最早起源于全民族抗日战争时期的沭水县。那时的沭水县隶属于滨海抗日根据地，区域范围在今莒南县、临沭县和河东区交界处，横跨沭河，是中国人民抗日战争版图上一块镌刻着红色印记的土地。

就在我思索用什么方式去书写识字班的时候，又一次机缘巧合，我与我父亲在临沂市委组织部的老同事薛宁东大姐相遇了。她是老地委书记薛亭之女，我们一见如故，如忘年之交。最让我难以置信又惊喜不已的是，薛亭书记在1941年冬天，随泽东青年干校山东分校转移到滨海区沭水县，1942年9月至1945年11月，先后任北海银行发行科科员、中共沭水县委组织部干事。那时候的沭水县，敌我双方处于拉锯状态，薛亭书记深入群众，组织抗战，是那片土地上真实的"引路人"。

我陪同薛宁东大姐重访薛亭书记曾经战斗的地方。在被誉为"山东小延安"的莒南，我有幸结识了沭水红色文化博物馆的丁柏忠馆长、陈青老师，以及莒南史志领域的资深专家李祥琨老师（按遇见先后为序）。他们慷慨无私地提供了大量的珍贵资料。随后，在莒南宣传部的鼎力相助下，我又从高家柳沟展馆汲取了丰厚的滋养。识字班刻苦识字、赶制军鞋、欢跳秧歌的老照片，静静陈列的松油灯、纺线车、斑驳的农具……都是中国人民抗日战争历史上沉甸甸的见证。

书写识字班的种子已经在我心中生根。当我与文朋诗友再次谈及识字班时，竟惊讶地发现，我的出生地，在烽火连天的全民族抗日战争时期，被划分在沭水县。

原来，我就是沭水县人。原来，我与这片红色的土地，血脉相连。

我的出生地，山东省临沂市河东区郑旺镇大尤家村，是一个环境优美的小村庄。我在六岁的时候跟随父亲，离开了她，移到了离她八十多里地的临沂市，从此在城中成长、学习、工作。我仿佛从未认真回望过她，但是在梦里，我常常扎着两条麻花小辫子，来来回回地走在大尤家村的胡同里……后来，我才明白，那不是梦，那是她对我的召唤。

全民族抗日战争时期，沭河东岸解放区的女性，在中国共产党的引领下放脚、剪发、学文化，获得了新生，是全民族抗日战争时期的一股新生力量。而沭河西岸我的家乡，则处在敌占区，我的祖母辈仍旧裹着小脚，大门不出二门不迈地当着"睁眼瞎"。那一刹那，我忽然心疼起我的出生地，心疼起八十多年前的那一群年轻的女人。同饮沭河水长大的女性，却有着天翻地覆的不同。

这些都是我书写《识字班》的引领，既有精神上的，也有地理上的。我要离开这个霓虹灯闪烁的城市，去寻找沭水，去寻找一群女性的觉醒，去寻找艰难时刻中国共产党与人民群众的鱼水情深。那段历史里的姐妹形象在我心中日益鲜活，甚至我能清晰地看到那时的女性学了文化、剪去辫子、放开小脚之后，意气风发的模样。

在小说里，有一段讲述辛之华与姐妹们在山洞中共同生活了十二天的情节，姐妹们原本以为识字、剪发、放脚、扭秧歌就算革命，谁料那十二天里，她们从辛之华身上见识了真正的血与火，才明白"革命"二字远非想象中的那样轻松。我的心理历程与她们一样，我要动笔写《识字班》的时候，以为我会像以前一样，轻轻松松地就可以完成。我计划按照年份写下去，从1940年秋天八路军来到沭水村写起，到1945年8月日军宣布无条件投降结束。可写到1942年，我才真正意识到了难度——书中的主角一开始就在一个小山村里，没有命运的大纠葛，没有人生的大转变，尤其1942年之后，她们重复着埋雷打枪、种地的重活，枯燥而沉重。她们的痛苦在于：不知道战争何时结束，只能咬牙挺住。

我的写作状态也陷入了这种痛苦，剩下的三年我该写什么内容呢？我把我的身体按在书桌前，让我的灵魂跑到岁月深处，我一而再再而三地握紧拳头，给我书中的姐妹们鼓着劲儿："姐妹们，一定要坚持啊！再有三年，再有三年抗日战争就要胜利了。"其实这也是在给我自己打气。当激情褪去后，面对写作的变化，我意识到自己并不像想象中的那么坚强。

书写这部小说时，我时常恍惚于虚构与真实之间。小说中引领姐妹们学文化的辛之华，原型是血洒沂蒙的两位巾帼英雄的合体。一位是辛锐烈士，出身于书香门第，父亲是济南的银行家，善绘画、工木刻。1937年，她来到沂蒙山区，在部队从事革命文艺工作；1941年冬，日、伪军"铁壁合围"沂蒙山区，12月17日，日军搜山，怀有身孕的23岁辛之华为掩护战友突围，拉响手榴弹，与敌人同归于尽。另一位是陈若克烈士，1939年6月，跟随丈夫朱瑞一起来到山东；1941年冬，日军对沂蒙山区进行大"扫荡"，她不幸被俘，在狱中产女，宁死不屈，最终与女儿一起被日军残忍杀害。这些深深地刺痛了身为女性同时也是母亲的我。最终，我私自决定，我要让小说中的辛之华——这位伟大的女性革命者在世界上留下一个孩子，让他替他的母亲见证新中国蓬蓬勃勃的春天。

这个孩子的原型，是山东省军区司令部通信大队大队长黄志才和无线电台台长刘凯之子——迎胜。1943年，他被托付给前新庄村妇救会（全称"妇女救国联合会"）主任尹德美抚养。新中国成立后，迎胜跟随爸爸、妈妈到了北京，后来和"沂蒙母亲"尹德美的女儿梅吉结了婚。这段真实的军民鱼水情的故事，是我小说中最温柔也最坚硬的部分。

寻访过程中，我一直有个疑问，既称年轻女性为识字班，那沂蒙山区的年轻男性叫什么？我问过很多研究沂蒙革命史的专家，他们给出了"男劳力"或者"小青年"的答案，可我总觉得这不是我要寻找的。直到有一次我听到了"青抗先"（全称"青年抗日先锋队"）这三个字，它们像雷一样击中了我，我像个失忆的人一样忽然恢复了记忆：小时候，老家的人确实叫男青年为"青抗先"。他们也是中国人民抗日战争史上不该被遗忘的群体。

我希望，后人也能记住"青抗先"这个群体。于是，我的小说里，青抗先和识字班的故事同时进行。青抗先也有一个引领者，原型是徐坦烈士。徐坦烈士是日照安东卫村走出的热血青年，曾任沭水县委宣传部部长。在1941年渊子崖保卫战中，他身中九弹仍高呼冲锋，被老百姓冒死救下，伤口未愈便重返战场。1945年，他在奔赴青岛途中遇害，将生命献给了信仰。

这本书虽然叫《识字班》，可是写的却不仅有女性，还有青抗先、自卫队、妇救会、儿童团……他们都为中国人民抗日战争做出了巨大的贡献，共同构成了当时抗战群像。

所以，这其实也是——

一个村庄的抗战，一个民族的抗战。